HAKAN

GİTMELİ MIYIM KALMALI MIYIM

Sana kendini çaresiz ve değersiz hissettiren narsislerle bir ömür geçer mi?

DESTEK yayınları

DESTEK MEDYA GRUBU

DESTEK YAYINLARI: 1421
ROMAN: 425

HAKAN MENGÜÇ / GİTMELİ MİYİM KALMALI MIYIM

İmtiyaz Sahibi: Yelda Cumalıoğlu
Genel Yayın Yönetmeni: Ertürk Akşun
Yayın Koordinatörü: Özlem Esmergül
Editör: Özlem Esmergül
Son Okuma: Devrim Yalkut
Kapak Tasarım: İlknur Muştu
Sayfa Düzeni: Cansu Poroy
Sosyal Medya-Grafik: Tuğçe Budak - Mesud Topal

Destek Yayınları: Mart 2021
Yayıncı Sertifika No. 13226

ISBN 978-625-441-188-5

Abdi İpekçi Caddesi No. 31/5 Nişantaşı/İstanbul
Tel. (0) 212 252 22 42
Faks: (0) 212 252 22 43
www.destekdukkan.com
info@destekyayinlari.com
facebook.com/DestekYayinevi
twitter.com/destekyayinlari
instagram.com/destekyayinlari
www.destekmedyagrubu.com

Destek Dukkan

Deniz Ofset – Çetin Koçak
Sertifika No. 48625
Maltepe Mahallesi
Hastane Yolu Sokak No. 1/6
Zeytinburnu / İstanbul

DESTEK yayınları KARAKARGA BEYAZ BAYKUŞ genç DESTEK

HAKAN MENGÜÇ

GİTMELİ MİYİM KALMALI MIYIM

Sana kendini çaresiz ve değersiz hissettiren narsislerle bir ömür geçer mi?

DESTEK yayınları

"Bir kişiliği mahvetmek istiyorsan,
yapabileceğin tek şey,
onu düzeltmeye çalışmaktır."

– *Dorian Grey'in Portresi*, Oscar Wilde

YAZAR HAKKINDA

Yazar, müzisyen ve konuşmacı olarak Türkiye'de geniş kitleler tarafından tanınan ve kaleme aldığı *Ben Ney'im*, *Kalbin Temizse Hikâyen Mutlu Biter*, *İstediğin Bir Şey Olursa Bir Hayır, Olmazsa Bin Hayır Ara* ve *Hiçbir Karşılaşma Tesadüf Değildir* kitaplarıyla sufi felsefesinin temelleri üzerine inşa ettiği öğretisiyle şimdiye dek yüz binlerce okura ulaşmayı başaran Hakan Mengüç, yurtiçinde ve yurtdışında verdiği seminerlerle de milyonlarca insanın gönlünde yer etmeyi başardı. Kitapları İngilizce, Almanca, Farsça, Bulgarca, Arnavutça, Arapça ve Rusçaya çevrildi.

Girne Amerikan Üniversitesi bünyesinde açılan Sufi Akademi'nin de hem akademisyeni hem de başkanı olan genç yazar, aynı zamanda bir "ney" virtüözü... Sosyal medya üzerinden neyle üflediği parçalarla milyonlara ulaştı.

Hayat Felsefesi

Umutlu olmak ve umudu paylaşmak üzerine inşa ettiği hayat felsefesini açıklarken "Umutlu olmak, safça bir iyimserlik değildir. İnsanlığın yüzleştiği trajediyi görmezden gelmek de değildir. Umut her ihtimali görüp, evinde oturup kötülüğe küfretmektense, iyilik için elinden geleni yapmak demektir" diyen Hakan

Mengüç, yeryüzünde umudun var olmaya devam etmesi için bir kişinin bile buna inanıyor olmasının yeterli olduğunu savunuyor. "Üstelik bu kişi sen olabilirsin" diyor. Sonrasında sen, başka bir "sen" ve başka bir "sen" daha diye genişlemeye devam ederek "biz"e dönüşecektir.

İşte bu yüzden "Karanlığa küfredeceğine bir mum yak" düşünüşünü benimsemiştir Hakan Mengüç... Ve hocalarının da telkin ettiği gibi, yaktığı mum ile başkalarının aydınlanması yolunda emek vermeyi arzulayan genç yazar, bu yolda başkalarının da yeni mumlar yakmaya cesaret gösterebilmesine vesile olmayı diliyor.

Mevlana'nın da dediği gibi: "Bir mum, başka bir mumu tutuşturduğunda kendi ışığından hiçbir şey kaybetmez. Tam aksine karanlıkların aydınlanmasına vesile olur."

Hakan Mengüç Hakkında Ne Dediler?

"Hakan Mengüç'ün kitaplarını
hastalarıma reçete olarak yazıyorum."

– Prof. Dr. Zeynep Demirçay

"Hakan Mengüç yaptığı işin tanımına fazlasıyla uygun
bir yapıya sahip... Sabırlı, toleranslı ve her düşünceye
karşı hoşgörülü. Hakan, uyguladığı her tekniği kendi
içinde içselleştirmiş ve tamamen sindirmiş. Bu onu
daha da özel ve ayrıcalıklı kılıyor bence..."

– Uzman Klinik Psikolog Esra Ezmeci

"Bir insanın kendisini değerlendirmesi bazen zor olabilir. Bunu yaparken çoğumuz objektif olmayı isteriz. Ama bence burada kendimize biraz pozitif ayrımcılık yapmak, daha iyi hissetmek, enerjimizin farkına varabilmek, yeteneklerimizi ortaya koyabilmek açısından yararlıdır. Bunu bir yolculuk olarak düşünürseniz kendinize yaptığınız bu keşif sırasında yanınızda olmasını isteyeceğiniz kişi Hakan Mengüç'tür. Kendinize inancınızın kaybolduğu anlarda bile o sizin elinizden tutacak ve basamakları bir bir atlamanıza yardımcı olacaktır. İşin en güzel yanı ise bunu yaparken başarının kendisinden öte size ait olduğunu hissettirecektir. Sevgili dostum Hakan, yolun aydınlık ve engelsiz olsun."

– Prof. Dr. Murat Aksoy,
"Doktorum" Programı Sunucusu

"Hakan Mengüç'ü ilk kez seminerde izlediğimde, kesinlikle Allah vergisi bir ışığı var dedim. Bu ışıkla aydınlatıyor insanları ve onların kalplerine dokunuyor."

– Ferhat Atik, Ödüllü Yazar-Yönetmen

"Hakan Mengüç 21. yüzyılda sufi felsefesinin öncülerindendir."

– Serhat Akpınar,
Girne Amerikan Üniversitesi Kurucu Rektörü

-I-

“İşte bu şarkı hepsinden iyi oldu!” diye bir sevinç çığlığı attı Aleyna... Kusursuz bir kayıttı bu... Hem de tek seferde...

“Daha iyisi olamazdı” dedi Arkın. Hiç zorlanmadan, sadece iki provayla şahane bir ana kayıt almayı başarmışlardı.

“Çözdük bu işi Aleyna! Akustik deyince artık akla sadece senin ismin gelecek...”

Uzun bir maratonun sonunda ipi göğüslemiş olmanın yorgunluğu ve gururuyla gülümsüyordu Aleyna.

“Nihayet” dedi. Gözü yine cep telefonunda... Sabahtan beri kaç defa aramıştı annesi... Sessize alıp sehpanın üzerine bıraktı öylece...

“Aradığımız sound’u sonunda bulduk çocuklar. Ekip yavaş yavaş oturacak gibi görünüyor ama daha da iyi olmalıyız...”

“Olacak tabii” diye karşılık verdi Arkın. “İlk defa kemik bir orkestramız oldu. Her kayıtta yeni orkestra kurmak zorunda kalmıştık şimdiye kadar. Prova yapmaktan kayıt alamıyorduk ki... Bundan sonra kemik kadroyuz... Dağılmayacak bu ekip... Uyum, sinerji, süreklilik çok önemli bu işlerde. O gitsin bu gelsin olmaz...”

"Aynen Arkın, artık bir arada tut şu orkestrayı. İçim şişti yeni insanlarla çalışmaktan. Kendi orkestramı tanımıyorum yahu. Hepsi yabancı! Neyse... Sen de öğreneceksin bu işi... Kadroyu sağlam tutmayı yani..."

Arkın'ın yüzü düşmüştü bir anda. Havalara uçup minnetle boynuna atılmasını beklediği Aleyna'nın bir türlü hiçbir başarıyla tatmin olmamasını can sıkıcı buluyordu açıkçası. Bu kadar da olmazdı yani... İnsan hiç değilse bir kere teşekkür eder, "Ellerinize, emeklerinize sağlık" der, yalan da olsa memnun gibi görünürdü. Ayrıca ekibi bir arada tutamamalarının başlıca nedeni sanki kendisi değil de Arkın'mış gibi davranması yok mu, deli ederdi insanı... Şeytan diyor ki kapıyı göster şu kıza da burnu sürtsün biraz müzik piyasasında...

"Hadi canım başka kapıya... Git de görelim bakalım hangi müzisyen sana yarım saatten fazla katlanır?... Şımarık, kibirli Barbie bebek..." diye saydırıyordu içinden Arkın.

Elbette her şeyin daha iyisi vardı, olabilirdi ama bir yıldır elde edebildikleri en iyi sonuç buydu işte, yapacak bir şey yok... Azıcık tadını çıkarsalar, keyfini sürseler, başarının havasını atsalar, hazzını yaşasalar ne olurdu ki?

"Youtube'daki o aptal kayıtların hepsini silelim" dedi Aleyna. "Zaten izlendiği de yok. Yeni işlerimizin itibarından yemesin boşuna. Hepsi temizlendikten sonra bu yeni videoyu yükleyip duyurusunu yapalım. Her yerde tanıtım kasacağız bu işe... O yüzden eskiler tamamen yok olsun. Sağda solda aptal kayıtlar kalmasın. Bütün yatırımımız boşa gider yoksa..."

"Halledeceğim ben o işi" dedi Arkın. Toparlanmaya çalışan orkestraya yardım etmek için kalktı yerinden. Belli ki Aleyna'nın ağzından coşku ve memnuniyet dolu sözler dökülmeyecek, kimseyi takdir edip onaylamayacaktı.

Orkestranın enerjisi düşsün istemiyordu Arkın. Çocukları öyle bomboş evlerine yollamak da gelmiyordu içinden. Ne uzun ve zorlu çabalardan sonra böyle birbiriyle uyumlu, yetenekli, profesyonel, sorunsuz bir ekip kurabilmeyi başarmıştı. Birlikte çok iyi işler yapabileceğini düşündüğü bu müzisyenlerle daha yakın ve güçlü ilişkiler kurabilmenin peşindeydi.

Aleyna'nın mesafeli ve memnuniyetsiz tavırları yüzünden hiçbirinin motivasyon ve enerji kaybı yaşamasını istemezdi. Bu şımarık solisti bir an evvel stüdyodan yollasa iyi ederdi. Çocuklarla kalıp bir şeyler içerler, sohbet ederler, yeni projelerden konuşabilirlerdi böylece...

"Eh, ne yapıyoruz şimdi abi?" diye sordu orkestra şefi baterist. "Kaçalım artık biz..."

"Kaçmayın" dedi Arkın. "Kalırız biz. Konuşuruz daha. Hem bir şeyler içeriz."

Aleyna'yı yollama arzusuyla "Sen de çok yoruldun bugün" dedi Arkın. "Git dinlen biraz. Sesin de dinlensin. Birkaç gün konuşma bile... Sınavların varmış hem. Kapan eve, ders çalış..."

"Ne dersi, ne dinlenmesi Arkın, şaşkın mısın nesin? Bir dolu işimiz var daha" dedi Aleyna. "Tek seferde kayıt aldık diye olayı bitirdik kafasına girdiniz birden. Olay yeni başlıyor arkadaşlar! Asıl mesele bundan sonra... Kanalı sıfırlıyoruz. Bambaşka bir iş çıkarıyoruz ortaya. Yeni bir tarz yapıyoruz..."

"Stüdyoda mı yaşayalım yani bundan sonra? Bugünlük işimiz bitti. Gerisini yarın konuşuruz..."

Hazır orkestrayı bir arada bulmuşken toplantı yapmanın iyi olacağını düşündü Aleyna. Ancak annesinin arayıp durmaktaki ısrarı çok sinirini bozuyordu. Ne derdi varsa yazsa ya Whatsapp'tan. Konuşmak için uygun bir ortamda olmadığını anlayamıyor muydu kızının? "Bu kadar da anlayış yoksunu olunmaz ki" diye geçirdi içinden Aleyna. Telefonu ters çevirip dikkatini ekibe yoğunlaştırmaya çalıştı.

İyi bir menajere ihtiyacı olduğunu söyledi çocuklara. Bu sorunun derhal halledilmesi gerektiğini düşünüyordu. Bunca zamandır hayal ettiği ilerlemenin bir türlü gerçekleşememiş olmasının tek nedeni, doğru menajerle işbirliği yapamamak olduğuna inanıyordu.

Her biri ünlü sanatçılara çalan müzisyenlerinden bu konuda kendisine yardımcı olmalarını istedi açıkça.

"Sıla'nın menajeri kim mesela?" diye sordu. "Sıla'nın işlerini çok beğeniyorum. Çok iyi bir menajeri var belli ki... O ekiple görüşmek isterim. Mabel Matiz'in menajeri de olabilir. Sen ikisine de çalıyorsun değil mi? Bence hiç fena işler yapmıyorlar. Gayet iyiler hatta... Benim de tarzıma çok uygun... Tam hedefimdeki kafalar bunlar..."

"Olabilir" dedi şef baterist... Aleyna'nın menajer sorunuyla hiç ilgilenmediğini, bu konuda parmağını bile kımıldatmayacağını açıkça belirtse de Aleyna ısrarla menajer meselesinin etrafında birtakım sorular sormaya ve taleplerde bulunmaya devam ediyordu.

"Mabel Matiz'in menajerinin telefonunu ver sen, bizim Arkın arayıp konuşsun bakalım, bir toplantı istesin" dedi Aleyna. "Şartların ne olduğunu öğrenelim önce... Bu yeni kaydın videosunu izletelim mesela... Bence en az bir milyon izlenme alacak yeni klip.

Youtube'cu bütün arkadaşlarımız destek atacak... Bir iki oyuncuya da paylaştırabilirsek çok güzel olur ama nasıl ulaşacağız bakalım onlara? Spotify işini de hallediyoruz inşallah. Bundan sonra daha profesyonel olmak zorundayız."

Baterist saatin geç olduğunu söyleyerek, "Benim başka bir provaya yetişmem lazım" dedi. "Hafta sonu konser var. Çıksak iyi olur."

Aleyna yine istediğini alamamanın verdiği memnuniyetsiz ifadesiyle gözlerini devirerek "İyi madem..." dedi. "Menajerin numarasını vermeyi unutma ama... Ayrıca benim için Mabel Matiz'e sorar mısın yeni kliple ilgili story atar mı?"

"Ben böyle emrivakilere giremem Aleyna, kusura bakma" dedi baterist sonunda. "Biz orkestrayız. Kariyer yönetimi işleri bizde değil. Sanatçıları hatır gönül işleriyle taciz etmek de güzel değil ayrıca. Onlar da zor durumda kalıyor sonra... Sıkıntı olur yani..."

"Sen çalıştığın sanatçıların kafasından daha star bir kafaya girmişsin bayağı!" dedi Aleyna alaycı bir gülümsemeyle. "Neyse biz Arkın'la hallederiz o işleri... O zaman yeni şarkı için gruptan haberleşiriz. Yeni şarkıya da prova lazım... Youtube'dan eski kayıtları sileceğimiz için en az üç dört şarkımız hazır olmalı elimizde... Üst üste basacağız hepsini."

"Bakarız" dedi baterist sıkıntılı bir iç çekişle. Bir an evvel orkestrayı da alıp çıkmak istiyordu stüdyodan. Bu kıza daha fazla tahammül edemeyecekti. "Arkın biz kaçtık. Sonrası için gruptan yazışırız..."

"Eyvallah abi!" dedi Arkın, ortamdaki tatsızlığın farkında... "Haber vereceğim size... Hepinizin eline yüreğine sağlık... Müthiş bir iş çıkardınız. Sayenizde patlayacak bu şarkı. Bomba etkisi yaratacak, göreceksiniz."

"Eyvallah!" dedi baterist...

Orkestranın peşinden Arkın'ın kapıyı kapatmasıyla Aleyna'nın öfkesinin patlaması bir oldu neredeyse.

"O ne demekmiş öyle Arkın Bey! Orkestranın sayesinde mi bomba işler yapıyoruz biz? Orkestra olmasa bomba yok mu? Ne saçma kafalar bunlar ya... Sonra hepsinin egosu çalıştıkları sanatçıdan daha fazla şişiyor... Hepsi kendini bir halt sanıyor. Sanırsın Queen..."

Arkın, az önce bateristin kalktığı koltuğa çökerek başını ellerinin arasına aldı. Yorgun ve bıkkın bir iç çekişle öylece bekledi bir süre... Ne söyleyecekti, nasıl söyleyecekti, hem söylese de Aleyna anlayacak mıydı ki onu? Yine de şansını zorlayarak konuşmaya çalıştı.

"Hiç değilse bir teşekkür etseydin orkestraya" dedi. "Hepsi iyi müzisyen... Yıllardır sektörde ekmek yiyen adamlar. Çalmadıkları sanatçı yok neredeyse... Konserden konsere, kayıttan kayıta koşan herifler..."

"Bedava mı geliyorlar sanki?" diye karşılık verdi Aleyna. Tutumunda bir haksızlık ya da saygısızlık olduğu düşüncesini aklına bile getirmemiş. "Hepsine para ödedim. Hatırımız için gelmediler sonuçta... Çalıştıkları sanatçılar teşekkür mü ediyormuş onlara?"

"Bizden alacakları paraya hiç ihtiyaçları yok. Formalite bir ücret ödedik. Adamlar o paraya enstrümanlarının kutusunu bile açmaz. Hem olay para değil sadece... Bunlar sanatçı adam. Motivasyon çok önemli... İnandıkları şeyin içinde olmak isterler. Duygusal tatmin de lazım bu işlerde. Ekip ruhu şart... Yoksa iyi işler çıkmaz ortaya... Başarılı dediğin o sanatçıların hepsi kemik kadro çalışıyor."

"Menajerin telefon numarasını bile vermedi yahu! Ne teşekkür edecekmişim?..."

"Hah, o da ayrı mesele" diye çıkıştı Arkın. "Orkestradan menajer numarası istemek de neymiş? Ortada bir tane doğru düzgün videomuz yok. Olanların hepsini sileceğiz. Kanalı yenileyeceğiz. Yeni imaj, yeni tarz yapıyoruz. Kendimizi kanıtlamadık daha. Hele bir yola düşelim. Bir iki milyon izlenme alalım. Yatırımlarımızı yapalım. Sonra onlar gelir zaten menajerlik teklif etmeye."

Aleyna sırt çantasını omzuna atıp, sarı saçlarını spor şapkasının altında toplayarak çıkmaya hazırlandı. Sehpanın üzerine yüzüstü kapattığı cep telefonunu alıp baktı ekranına. Annesi arıyordu ve yine de hâlâ derdinin ne olduğunu yazmamakta inat ediyordu.

"Herkes kafayı yemiş" diye söylendi Aleyna. Kendinden emin adımlarla kapıya doğru yürüdü. Sinir bozucu, kibirli bir sükûnet takındı üzerine. "Ne kadar yapmacık" diye düşündü Arkın. "Kız bir Amerikan filminin içinde yaşıyor sanki..."

Aleyna, kapıyı açıp arkasını döndü ve tehditkâr bir sesle konuşmaya başladı:

"Dünyanın parasını harcadım bu iş için... Her şey profesyonel olsun istiyorum artık. Ekibi kurup ilerleyelim. Ben keşfedilmeyi beklemiyorum Arkın. Yaptığım işe güveniyorum. Sen kendini kanıtlama ihtiyacı içindeysen bilemem. Ben değilim..."

"Henüz bir star değilsin ama star kurallarına göre oynamak istiyorsun Aleyna, bu doğru değil... Hem sana hem bize zarar verir bu kafa. Yaptığımız işe inanmamız çok kıymetli evet... Ama star olduk kafası için çok erken... Öteki çekimde bu orkestrayı bir daha toparlayamazmışız gibi geliyor bana. Yani yine sil baştan yapacağız. Bu zaman ve para kaybı demek... Emek kaybı, motivasyon kaybı demek. Patinaj çekiyoruz demek. Star kafası yaşamak bize pahalıya patlayacak... Ben senin düşmanın değilim, anlatabiliyor muyum?"

"Vazgeçebilirsin Arkın. Zorla değil..." dedi Aleyna, umursamaz bir tavırla...

"Ne kadar rahat ve ne kolay söyledi" diye düşündü Arkın. Bunca emek, bunca çaba, bunca sıkıntı... Hep boşuna mı yani?

Buz gibi bir sessizlik, çelikten bir bıçak gibi kesti ikisinin arasındaki iletişimi... İki ayrı dünyadan birbirlerine bakıyor gibiydiler o an.

Arkın'ın omuzlarından ağır yükler düşmeye başlamıştı tek tek... Bu onu hafifletiyordu kuşkusuz ama derin bir hayal kırıklığı da yaşamıyor değildi... Yüklerinden kurtulurken, hayal kırıklıklarının açtığı yaralara da katlanmak zorunda kalıyordu bir yandan.

"Eyvallah" dedi. "Bu iş bana da çok zaman kaybettirdi zaten. Ayrıca çok insan kaybettim. Kredilerim tükendi... Benim de kendi yoluma bakmam lazım bir yerde..."

"O zaman kendi yolun açık olsun Arkıncığım. Asıl sen bu kafayla gidersen stüdyosunu ona buna kiralayan bir tonmaister olarak kalmaya devam edersin. Yapımcılık çok uzak bir ihtimal sana canım... Kaydın son halini wetransferden atarsın bana..."

Sinirden elleri titriyordu Aleyna'nın. Dudaklarını kemiriyordu kanatırcasına. Kendi kendine söylenip duruyordu merdivenleri inerken... Asansörü beklemeye bile tahammül edemedi. Burnundan soluyordu adeta...

"Allah hepsinin belasını versin. Ruh hastası olmuş hepsi... Kompleksten geberecekler... Aptala dönmüş, ezikler... Zavallılar... Sanki bulamam menajerin numarasını. Al sok bir tarafına... Kendimi kanıtladığımda menajerler zaten arayacakmış beni. Siz daha bana bile kanıtlayamadınız kendinizi be... Ben kime neyi kanıtlayacakmışım? Salaklar... Siz bana hizmet ediyorsunuz, ben size değil... Bunu anlayacak kadar bile akıl yok o koca kafalarda."

Güvenlik kulübesinin önünde bekleyen taksilerden birine atladı hemen.

"Maslak" dedi. "Kulelerin oradaki yeni siteye..."

Söylenmeye devam ediyordu hâlâ... Bir türlü hırsını alamıyordu Arkın'dan. Deliye dönecekti öfkesinden... "Hadsiz!" diyordu içinden. "Senin ne haddine bana ayar çekmek, akıl öğretmek? Ezik bir tonmaistersin işte... Bir halta yarıyor olsan, Bakırköy'de tamirciden bozma bir stüdyoda bırakmazlardı seni. Neydin ki ne olacaksın? Hayatının fırsatını kaçırıyor enayi... Beyinsiz... Kompleksli, ezik... Orkestranın motivasyonunu düşünene kadar benim motivasyonumu düşünsen, hepimiz daha kârlı çıkardık ama nerede sende o akıl?"

Taksiden inerken annesinin çaldırdığını gördü yine. Taksinin parasını ödeyip hızla indi. Bir hışımla açtı telefonu. Sinirleri tepesindeydi zaten.

"Uygun değilim, uygun değilim anlamıyor musun? Açamıyorsam uygun değilimdir anne! Neden Whatsapp'tan yazmıyorsun ne istediğini? İlle konuşmak da neymiş ya!"

"Baban temelli dönüyormuş" dedi annesi. "Üç hafta sonra geliyormuş... Fakat şu an daha büyük bir sorun var ortada. Her neredeysen hemen atlayıp eve geliyorsun."

Nutku tutulmuştu Aleyna'nın. Allak bullak olmuştu bir anda... Sesi titremeye başladı konuşurken.

"Geldim zaten" dedi. "Çıkıyorum yukarı..."

Babası temelli mi dönüyormuş sahiden?

On altı yıldır kızlarının yüzünü görmek uğruna bile terk edemediği Rusya sınırlarından çıkmayı başaracak mıymış yani?

Duy da inanma!

"Yok canım..." diye geçirdi içinden Aleyna. "Babam ölse temelli dönmez Türkiye'ye, başka bir şeydir o... Belki de annem kafayı yedi, hayal görüyor. Estetik ameliyatların birinde beynini de almış olmalılar."

Yine de tarif edemediği ama çokça hüzne, heyecana, korkuya ve acıya benzeyen hisler arasında dalgalanmaya başlamıştı sanki.

Neydi şimdi bu karşı koyamadığı ağlama isteğinin sebebi? Hüngür hüngür ağlayacak mıydı yani? Yok artık... Hem neden ağlayacaktı ki? Çok saçma...

Ayrıca çok uzun zaman olmuştu ağlamayalı... En son ne zamandı? Hatırlamadı sahiden... Babası çalışmak için Rusya'ya giderken ağlamıştı ama... Altı yaşındaydı... Sonra hiçbir kavuşmalarında ve hiçbir ayrılıklarında gözyaşı dökmemişti Aleyna... Tam on altı yıl böyleydi düzenleri... Dile kolay... Soğumuş, küçülmüş, kurumuştu artık o yara... Neden sızlayacaktı ki yıllar sonra?

Madem öyleydi de neden şimdi anlam veremediği ama önüne de geçemediği bir duygusallık gelip çökmüştü göğsüne, çözemedi.

Yukarı çıkamadı hemen. Sitedeki kafelerden birinin bahçesinde oturdu. Bir buzlu kahve söyleyip cep telefonunu aldı eline. Ekrana bakmadan hiçbir şey düşünemediğinin kendi de farkındaydı artık. Boşluğa ya da manzaraya bakıp düşünmek, kaybolma korkusu yaratıyordu Aleyna'da. Amaçsızca da olsa ekrana bakmak güvenli bir alan yaratıyor, böylece aklını kolayca toparlayabiliyor, düşünebiliyor, karar verebiliyor, hatta dinlenebiliyordu da. Oysa terapisti her şeye rağmen "boş kalmayı ve boşluğa amaçsızca, bomboş bakmayı" öğütlemişti ona.

Başaramadı...

Bir süre telefonun ekranına bakarak, bazı aplikasyonlarını açıp kapayarak, Instagram sayfasına üstünkörü göz atarak öylece bekledi.

Babasının üç hafta sonra Rusya'dan dönüyor olmasından ziyade, kendinde yarattığı duygusal çalkantıyı anlamlandırmaya çalıştı.

Uzun zamandır deneyimlemediği bir histi bu... Garip bir ağlama isteği duyuyordu ama nedensiz... Üstelik hiç de sevmezdi ağlamayı da ağlayanı da...

"Ne oluyor bana?" diye düşündü.

Belki de şu Youtube işi sinirlerini çok bozuyordu, böyle anlamsız meselelerle ilgili yersiz duygusal tepkiler vermesine neden oluyordu.

Babası on altı yıldır Rusya'daydı sonuçta. Senede iki üç hafta için bile olsa İstanbul'a gelmeye çalışırdı. Ailesiyle vakit geçirirdi. Hediyeler getirirdi. Hem diledikleri zaman telefonla görüşebiliyorlardı da. Elbette çok yakın sayılmazlardı ama birbirlerinden koptuklarını söylemek de haksızlık olurdu. Şimdi temelli dönüş yapacak olmasının neden coşkuya değil de kasvetli bir hüzne yol açtığını açıklayamıyordu kendine.

Özlememiş miydi?

Özlemişti...

Sevmiyor muydu babasını?

Seviyordu.

Yıllar önce ailesini bırakıp çalışmaya gittiği için kırgın mıydı ona?

Hayır, değildi. Üstelik babası yıllardır çalışıp para gönderiyordu ailesine. Onun sayesinde rahat bir hayat sürmüşlerdi. Terk edilmiş sayılmazlardı ki. Sadece az görüşüyorlardı, birlikte biriktirdikleri anılardan yoksun kalmışlardı, iyi günde kötü günde bir arada olamamışlardı belki ama bunun da faturasını tek başına babasına çıkaramazlardı. On altı yıldır onun kazancıyla dara düşmeden, sıkıntı çekmeden yaşayıp gitmişti Aleyna annesiyle ve ablasıyla... Ona çok ihtiyaç duydukları zamanlar olmadı değil tabii... Çok zaman kendi kararlarını kendileri vermek zorunda kaldılar, kendi seçimlerini yaptılar, bedelini ödediler, yalnızlık çektiler, çaresiz hissettiler, boşluğa düştüler belki ama yine de ailesinin ihtiyaçlarını yıllarca hiç göz ardı etmemiş bu adam uzakta da olsa hep var oldu hayatlarında...

Bu duygusal karmaşanın babasıyla değil, stüdyoda yaşadıklarıyla ilgili olabileceğini düşünüyordu Aleyna. Arkın'a resti çekmesi iyi olmuştu aslında. Belli ki psikolojik olarak da iyi gelmeyecekti bu ekip ona. Uzun vadede yıpratıcı olabilirdi.

Kayıt sırasında stüdyoda çekilen kamera arkası görüntülerden bir iki tane story atıp Instagram'da oyalandı biraz. Babasının profiline baktı sonra...

Ne karizmatik, cazibeli, güler yüzlü, etkileyici ve güçlü bir adam olduğunu düşündü. Bu adamın kızı olmak, bu adamın onayını almak, onun beğenisini, takdirini kazanmak çok değerliydi kuşkusuz. Etrafı her zaman kalabalık, yanında bir sürü adam ve kadın var fotoğrafların çoğunda. Lüks yerlerde yemek yiyor, şık giyiniyor, her zaman bakımlı ve hoş görünüyor. Gösterişli bir evi var, kocaman da bir kütüphanesi... Birkaç defa kalmıştı bu evde Aleyna... Bir hizmetçisi ve şoförü de vardı evin... Kütüphanedeki kitapları incelemişti uzun uzun. Kimi Türkçe, kimi İngilizce, kimi Slavca, kimi Rusça...

Salondaki kuyruklu piyanoya bayılmıştı. Babasına bir işadamının hediyesiymiş... İşin en büyüleyici tarafı, babasının piyano çalışındaki ustalıktı aslında Aleyna için... Mükemmel bir adamdı o. Sanatçıydı, zekiydi, yetenekliydi, kültürlüydü... Yıllar önce Rusya'da canlı müzik yapan bir kulüpte hem müzisyen hem de işletmeci olarak çalışırken şimdi eğlence hayatında ismi bilinen biriydi.

Sahiden de insanda hayranlık uyandıran bir babası vardı Aleyna'nın. Muhteşem Fikret Kurt...

Onunla ne çok gurur duyardı yanında olsaydı. Belki bundan sonra öyle olurdu, kim bilir... Belki birlikte müzik yaparlardı... Babası piyano çalardı mesela... Ah ne güzel olurdu...

Aleyna da tıpkı babası gibi dikkat çeken bir karizmaya, başarı tutkusuna ve güce sahip değil miydi? Lider ruhlu, dik başlı, inatçı bir kız... Babasının kızı işte... Yakında etrafındakileri de aydınlatan bir güneş gibi doğacaktı. Herkes tanıyacak, alkışlayacak, sevecek, beğenecekti onu. Memleketin yıldızı olacaktı. Tam babasına layık bir kız...

Instagram'daki fotoğraflara bakarken içinde yükselen o anlamsız ağlama hissinin ve kasvetli hüznün dağıldığını fark etti

Aleyna. Buzlu kahvenin parasını ödeyip eve çıktığında annesini korkunç bir sinir harbi içinde buldu.

Gözleri kan içindeydi. Burnunda kocaman tamponlar ve sargı bezleri... Yüzü gözü dağılmış, saçları tel tel havada... Elinde telefon, doktorla ayrı kavga ediyor, bankayla ayrı...

Annesinin gözdesi, ilk göz ağrısı, biricik hayırlı evladı Azize de bağrını döve döve dolaşıyor peşinden... "Ah mahvettiler kadını, perişan ettiler kadını!" deyip adeta çanak tutuyordu annesinin öfkesine... Aleyna'nın gözünde, kurbanının acısını besleyen sözde iyi niyetli görünen bir canavardan farksızdı Azize'nin annesini bu şekilde pışpışlayıp durması... Öfkesini öfkeyle harlamaktan başka ne yapıyordu ki bu aptal kız? Üstelik zavallı... Ezik... Varoş...

Aleyna'yı karşısında görünce, daha da açıldı annesinin kocaman kırmızı gözleri... Hemen salona geçmesini işaret etti Aleyna'ya. Korku filminden fırlamış gibiydi, iğrenç...

"Neler oluyor?" dedi Aleyna. Şaşkınlık içindeydi. Dün ameliyattan döndüğünde hiçbir şeyi yoktu kadının. Burnunu üçüncü kez kırdırıp düzelttiriyordu. Estetik ameliyatlar konusunda neredeyse bir doktor kadar bilgi sahibiydi artık. Öyle yanlış bir estetisyene gidip faka basacak bir kadın da değildi. Dünden beri ne olmuştu da yüzü bu hale gelmişti acaba? Trafik kazası geçirmiş gibi görünüyordu. Suratına kamyon çarpmış sanki. Azize de yazık, kamyonun tekerleklerinden birine yapışmış, yere sürtündükçe aşınıp yırtılmış bir paçavraya benziyordu bu haliyle... Birlikte nasıl da acınası görünüyorlardı.

Aleyna, korku ve şaşkınlık içinde bakıyordu ablasıyla annesine... Ne diyeceğini, ne yapacağını bilemiyordu.

Doktorun asistanını bir güzel payladıktan sonra telefonu kapatıp hışımla döndü Aleyna'ya. "Aradığımda niye açmıyorsun?" diye bağırdı. "Sabahtan beri kaç defa aradım."

"Sorumsuz işte" dedi Azize, annesinin elinden telefonu alıp yerine alkolsüz ıslak bir mendil tutuşturarak. "Dudağının üstünü sil anne, kan sızıyor yine..." dedi.

"Ne bileyim durumun acil olduğunu, yazsaydın" dedi Aleyna. "Stüdyoya gittiğimi biliyorsun. Uygun değildim, kayıt vardı."

"Sanırsın Demet Akalın" diye araya girdi yine Azize... "Yürüttüğü paralarla şarkıcılık oynuyor hırsız!"

İçeri girdiğinden beri ablasının hiçbir dediğini umursamıyor, hatta duymuyordu bile Aleyna... Şu âciz varlığıyla annesi dışında kimse için bir şey ifade etmeyen bu zavallı kızın değil söylediklerini işitmek, salonun neresinde durduğunu bile kestiremiyordu. Öylesine silinmiş, yok olup gitmişti artık gözünden... Ama "hırsızlık" ithamı fazlaydı sahiden...

"Ne biçim konuşuyorsun sen ezik!" dedi Aleyna yüksek sesle. "Annene tuvalet kâğıdı taşı sen anca... Ne işe yararsın ki başka? Bilmediğin işlere karışma. Magazini televizyondan takip eden Kezban zümresinden bir varoşsun işte!"

"Aleyna sen bankadan para mı çektin?" diye sordu annesi sinirden titreyen sesiyle...

Krizin ne olduğu iyice anlaşılmıştı böylece. Suratının üzerinden damperli kamyon geçmiş olmasının bile bir önemi yoktu belli ki... Sorun, yine para... Aleyna'nın annesinden habersizce çektiği paralar...

"Ne var bunda bu kadar panik yapacak anlamadım ki, çektim evet..."

"Tam elli bin lira..."

"O kadar lazımdı."

"Gidip o aptal Youtube işlerine harcadın değil mi?"

"Prodüksiyon... Bu da benim işim... Müzik yapıyorum ben..."

Sinirden deliye dönen kadın, başını vurabileceği bir duvar arıyordu sanki... Az önce Azize'nin sehpaya bıraktığı telefon gözüne ilişince, kaptığı gibi var gücüyle çarptı yere. Dağılan ekran camını gördüğünde daha da zapt edilemez bir delilikle Aleyna'nın üzerine yürüdü. Kolundan tutup hırsla sarsmaya başladı kızı.

"Başlarım senin müziğine... Ne müziği, ne prodüksiyonu? Kıçı kırık iki zibidi... Siz kim müzik yapmak kim?" diye bağırdı. "Ne sandın sen kendini? Pabucumun şarkıcısı... Youtube'dan mı ünlü olacaksın? Herkes peşinden koşacak sanıyorsun değil mi? Her hafta bir magazinde olacağını mı sanıyorsun? Meydan da boş kalmıştı seni bekliyordu değil mi? Baktın mı sen yeni şarkıcılara, yeni ünlülere? Bu sesle bu tiple mi gireceksin aralarına? Geri zekâlı... Bulmuşlar senin gibi salak, yoluyorlar işte, yok kayıt, yok prova, yok stüdyo diye. Bu manyak da şöhret basamaklarını tırmanıyorum sanıyor..."

"Manyak işte!" diyerek onayladı annesini Azize. Kız kardeşini annesinin şiddetli sarsışlarından kurtarmak için küçücük bir hamla bile yapmadı. Aleyna canı yanıp da kolunu geri almak için annesine sert bir hamlede bulununca araya girmek zorunda kaldı Azize.

"Arsızsın sen" dedi. "Utanmadan el kaldırıyor bir de!"

Kolunu annesinin pençelerinden güçlükle kurtaran Aleyna, kuvvetli bir el hareketiyle annesini birkaç adım geri püskürtmeyi başarmıştı.

Bağırıp çağırmak gelmiyordu içinden. Kavga etmeye değmezdi ikisiyle de. Zavallıydılar sonuçta. "Yazık..." diye geçiriyordu içinden. "İki beceriksiz, iki yeteneksiz salak insan... İkisinden ne olurdu ki şu saatten sonra? Hiç..."

"O para babamın parası" dedi Aleyna, üstten bir ses tonuyla. "Senden babamın parasını dilenecek değilim hayatım boyunca. Aynı hesabı kullanmak için benim de banka kartım var, yetkilerim var. Babamla konuştum. İzin aldım. Ortada bir sorun yok."

"Para babandan geliyor olsa da har vurup harman savurmana izin vermem!"

"Sen yıllardır estetik ameliyatları yaptırmak için har vurup harman savuruyorsun ya parayı. Hem gördüğün gibi bir işe de yaramıyor. Ölü yatırım. Yok botoks, yok dolgu, yok ameliyat, yok masaj, yok yağ çektirme, yok bilmem ne... Düzelmiyorsun işte... Uğraşma daha fazla. Kendini kesip doğrasan da babamın etrafındaki o muhteşem kadınlar gibi olamayacaksın hiçbir zaman. Çünkü onlar sadece genç ve güzel değil, aynı zamanda akıllı, yetenekli, kültürlü, eğlenceli kadınlar... Sende hiçbiri yok... Babam sana dönmüyor yani... Yanlış anlama o işi Melike Hanım!"

***

"Güçlü bir ego, hasta olmaya karşı bir önlemdir ama son çare olarak; hasta olmamak adına sevmeye başlamak zorundayız ve şayet sevemiyorsak hasta olmaya mahkûmuz."

– *Narsisizm Üzerine*, Sigmund Freud

DURUM DEĞERLENDİRMESİ

Onaylanma İsteği

Sudaki yansımasına âşık olup hayranlık duyan ve ona sarılmak isterken suya düşüp boğulan Narcissos'u hatırlarsınız.

Narcissos mitine çok yönlü bakılması önemli bence...

Narsisizm, psikiyatri literatüründe her ne kadar kişinin kendine sevgisi, benlik sevisi, özsaygı anlamına gelse de Narcissos mitinin okumasını yaparken "benlik aşkının" aslında kendine hayranlık duymakla değil, tam tersine, meselenin kendini hiç tanımamakla ilgili olduğunu anlamak lazım.

Narcissos bana göre kendine âşık bir şaşkın değil, kendine yabancı biri... Kim olduğunu bilmiyor, kendini tarif edemiyor. Kendine yabancı... Hatta sudaki aksini bile tanımayacak kadar yabancılaşmış kendine ama farkında bile değil...

Narsisizm kendine yabancılaşmayla çok ilgili... Onaylanma isteğinin, değersizlik hissinin, kaybetme korkusunun, özgüvensizliğin temelinde bireyin kendinin kim olduğunu bilmemesinin etkisi büyük...

Kendine yabancılaşan birini, doğal olarak dış faktörler tarif etmeye başlar. Onaylanmaya ihtiyaç duyar, başkalarının gözündeki imajının peşinde koşar, kimde ne etki yarattığının üzerinde durur, beğenilmek, onaylanmak, kabul edilmek, pohpohlanmak ister... Çünkü ancak bu şekilde, değerli biri olduğuna kendini ikna edebilir. Bunlar olmadığında kendine karşı bile kendinin değerli olduğunu kanıtlayamaz. İçsel açıdan beslenmek için dışarıdan beslenmeye ihtiyaç duyar. Dışarıdan onay almadığı sürece içerideki değersizlik hissiyle baş etmekte zorlanır.

Her insanın biraz narsis olduğundan söz etmiştik zaten. Dolayısıyla bu hikâyeyi okurken kim narsis, kim değil, kim hangi tür narsis ya da başka bir kişilik bozukluğu mu yaşıyor arayışına girmeyin. Herkes biraz narsis... Kimin ne tür bir narsis olduğu ve nasıl tedavi edileceği işin uzmanlarına kalsın.

Teşhisler koymak yerine, durumları geniş bir pencereden okumaya başladığınızda günümüz insanının aşamadığı mutsuzluğunun, yalnızlığının ve güvensizliğinin dinamikleriyle yüzleşiyor olacaksınız.

Dijitalleşen dünyanın, dijitalleşmeye maruz kalan insan psikolojisi üzerinde yol açtığı acıklı sonuçlara Aleyna'nın hikâyesi üzerinden çok daha yakın mesafeden bakıyor olacağız. Dijitalleşmenin bir sonucu olarak insanlar arası mesafelerin açılması, kişinin giderek kendine yabancılaşmasına, yalnızlaşmasına, değersiz ve çaresiz hissetmesine yol açıyor. Değersizlik hissi, öfkeyle beslenen bir narsisizmin doğmasına fırsat veriyor. Başkalarının onayına, beğenisine ve ne düşündüğüne verilen önem artıyor böylece...

Aleyna, dijital dünyayla fazlasıyla meşgul bir genç kız... Sosyal medyayla, özellikle Youtube'la çok ilgili... Çünkü bu dijital mecralar bir var olma biçimi sunuyor kişiye... Aleyna'nın hayatı Youtube üzerinden meşhur olmuş, kendilerini göstermiş, izlenme oranlarıyla onaylanmış, beğenilmiş, maddi kazançlar elde etmiş fenomenlerle dolu... Kendini var etme yolu olarak dijital mecrayı seçiyor olması çok da şaşırtıcı gelmemiştir size de değil mi?

Hayatımızın doğalı haline dönüştü dijital mecra...

İster kabul edin ister etmeyin...

Instagram kullanmayanınız var mı mesela?

Yeni tanıştığınız kişiyi daha yakından tanımak için sosyal medya üzerinden araştırma yapmadınız mı hiç?

Arkadaş listesine bakmadınız mı?

Sevgilinizin eski sevgilisinin profilini sahte hesapla incelemediniz mi, en azından aklınızdan geçirmediniz mi?

Yeteneğinizle sosyal medyadan para kazanma şansınız olup olmadığına bakmadınız mı?

Şahane yemekler yapıyorsanız mesela, Youtube'da bir yemek kanalı açmayı düşünmediniz mi?

En kötü okuduğunuz kitapları ya da izlediğiniz filmleri başkalarına anlatma düşüncesiyle bir deneme çekimi yapmaya kalkışmadınız mı? Sonrasında vazgeçmiş bile olsanız, yeteneklerinizin ne olup olmadığını sırf dijital mecrada kendinize bir alan yaratabilme amacıyla gözden geçirmediniz mi?

"Ben en iyi ne yapabiliyorum ya da ne yapabilirim?" diye sormadınız mı?

"Hiçbir şey yapamıyorsam da komik hayvan videoları montajlayıp bir kanal açsam Youtube'dan para kazanabilir miyim acaba?" sorusu bir kez olsun gelip geçmedi mi aklınızdan?

Mutlaka bir tanesi şaka yollu bile olsa, gündeminize gelmiştir. Hepsi bir yana, Facebook ya da Instagram'da paylaşılan her kare, psikolojik olarak "like" alma, yani "beğeni" alma beklentisiyle paylaşılıyor.

Bütün mesele görülmek, fark edilmek ve onay almak...

Bu beklenti içinde olmayan kişi zaten sevdiği fotoğraflarını ya bastırıp buzdolabına yapıştırıyor ya da bilgisayarında saklıyor.

Gelen her "like"ın vücutta endorfin salgılanmasına yol açtığını biliyor muydunuz?

Dijitalleşme meselesini katiyen küçümsemeyin derim. Yarattığı sonuçlar bakımından fiziksel, zihinsel ve ruhsal açıdan insan bedeni üzerinde yol açtığı etkilere bakıldığında, konunun ciddiyetini öngörmek mümkün olabilir.

Dolayısıyla Aleyna, hiç ama hiç yabancısı olmadığımız bir karakter... Müzikle ilgilenen genç bir kız olarak kariyerini bu yönde inşa etmek üzere, tabii ki dijital mecranın gücünü kullanmak istiyor. Ancak Aleyna'nın gerçeklikten kopuk oluşu ve bunun farkında bile olmaması işleri zora sokuyor belli ki...

Arkın'ın Aleyna'yla ilgili şikâyetlerini hatırlayın:

1. Orkestraya teşekkür bile etmiyor, çünkü paralarını ödedi, üzerine neden bir de minnet duysun ki? Herkes işini yapıyor.

2. İnsanlardan yapamayacakları şeylerle ilgili taleplerde bulunabiliyor, çünkü buna hakkı olduğunu düşünüyor. Ünlülerin menajerlerinin numarasını fütursuzca isteyebiliyor, hatta yeni videosunun tanıtımını paylaştırmak için müzisyenlere ültimatom veriyor. Müzik camiasında bu tip bir trafikle ilgili prosedürlerin hiçbir önemi yok Aleyna için. Çünkü o bütün bunları yapabilme hakkına sahip olduğuna inanıyor. Kendini müzik camiasının bir parçası gibi görüyor. Cemiyetin içindeymiş gibi davranıyor. Üstelik dahil olmaya çalıştığı dünyayı da tam olarak tanımadığını Arkın'ın ikazlarından anlayabiliyoruz. Aleyna'nın müzik dünyası hakkında bir fikri var sadece ama gerçekçi olmayan bir fikir... Düş gibi...

3. Annesinin ağzından zalimce dökülen sözlere de yakından bakacak olursak "Bu sesle bu tiple mi?" çıkışının altında da Aleyna'nın kendiyle ilgili çok da gerçekçi olmayan düşüncelere sahip olduğu düşüncesi uyanıyor ister istemez.

Aleyna belli ki çok iyi bir şarkıcı değil... İyi bir sese sahip değil... "Şu tipe bak!" dediklerine göre yerinde olmak istediği magazin figürlerinin, ünlülerin tahtına yeteneğiyle ve fiziğiyle yerleşebilecek güçte ve yeterlilikte de değil... Ancak inancı tam tersi yönde...

Aynada da filtreli fotoğraflarında göründüğü gibi göründüğüne inanıyor. Aleyna'nın kendiyle ilgili bu yanılgısının ilerleyen bölümlerde nelere yol açabileceğini birlikte göreceğiz zaten.

Kısacası Aleyna'nın iyi bir sese sahip olduğuna, iyi bir fiziği olduğuna ve çok yetenekli bir genç olduğuna fazlasıyla inanıyor olması, çok ama çok önemli bir mesele...

"İnanç" meselesinin üzerinde her zaman büyük bir hassasiyetle, özellikle durduğumu okurlarım da, danışanlarım da, öğrencilerim de iyi bilirler.

"İnanç" tek başına hiçbir şey ifade etmez. Ancak "doğru" eylemle buluştuğunda mucizeler yaratabilir.

"İyi bir kitap yazacağıma inanıyorum..." tek başına yeterli değildir. Çünkü okumuyorsun, araştırmıyorsun, çalışmıyorsun... Doğru eylemle buluşmayan bu inanç, hiçbir işe yaramaz.

"İyi bir balerin olacağıma inanıyorum..." tek başına yeterli değildir. Çünkü baleye çocuk yaşta uygun fiziksel koşullarda başlanır. 37 yaşında baş balerin olma inancıyla yola çıkılmaz.

Aleyna da "star" olacağına inanıyor belli ki... Çok iyi bir sesi olmasa da şarkı söyleyebildiğinden eminiz artık. Belki çok iddialı bir görüntüsü de yok ama bu iyi videolar çekmesine engel değil... Dijital mecrada adından söz ettirebilecek bir potansiyeli olduğu anlaşılıyor. Hem babasının maddi desteğiyle bu işin maddi yükümlülüklerini de kolay aşabileceğini görebiliyoruz. Ne var ki Aleyna, çoktan star olmuş...

Starlığını yaşamaya başlamış bile. Bu yüzden kemik bir ekip oluşturamıyor, oluşturduğu ekibi de koruyamıyor. Dolayısıyla uzun vadede işler çok da yolunda gitmeyecek onun açısından.

Aleyna'nın bir an evvel star olmaya ihtiyacı var çünkü derin bir değersizlik hissi taşıyor içinde. Bu yüzden şimdiden starlığı yaşamaya başlamış. Sevilen, beğenilen, alkışlanan, tanınan, onaylanan biri olduğu inancında ve buna göre davranıyor.

Ancak onaylandığı zaman sevilmeye layık biri olabileceğine inanıyor bilinçaltında.

Sahnenin sonunda Aleyna'nın ağzından dökülen sözler, travmasının bir fotoğrafıdır aslında...

Sürekli estetik operasyonlar geçiren annesine "Kendini kesip doğrasan da babamın etrafındaki o muhteşem kadınlar gibi olamayacaksın hiçbir zaman. Çünkü onlar sadece genç ve güzel değil, aynı zamanda akıllı, yetenekli, kültürlü, eğlenceli kadınlar... Sende hiçbiri yok..."

Annesinin bütün bunlardan yoksun olduğu için çocuğunu doğurduğu ve âşık olduğu adamın aşkına sahip olamadığını görmüş, izlemiş. Bir kadının sevilmesi için genç, güzel, yetenekli, kültürlü olması gerektiğine, onaylanması gerektiğine inanıyor Aleyna... Dolayısıyla babasına layık bir kız olabilmesi, sevilmesi, onaylanması, takdir edilmesi, kabul edilmesi için "star" olmak zorunda hissediyor.

Babasının temelli dönüyor olmasından sonra anlam veremediği ağlama hissi, henüz sevilmeye layık bir kız olmayı başaramadığı kaygısından. Oysa birinin onu sevmesi için hiçbir şey yapmak zorunda değil...

Fakat ne yazık ki Aleyna bu bilgiye sahip değil... Kimse sevilmek için bir şey vermek ya da bir şey yapmak zorunda değildir. Bu bilgiye sahip olmamak, kişinin kendini tanımamasıdır işte... Tıpkı Narcissos'un kendini tanımaması ve bu yüzden dışarıdan onaylanmaya, beğenilmeye, desteklenmeye ihtiyaç duyması gibi...

İhtiyaç duyduğu her şey kendiyle ilgiliydi zaten. Kendinden isteyip kendinden alabileceği şeylerdi... Dolayısıyla onaylanma isteği dışarıdan arzu ediliyor gibi olsa da kişinin kendiyle ilgili, kendinden alabileceği bir güçtür.

Sevilme isteği, dışarıdan arzu ediliyor gibi olsa da kişinin kendiyle ilgili, kendinden alabileceği bir güçtür. Kişi önce kendini sevebilmelidir, kabul edip onaylayabilmelidir. Böylece başkalarının onayına, hakkındaki düşüncelerine, topladığı ya da toplayamadığı beğenilere saplanıp kalmaz.

> *"Narsis biri yaşamını, narsisizmini besleyerek idame ettirir. Narsis biri, kendine hiç güveni olmayan biridir çünkü duyguları hiç gerçeğe bağlı değildir."*
>
> – *Dinleme Sanatı,* Erich Fromm

-II-

"Benim oğlum herkesin sevgilisi olmuş o oyuncu kadınla düşüp kalkamaz!" diye bağırıp duruyordu Ayhan Hanım. "Benim oğlum o ayyaşlar gibi magazinlere düşemez! Benim oğlum bize bunu yapamaz!"

Bebek'teki kışlık evin eski model değerli biblolarla ve kristallerle dolu geniş salonunda bir aşağı bir yukarı yürürken nefes nefese kalmıştı. Fotoğrafta gördüğü şeylere inanamıyor gibi elindeki cep telefonunu sağa sola sallayarak konuyu tamamen reddediyor, hareketleriyle de düşüncesini açıkça ortaya koyuyordu Ayhan Hanım.

"Hayır efendim, hayır!" diyordu. "Olamaz, kabul etmiyorum. Olamaz! Benim oğlum öyle sarhoş olup, herkesle adı çıkmış bir oyuncuyla sarmaş dolaş sallana sallana görüntü veremez, sokak ortalarında kimseyle öpüşemez... Bu ne sorumsuzluk, bu ne hadsizlik!"

Ertan, üst kattaki odasında kendini ebeveyn banyosuna kapatmış, suyu da kuvvetli açıp duşun altına girmişti çoktan. Annesi Ayhan Hanım'ın belki günler, hatta haftalar boyu sürecek yakarışlarını işitmemek için elinden geleni yapacaktı. Hatta belki birkaç gün yöneticisi olduğu otelde kalırdı.

Yazık, olan yine alt katta salonun bir köşesine sinmiş oturan Nazlı Hanım'a oluyordu. Hanımının tansiyonunun giderek yükseldiğinin farkında olduğu halde müdahale edemediğine üzülüyordu Nazlı Hanım. Hastanelik olursa bütün aile eşrafı üzerine gelirdi yine.

Ah Ertan ah! Bilmiyordu sanki annesinin huyunu suyunu... Nasıl dikkat etmezdi geceleri eğlenirken kimlerle gezip dolaştığına? Koskoca Ayhan Hanım'ın oğluna yakışır mıydı gece gece, zilzurna sarhoş halde magazinlere düşmek? Adamın burnundan fitil fitil getirirdi Ayhan Hanım. Dur bak Ertan'a daha neler yapacak!

"Ayhan Hanımcığım tansiyonunuz fırlayacak şimdi" dedi Nazlı Hanım. "Otursanıza Allah aşkına... Ertan Bey oğlum duşta, sizi duymuyor bile... Kendi kendinizi perişan ediyorsunuz burada. Hem bekâr bir adam o. Yapmayın etmeyin ne olursunuz."

"Benim oğlum o!" diye çıkıştı Ayhan Hanım hiddetle. Bütün öfkesini Nazlı Hanım'dan çıkarmak istiyormuş gibi üzerine yürümeye başladı söylenirken. Sinirlenince o iri cüssesi daha da büyüyor, ürkütücü bir hal alıyordu. Ayhan Hanım bu haliyle otoriter, kendinden emin ve güçlü bir kadın olmaktan çok uzak, öfkeli bir masal devine benziyordu.

"Sen benim beyimi bir gün sarhoş gördün mü acaba?" diye bağırdı Nazlı Hanım'a. "Neredeyse Ertan doğduğundan beri burada bizimlesin. Her şeyimizi bilirsin. Beyimin sofrasında kadehi hep doludur ama sokaklarda öyle sallana sallana gezindiğini, onunla bununla kavga ettiğini gördün mü Allah aşkına söyle? Başkalarıyla sarmaş dolaş oldu mu hiç sarhoş kafayla?"

"İyi de Ayhan Hanımcığım Ertan bekâr bir adam" dedi Nazlı Hanım, cılız bir sesle. "Hem ayrılmışlar zaten o kızla. Bence bir şey olmaz. Üzmeyin kendinizi bu kadar. Genç bir erkeğe bu kadar baskı yapılmaz. Bunalır, buhrana düşer, iyi gelmez. Allah korusun başka yerlerden çıkar acısı sonra. Sakin olmanız herkes için en hayırlısı olur."

"Rica ederim bana oğlumla ilgili akıl verme Nazlı Hanım olur mu?" diye kükredi Ayhan Hanım. Burnunda tüten öfke dumanını görmemek imkânsızdı.

Nazlı Hanım çaresiz eğdi başını öne. Elindeki asma yapraklarını sarmaya koyuldu kaldığı yerden.

Öyle ya koskoca Ayhan Hanım'dı o... Boru değil... Dedesi bir dönem Ankara'da Milli Eğitim'de müfettişmiş, babası Ürgüp'te belediye reisi... Kendi üniversitede hoca... Şimdi emekli oldu da sakinledi biraz. Eskiden kan kustururdu aileye... Kocası siyasette aktifti tabii o zamanlar. Belediye başkanlığına adaylığını koymuştu. Ayhan Hanım ailesinin itibarını korumak ve milletin hizmetine aday olmaya her şeyiyle layık bir siyaset adamı profili ortaya koymak için sülaleyi mum etmişti adeta. Bazen kocası bile suspus olur yenilirdi karşısında. Ağır yaptırımları vardır Ayhan Hanım'ın. Fena ceza keser. Ağır bedeller ödetirdi.

"Otelin musluğu kapandı sana!" diye bağırdı Ayhan Hanım üst kata. "Otelin hesaplarıyla ilgili bütün yetkilerin iptal edildi küçük bey..."

Ertan'a kesilen ceza belli olmuştu. Üst kattaki su sesi de bıçak gibi kesildiğine göre muhtemelen Ertan da duymuştu magazine düşmenin bedeli olarak ödeyeceği hesabın ne olduğunu.

Geçmiş olsun küçük bey!

İstanbul'un en nezih semtindeki lüks otelden yönetici olarak kazandıklarına el konmuştu demir sultan tarafından.

"Amcalarınla da konuştum. Yönetim kurulu kararını verdi Ertan Efendi!" dedi Ayhan Hanım. Avazı çıktığı kadar bağırarak konuşuyordu hâlâ. İki katlı evin temelleri bile titriyordu sanki o bağırdıkça. Ne kuvvetli bir ses o öyle! Sesiyle adam bile dövebilirdi.

"Baban gözüme bile görünmesin bir süre dedi. Haberin ola Ertan Efendi. Öyle duşa kendini kapatıp kulaklarını tıkayarak kurtulamazsın bu işten. Var şimdi devam et sen duşunu almaya. Hatta istersen evde de kalma bir süre... Git bir otele oda açsınlar sana. Öyle oyuncularla fink atıp âlemler yapıp magazinde kendini ve bizi rezil etmek neymiş gör bakalım. Arsız evlat!"

Ertan üzerine bornozunu alıp bir hışımla inmişti aşağıya sırılsıklam.

"Bu da ne demek şimdi anne?" dedi dişlerini sıkarak. Saygıda kusur etmek istemiyor ama kızgınlığını da bastıramıyordu. "Biraz ağır değil mi bu ceza? Üstelik ortada bir suç yok, olay yok... Ben ailemizi utandıracak hiçbir şey yapmadım. Magazincilerin yüzsüzlüğü o. Görüntünün altına diledikleri lafı söyleyebiliyorlar, diledikleri yazıyı yazabiliyorlar. Kimsenin ağzı torba değil, büzülmüyor işte. Biriyle kavga mı etmişim, karakolluk mu olmuşum, üzerimde uyuşturucuyla mı yakalanmışım, hakkımda taciz suçlaması mı yapılmış, gayrimeşru bir çocuğum mu çıkmış ortaya? Hayır... Hiçbiri değil... Arkadaşlarımla eğlenmişim, çıkışta da yanımdaki kızla fotoğrafımı çekmişler, kamerayı açmışlar. Küfür mü etmişim kameralara, muhabirlere mi saldırmışım? Hayır. Herkesi selamlayıp yoluma devam etmişim. Neyin cezası bu şimdi? Metresiyle basılmış politikacı muamelesi görüyorum bu evde! İnsaf yahu, çocuk değilim ben. Koskoca bir otel işletiyorum yıllardır. Ayıp değil mi altımda çalışan onca insana rezil ediyorsunuz beni? Şamar oğlanı gibi davranamazsınız bana. Çalıştığım yerdeki itibarımla oynayamazsınız. Yaramazlık edince oyuncağı elinden alınan çocuk gibi davranamazsınız. Sonra kim dinler beni orada, kim saygı duyar?"

"İşte bütün bunları daha önce düşünecektiniz küçük bey" dedi Ayhan Hanım. Sonunda yemek masasının etrafındaki sandalyelerden birine çöktü yorgunluktan. "Sen herkesle arkadaş olamazsın Ertan, herkesle düşüp kalkamazsın. Sen bu ailenin tek erkek evladısın. Herkes senin eline bakıyor. Amcalarının oğulları iş kurdular, kaldılar yurtdışında. Hiçbiri geri dönmeyecek. Hepsinin kızı yarım akıllı... İş yapacak, şirket yönetecek, aile itibarı kuracak, çekip çevirecek kızlar değil. Koskoca otele senden başka sahip çıkacak bir adam yok. Eğitiminle, kültürünle, zekânla, gücünle bir sen varsın aklı başında, her işin üstesinden gelecek... Sen de böyle rezil edersen kendini olmaz."

Ertan bornozun koluyla alnından süzülen suları silip yavaşça yaklaştı annesine... Hafifçe önüne eğilerek duyabileceği kadar sesle dişlerini sıkarak konuştu.

"Size bir hafta süre... Eğer otelle ilişkim sadece bir gün için bile kesilirse istifa ederim. Amerika'ya geri dönerim. Orada bir işletme işi bulur maaşla çalışırım. Otele de ailemizin yarım akıllı kızlarından birini sınavla yönetici seçersiniz. Benim diyeceklerim bu kadar. Karar sizin!"

Ayhan Hanım hışımla yerinden kalkıncaya kadar Ertan çoktan üst kata odasına çıkmıştı bile.

"Seni hadsiz seni!" diye çıkıştı. "Sen kimi tehdit ediyorsun öyle?"

Üzerini giyinip yanına küçük bir valiz de alarak spor arabasına atladı Ertan. Telefonu sürekli çaldığından sessize almıştı artık. Arayan arayana... Annesi ayrı arıyor, babası ayrı arıyor, amcaları ayrı arıyordu... Ortalık hemen karışmış belli ki. Diğer yandan magazindeki habere konu olan oyuncu kız arkadaşı da üst üste defalarca aramış, Ertan kimseyle konuşmak istemediği için açmamıştı hiçbirini... Arkadaşları da muhtemelen haberle ilgili şakalar yapmak için çaldırıp duruyorlardı ama kimseyle eğlenecek hali yoktu şimdi. Annesi yeterince sinirlerini bozmuştu.

Trafik saatinde dışarıda olduğu için de ayrıca gergindi. Annesinin üzüntüsüyle zerre kadar ilgili değildi artık. Evdeki tartışma evde kalmıştı. Nasılsa hepsine haddini bildirirdi bir şekilde. Şimdiden oturup kara kara düşünmeye başlamış olmalıydılar zaten. Şu an trafiğin içine düşmüş olmak daha sinir bozucu geliyordu ona. Bir an evvel otele varmak istiyordu. Bir kavşakta, araçlar kırmızı ışıkta dururken hepsinin önünden geçerek dönülmeyen geniş geçidi umursamadan dönüp geçti. Altındaki arabanın hızı ve kıvraklığı sayesinde ters yollara girmeyi göze alarak ilerledi. Hiçbir ışıkta durmadığı gibi emniyet şeridini kapatarak bastı gaza... Yakalanırsa nasılsa öderdi cezasını. Bu aptal trafiğe razı olup vakit kaybetmeye değmezdi, sinirlerini bozup canını sıkmaya ne gerek vardı?

Trafiği ihlal ederek ilerlemek epey zaman kazandırmıştı tabii Ertan'a. Çok geçmeden vardı otele... Resepsiyonistlerden birini yanına alarak kendine hemen bir kral dairesi açtırdı. Eşyalarının odaya düzenli şekilde yerleştirilmesini söyledi.

Kimse neden otelde kalacağını soramadı bile. Ama herkes içten içe magazinlerde çıkan haberle ilgili alınmış ailevi bir karar olabileceğini tahmin ediyordu. Dedikodu kazanları çoktan kaynamaya başlamıştı.

"Ertan Bey'i evden postalamışlar galiba..."

"Kolay mı canım Ertan Bey'e posta koymak?"

"Aile resti çekti muhtemelen."

"Asıl Ertan Bey çekmiştir resti... Şeytana pabucunu ters giydirir o."

"İşler karışmış gibi... Yoksa niye gelsin otele durup dururken?"

"Sanki hiç kalmadı otelde. Adamın kendi oteli istediği zaman gelir istediği kadar kalır, bize mi soracak?"

"Hiç belli olmaz o işler. Yurtdışından tak diye getirirler veliahtlardan birini yerleştirirler başımıza..."

"İyi olur belki Ertan Bey'in otelden gitmesi. Ayrılsa keşke..."

"Nesi varmış Ertan Bey'in?"

"Ukala, şımarık, kaprisli biri işte... Yakışıklılığına güveniyor tabii, parasına güveniyor bir de... Tekmeyi yesin kıçına da burnu bir güzel sürtsün... Ne güzel öyle ye, iç, dağıt, kızlarla magazinlere düş, o ne âlâ hayat..."

Otelde her ağızdan bir ses çıkıyordu. Kapalı kapılar ardında fısır fısır dolaşıyordu bu laflar. Ertan her şeyin farkındaydı kuşkusuz... Bütün bu söylentilerin önüne geçmek için otelin barında arkadaşlarıyla keyifli bir gece geçiriyor gibi görünmeye karar verdi.

Sık görüştüğü arkadaşlarından Orçun'u arayıp "Gece otele bekliyorum, ekibi al da gel" dedi. "Birkaç gün burada kalacağım..." Tanıdığı kim var kim yok otele davet etti eğlenmek için. "Hatta müzisyenleri de alın gelin. Canlı müzik de olsun, biraz kafa dağıtırız."

"Bu akşam gelemem" dedi Orçun... Babası iki gün önce şeker komasından dönmüş, taburcu edildikten sonra eve çıkarılmıştı. Şimdi de oğlu yanında olsun diye şımarıyordu kendince. "Peder birlikte film izleyeceğiz diye tutturdu oğlum" dedi Orçun. "Biraz gönlü olsun bari adamın... Bir iki gece bensiz kalırsanız ölmezsiniz herhalde. Annem de çok rica ediyor. Bu gece biz bizeyiz maalesef, kusura bakma. Aile saadeti..."

"Yahu yerim aile saadetinizi sizin. Kurban olsunlar, babanın başım üzerinde yeri vardır" dedi Ertan. Yine de Orçun'u rahat bırakmaya niyeti yoktu. Hatta onu evden çıkarmaya çoktan karar vermişti bile. Babası yeniden şeker komasına girecek olsa da Orçun'u otele getirmeyi başarırdı. "İstersen yarın gece ben de geleyim film izlemeye, sor bakayım istiyor mu beni?"

"İstemez olur mu? Duyunca daha da keyiflendi şimdi..."

"O zaman yarın akşam hep birlikte film izliyoruz. Duvarı en geniş odada, projektörde izlemek istiyorum, ona göre..."

"Ne demek, gerekirse bahçeden evin üzerine yansıtırım filmi senin için diyor oğlum. Pederi hiç bu kadar misafirperver görmemiştim, bak kıymetini bil Ertan ona göre..."

Zafere bir adım kaldığını düşündü Ertan. Son hamlesini yaptığında Orçun beş dakika içinde üzerini giyinip arabasına atlayacaktı.

"Tamam, anlaştık o halde. Yarın akşam sizdeyim. Ama şu durumda sen bu gece benim yanımdasın. Ekibi topluyorsun, geliyorsun. Canlı müziği de unutma. Müzisyen işini de hallet uğraştırma şimdi beni... Vardır senin öyle arkadaşların."

"İyi madem..." dedi Orçun. Bingo! "Ben hazırlanıp çıkıyorum o zaman. Arkın'ın stüdyoya uğrarım önce. Müzisyen bulamasak bile Arkın DJ'lik yapar bize barda. Sağlam müzisyendir merak etme..."

"Eyvallah... Akşama görüşürüz o halde kardeşim" deyip telefonu kapattı Ertan. Yarın akşam şeker hastası bir yaşlıyla film izleyeceğini çoktan unutmuş, bu programı önünde bekleyen işler listesine almamıştı bile... Tabii ki Orçun'un babasıyla oturup film izleyecek hali yoktu.

Yine de bir şekilde istediğini yaptırabilmiş olmanın zevkiyle çıktı odasından. Barda akşam arkadaşları için hazırlık yapılmasını isteyecekti şeften ama güvenlikte Asu'yu görünce panikledi.

Nereden çıkmıştı şimdi bu kız?

"Tüh!" diye geçirdi içinden. Keşke sabahtan açsaydı telefonlarını. Konuşsalardı belki damlamazdı buraya. Magazinde çıkan haberle ilgili konuşmaya ihtiyacı olmalı. Öyle ya Asu'nun da hayatında birtakım infiallere yol açmış olmalıydı o haber. Sonuçta kız ünlü bir oyuncu... Onun da bir ailesi var... Üstelik menajerine ve milyonlarca hayranına karşı da sorumlu... Of, of, of...

Asu açısından belki çok daha zor bile olmuştur o haberin etkilerine katlanmak... İki dakika konuşup konuyu tamamen kapatmak istiyordu Ertan. Bir daha böylesi külfetli işlerle uğraşmayacaktı.

Asu'nun yanına gidip resepsiyondan aldı onu.

"Beni mi arıyordun?" diye sordu. Kız belli ki iki gözü iki çeşme ağlamış dünden beri. Belki hiç uyumamıştı bile. Kıpkırmızıydı gözleri. Yüzü solmuş, sararmış... Göz altları kapkara...

"İyi misin?" diye sordu Ertan. "Ne bu hal böyle? Perişan görünüyorsun. Ölü gibisin... Nasıl çıktın bu halde dışarı? Birileri görse bu halinle yine haber olursun. Dikkatli olmalısın."

"Telefonunu açsaydın belki buraya kadar gelmeme gerek kalmazdı" dedi Asu. Kırgın ve çatallıydı sesi.

"Keşke..." diye geçirdi içinden Ertan. "Keşke konuşsaydık da buraya kadar gelmeseydin bu halde..."

"Annemle uğraşıyorum sabahtan beri. Kolay değil bu işler bizim ailemiz için... Böyle şeylerden hoşlanmazlar hiç... Çok kötü oldu. Başım dertte. Kimseyle konuşacak halim yoktu Asu. Buraya zor attım kendimi. Üstelik mevzu hâlâ çözülmüş değil bizimkiler açısından. Uzattıkça uzatıyorlar."

"Oğullarına layık bulmadılar mı beni?" dedi Asu. Nasıl da kızgındı Ertan'a. "Sen karşında kim var sanıyorsun aptal! Benim telefonlarımı açmamak da neymiş? Küstah herif!"

Konuştukça daha da geriliyordu Asu. Kendini tutamayıp herkesin içinde Ertan'ın göğsünü var gücüyle itip sarsmayı bile başarmıştı bu yorgun ve bitkin haline rağmen.

Otel yeterince dedikoduyla fokurdarken millete fazla malzeme vermemek için Asu'nun suyuna giderek vukuatsız şekilde kızı otelden yollamaya çalışacaktı Ertan. Çaresiz konuşmak zorundaydılar artık.

"Bara gidelim" dedi Ertan. "Açılmadı henüz, kimseler yok. Rahat konuşuruz."

Odaya gidip baş başa kalıp birbirlerini teselli etmek yerine barda mesafeli bir konuşmaya davet edilmek, tepesinin tasını attırıyordu Asu'nun.

"Toplantı mı yapacaksın benimle hayvan herif!" diye çıkıştı. "Sen kimsin de bana böyle mal gibi davranıyorsun? Rezil ederim seni. İnsan içine çıkacak halin kalmaz. Anneciğin kalp krizi geçirir bak sonra, çok ağlarsın. Haddini bil Ertan, bana küstahlık yapma çok kötü olur."

"Ne yaptım ki kızım ben sana? Oturup konuşalım dedim. Kimse yok barda rahat ederiz dedim. Ne bekliyorsun anlamadım ki? Mumlu, romantik bir masa falan mı?"

"Sokarım o mumları bir tarafına bak Ertan, düzgün konuş... Beni başından def etmeye çalışır gibi bir tavırla öyle salak salak hareketler yapma, insan ol..."

Asu'nun kendini iyi hissetmediğine ikna olmuştu Ertan. Kızı fazla itelemiş, kendini çok değersiz hissetmesine neden olmuştu. Böylesine egosu yüksek bir iş yapan, milyonlarca hayranını peşinden koşturan bir oyuncuya sınır koyarken aşırıya kaçmış olduğunun farkındaydı. Asu'yu bir an evvel hayatından çıkarmak isteyerek onun tehlikeli bir hayvana dönüşmesine neden oluyordu. Bütün bu dinamikleri hızla okuyabilecek kadar zeki bir adam olması Ertan'ın hızlı ama doğru kararlar almasında ve uygulamasında çok zaman işe yarıyordu. Özellikle de kadınlarla kurduğu ilişkilerde...

Asu'yu kollarının arasına alarak sözde sıcak ve samimi bir kucaklaşmayla sakinleştirmeye çalıştı ki işe de yaradı. Asu'nun süngüsü çabuk düşmüş, bara gidip konuşmaya ikna olmuştu bile...

Birkaç saat sonra kapılar açılacak, müşteriler birer ikişer bara giriş yapacaklardı. Ama en önemlisi Orçun ve müzisyen arkadaşları gelene kadar Asu'nun buradan çıkıp gitmiş olması gerekiyordu.

Köşedeki koltuklardan birine karşılıklı geçip oturdular. Diyeceğini deyip konuyu kapatacaktı Ertan. Asu'nun çilesini, kırılan egosunu, komplekslerini ve saçma sapan tehditlerini dinleyecek değildi.

"Ben çok özel bir ailede büyüdüm Asu" diye başladı söze Ertan. "Özellikle annem çok düşkündür bana. Tapar adeta... Bir gözünden ötekine kıskanır, sakınır beni. Çok güçlü bir karakteri vardır. Mağrurdur, burnu yere düşse eğilip almaz. Baskındır. Babamdan çok annemin kanatları altında büyüdüm diyebilirim. Gerçek bir prens olarak yetiştirdi beni. Her zaman yanımda yardımcılarım oldu. Öğretmenlerim oldu, asistanlarım oldu. En iyi okullarda okudum. Çocuk yaşta ileri derecede yabancı dil öğrendim. Yıllarca Amerika'da yaşadım. Otelin tek veliahdı, ailenin reisi olarak yetiştirildim. Böyle bir aileden söz ediyoruz Asu... O yüzden kızma tepkilerine... Üzerine alınma. Kişiselleştirme sakın. Seninle, şahsınla, kişiliğinle hiç ilgisi yok..."

"Yaptığın şey bencillik ama..." dedi Asu. "Kendi derdine gömüldün gittin. Benim ne yaşadığımla ilgilenmedin bile. Sanki ben zarar görmedim bu haberden. Telefon açmayı bırak aramalarıma bile karşılık vermedin. Sanki bir hayat kadınıyla basılmışsın gibi davranıyorsun Ertan farkında mısın? Bu büyük saygısızlık... Bahsettiğin gibi bir ailede büyüdüysen eğer kadına karşı, özellikle de birlikte olduğun kadına karşı bir sorumluluğun ve saygın olur. Hiç değilse iyi misin diye sorarsın. Yalandan bile olsa ilgilenirsin. Prens dediğin adam saygılı olur. Hödük olmaz. Kimseyi aşağılamaz. Dikkat eder. Sen bencil ve hödüksün... Menajerim dünden beri yapımcılarla papaz oldu. Ayrıca..."

"Canım senin sinirlerin çok bozuk, haklısın, başında çok iş var. Menajerin senin imajını en başarılı şekilde kurtaracaktır zaten. Buna gönülden inanıyorum. Ağzından çıkan ve sana hiç yakışmayan bu sözlerine de katiyen kızmıyorum bak. Halbuki milyonlarca insan seni zarifliğinle, kibarlığınla tanıyor. Senin iyiliğin için söylüyorum bak bunu... Kimlik bunalımına dönüşecek bütün bunlar daha sonra... Ben kimim kavgaları hep bu yüzden doğuyor. Ayrıca ben senin için neyim, sana ne ifade ediyorum, hayatındaki yerim ne gibi takıntılı düşünceler de yine aynı takıntıların bir sonucu..."

"Bütün bunları bana egosu boyundan büyük bir adam mı söylüyor?" diye sordu Asu. Ne öfkeli ne de yüksekti bu kez sesi... Acır gibi bir tavırla baktı Ertan'ın yüzüne. "Peki ya senin bu bencilliğin neye dönüşecek dersin? Azıcık nezaket, azıcık empati, azıcık gönül alma, saygı gösterme de mi yok be mübarek adam? Ne tuhafsın, ne ilginçsin!"

"Sen benimle biraz empati kurabilseydin benim de o haberle ilgili gün boyu aileme ifade verdiğimi düşünür, telefonu açmıyorum diye oteli basmaya gelmezdin..."

"Vay, vay, vay... İfadelere bak! Otel mi bastım yani ben? Öyle çirkef, âciz bir kadın mıyım yani? Geçen hafta karizmamdan, güzelliğimden bahsediyordun. Karakterime hayran kaldığını söylüyordun. Bu yüzden herkesten farklı buluyordun beni. Güzelim diye geçinen bütün o magazin hatunlarından daha cazibelisin diyordun bana. Otel basacak kadar basitleşen bir kadın olduğum sonucuna nasıl varıyorsun şimdi?"

"Herkesin zayıf noktaları var tabii... Senin de zaafların var. İnsansın sonuçta" diye karşılık verdi Ertan. Anlayışlı ve kibar konuşuyormuş gibi göründüğü halde Asu'nun giderek daha da öfkelenmesine, hatta patlama noktasına varmasına neden oluyordu farkında olmadan. Genç kadının öfke krizi yaşamamak için ellerini sıktığının farkında bile değildi. "Kimse mükemmel değil sonuçta Asucuğum... Sen kusursuz bir imaja sahipsin ama özünde zaafları olan bir insansın. Kusursuz bir kadın olmayı bekleyemezsin kendinden. Bu kendine haksızlık olur. Yapma sakın. Mükemmel olmak için zorlama. Kendine haksızlık etme. Merhametli davran lütfen bu güzel kadına..."

"Ertan çok rica ediyorum bu çakma terapist laflarını kıçına sok, çeneni kapa, delirtiyorsun beni" dedi Asu dişlerini sıkarak. "Olay çıkarmadan defolup gitmek istiyorum buradan. Senin dolduruşuna gelip delirmeyeceğim uluorta. Herkesin gözü üzerimde... Beni daha fazla rezil etmene izin vermeyeceğim. Sana mekândan çıkarken ayrı çıkalım dedim. Atla arabana otele git dedim. Ben arkadan gelirim hafta sonunu otelde geçiririz dedim. Ama sen ne yaptın? İlişkimizin sakınılacak nesi var diyerek sallana sallana zorla çıkardın beni mekândan. Ne oldu gördün mü bak? Telefonlarımı bile açamıyorsun artık... Otel köşelerine fırlatmış ailen seni. Kaldıramayacağın yüklerin altına girmeyeceksin. Şöhretli insanların sorumluluklarını taşıyacak zekân ve gücün yoksa, hayranı olduğun o ünlü kadınlara hiç bulaşmayacaksın. Oturup televizyondan izleyeceksin. Kazın ayağı öyle değil Ertancığım..."

Sohbet boyunca ilk kez yüzü düşmüştü Ertan'ın. Asu'nun sözleri fena halde rahatsız etmiş, hatta kışkırtmıştı onu. Bedelinin pahalıya patlayacağından emin olmasa yaka paça dışarı attırırdı karşısındaki bu küstah kadını ama öfkesi medyaya yansıyacak kadar güçlü bir meydan muharebesine yol açabilirdi. İşte bu zararın altından kalkması daha zor olurdu. Altı üstü bir magazin haberi yüzünden bile şu an oteldeki görev ve yetkileri tehlikeye girmişti. Kaldı ki karakollara düştüğü, kadına şiddet göstermekten haber bültenlerinde linç edildiği bir vukuatın aile içinde ne büyük bir depreme yol açacağını tahmin etmesi hiç de zor değildi.

"O gece koluma girip kendini caddelere atan sendin Asucuğum" dedi sahte bir tebessümle. "Bu kadar yakın olmasaydın aramızdaki arkadaşlık, sanki özel bir şey yaşıyormuşuz gibi magazine düşmez, ikimizin de başı belaya girmezdi. Ben bu konularda çok dikkatliyimdir. Ailem hassastır çünkü... Her zaman itibarımızı düşünerek yaşadım. Uluorta sarhoş olmam ben. Olsam da kimse fark etmez bunu. Göstermem... Kendimi rezil etmem. Yanımdaki kadınları da çok dikkatli seçerim. Taşkınlık yapmayan, zarif ve kontrollü kadınlar olurlar genelde. Sen şimdiye kadar cemiyet haberleri dışında hiçbir gazetede, internet sitesinde gördün mü beni?"

"Bütün arkadaşlarınla yatıyor musun sen Ertancığım?" diye soracak oldu Asu ama belli ki bu adam kendinden söz etmek dışında bir şey söylemeyecekti. Daha birkaç gün önce göklere çıkarıldığı bu tatlı aşk hikâyesinin, şimdi birdenbire iki arkadaş tartışmasına dönmesi, Ertan'ın ilişkiye devam etmekten çekinmesi yüzünden olabilirdi belki... Ailesinden gördüğü baskıdan dolayı da uzaklaşmak istiyor olabilirdi. Yol yakınken dönmeye karar vermişti belki de... Asu'nun Ertan'la ilgili bu düşünceleri kafasını karıştırıyor, kalbini kırıyordu iyice. Konuşmanın bir yere varmayacağı ortadaydı. Dolayısıyla bir söz daha söylemesi gereksizdi şu saatten sonra.

Elini Ertan'ın dizine koyarak, dostça okşadı Asu...

"Ailesinin sözünden çıkamayan korkak ve iradesiz bir adammışsın aslında" dedi. "Bunu erken fark etmiş olmam çok önemli... Boş ver üzülme. Bence iyi oldu o haber... Kimin gerçek, kimin sahte olduğunu gördük... Sen yine de oteldeki selametin açısından kendi oyun parkının dışına pek çıkma olur mu? Ailenin sınırları içinde kal. Büyük lokmalara uzanma. Yutamazsın. Hem sen bence beni Netflix'te izlemeye devam et. Benimle haberinin çıkmış olmasıyla hava atarsın dostlarına... Sırf benimle çıktığın için bile sana dikkat kesilecek çok kadın olacaktır merak etme."

Ertan savunmaya geçip kendiyle ilgili birtakım açıklamalar yapmaya kalkmıştı ki Asu dinlemeye tenezzül bile etmeden çıkıp gitti bardan.

"Ucuz..." dedi Ertan kızın arkasından bakarken. "Benim yanımda taşıyacağım kadınlardan mısın ki sen? Kalitesiz... Herkesle adı çıkmış, şöhret budalası... Ne yani evlenecek miydim bir de seninle? Annemle tanıştırabileceğim insan mısın ki sen? Altı ayımı sana ayırmış olmam bile lütuftur... Buna şükret, âmin de, uza git... Oteli basıp kapılarımda yatmak, iki gözü iki çeşme ağlayarak aşk dilenmek de neymiş?"

Görevlilerden biri "Orçun Bey geldiler" dediğinde Asu'yla beyninin içinde yaşadığı kavgayı ancak sonlandırabilmişti Ertan. Aksi halde bu çekişme gece boyunca uzayıp gidecek gibi görünüyordu. Kadının sözlerine fena halde takılmış, karşılık veremediği için de içten içe deliye dönmüşü.

Orçun, kalabalık bir grupla giriş yapmıştı bara. Ertan gelen ekibi görünce, kafası güzel dağılacağı için keyiflenmişti.

Otel çalışanlarına her şeyin yolunda olduğunu, moralinin her şeye rağmen çok iyi olduğunu, personelin yönetimle ilgili hiçbir kaygı duymasına gerek olmadığını gece boyunca süren eğlenceli bir DJ partisiyle açıkça ortaya koymuştu işte... Böylece otelin yöneticileri ve personeli tarafından piyasaya yayılabilecek "Ertan otelden aforoz edildi" söylentilerinin de bir nebze olsun önüne geçmeyi başarıyordu.

Gecenin DJ'i olarak tanıştığı müzisyen Arkın'dan da hayli memnun kalmıştı. Bara canlı müzik programı koymayı düşündüğünden söz ederek, bu konuda bir teklif hazırlayıp sunmasını istedi ondan.

"Aklımda bir şey var Ertan Bey" dedi Arkın. "Youtube'a yepyeni bir isim çıkarıyoruz. Aleyna... Kısa zamanda büyük ilgi göreceğinden eminiz aslında ama izleyerek adım adım ilerlemek lazım tabii... İlk kez sizin otelde haftada bir düzenli program yaparsa otel de dolup taşar gibi geliyor bana..."

"Bakarız" dedi Ertan.

"Bakarız tabii ki, siz nasıl isterseniz."

Aleyna'nın bu haberle havalara uçacağını düşündü Arkın. "Bana yaptığı küstahlıklardan bin pişman olsun da aklı başına gelsin küçükhanımın" diye geçirdi içinden. Etrafındaki insanların kıymetini anlasın biraz şu şımarık Barbie.

DURUM DEĞERLENDİRMESİ

Mükemmeliyetin Ağır Bedelleri

Mükemmeli arayış, estetikte, edebiyatta, sanatta, bilimde elbette gelişimi ve üretimi desteklemiştir.

İnsanın kendinde mükemmeli araması da keza değerli sonuçlar yaratmıştır. Ancak mükemmeli aramak ve mükemmeliyetçilik çok hassas bir konu... Hatta iki ucu keskin bir bıçak bile diyebiliriz.

Ertan'ın annesi Ayhan Hanım'ın magazinde oğluyla ilgili çıkan basit bir habere karşılık verdiği tepkilerden mükemmeliyetçiliğinin onu zaman içinde kendine ve etrafına karşı ne büyük ve zalim bir baskı aracına, yapıcı gibi görünen ama aslında tahribat gücü yüksek bir otorite figürüne dönüştürdüğünü görmek mümkün...

"Mükemmeliyetçilik kötüdür" diyerek konuyu kestirip atmak söz konusu bile olamaz. Getirdiklerine ve götürdüklerine yakından bakmak, buna göre bilinçli şekilde durumu yönetmek gerekir.

Ayhan Hanım gibi baskın bir otorite figürüne dönüşmüş mükemmeliyetçi kişiler aslında hata yapmaktan fazlasıyla çekinen insanlardır.

Hata yapmak büyük bir travmadır onlar için. Bu bir değer ölçütüdür. Varoluşsal bir kaygıdır aslında... Hatasızlık, büyük bir değer kazandırır onlara... Varoluşlarının bir anlamı olur böylece... Kusursuzlukları sayesinde kendilerini değerli hissederler. Başkalarından zorla söküp aldıkları saygı ve biat sayesinde onaylanmış, tamamlanmış, anlam kazanmış olurlar. Bu bir varoluş biçimidir onlar için... Gerisi hayal kırıklığı ve hüsrandır. Zamanla kendilerinde yakalamaya çalıştıkları mükemmeliyet etraflarına da baskı ve yaptırım olarak yansır. Onun olan, onun emek verdiği, onun yetiştirdiği ya da onun zaman ayırdığı hiç kimse veya hiçbir şey hatalı, eksik ve kusurlu olamaz. Tıpkı Ayhan Hanım'ın mükemmeliyetçiliğinde olduğu gibi... Oğlu Ertan'ın hatası, kendi hatası sayılacağı için onun üzerinde kurduğu baskıyla bunun önüne geçmeye çalışmaktadır. Amacı oğlunun özel hayatına dil uzatılması yüzünden yaşayabileceği üzüntüye engel olmak değildir temelde... Oğlunun hataları yüzünden kendinin varoluş alanının sarsılacağı düşüncesidir. Mükemmeliyetçilik çabasının önce kendine sonra etrafındakilere zarar verdiğinin farkında bile değildir.

Mükemmeliyete ulaşmak insan açısından neredeyse imkânsızdır. Kusursuzluk, doğanın kendinde bile yoktur. Sosyal hayatın içinde, kalabalıklarla yaşayan ve dış uyaranların manipülasyonuna fazlasıyla açık bir canlı olarak insanın kusursuz olmaya çabalaması, yıpratıcı, yorucu ve gereksiz bir mücadeledir.

Her ağacın boyu, gövdesi, kök gücü, büyüme kapasitesi farklıdır. Aynı türden çiçekler bile farklı boylarda, farklı güçlerde, farklı yapılardadır. Aynı türden kuşların bile kimi daha beceriklidir beslenirken, kimi daha beceriksiz, kimi daha hızlı uçar, kimi uçamaz, kimi daha iridir kimi daha küçük... Doğanın mükemmel oluşu bile tam da kusurlar sayesindedir. Hiçbir şeyin tek tip bir kusursuzluk içinde olmamasıdır. Hatalar ve kusurlar doğanın sürekliliğine hizmet eder.

İnsan da doğanın bir parçası olarak hata yapar... Hatalarıyla mükemmeldir... Kusur, insanın imzasıdır, bir yerde özgünlüğüdür. Hatalar, insanın kendi kendini geliştirebildiği kıymetli tecrübeleridir.

Mükemmeliyetçiliğin temelinde saygı görme, onaylanma, başarılı olma, değer kazanma, kabul ve sevgi görme isteği vardır. Ama maalesef mükemmeliyetçilik dozu arttıkça bütün bunları kazanmaya değil, kaybetmeye bile neden olur. Sevgi ve kabul görmek için artan kaygı, öfke, stres, etrafa baskı, kendine baskı daha çok hataya yol açar... Fazla gerilim ve stres ilişkilerin ve ortaklıkların bozulmasına neden olur. Baskının ve stresin kaynağı olarak görülen kişiye duyulan saygı da, sevgi de, hoşgörü de giderek tükenir.

Mükemmeliyetçi kişi sevgi, saygı, başarı, onay ve kabul görmek isterken karşılığında giderek yalnızlaşır.

Tabii ki bu noktada bir işin en iyisini yapmaya çalışmakla mükemmel olmaya çalışmak arasındaki farka değinmek gerekir.

Kişinin elinden gelenin en iyisini yapması başka şeydir, mükemmeliyetçilik bambaşka... Elinden gelenin en iyisini yapmaya çalışmak süreci üretken, verimli ve sağlıklı kılar. Çünkü içinde motivasyon vardır, zevk vardır, coşku vardır. Başkalarıyla işbirliği vardır, güçlü bir iletişim vardır. Ancak mükemmeliyetçilerde coşku, motivasyon ve zevk yoktur. Kaygı vardır, stres vardır, öfke vardır... Hatasızlığa öylesine odaklıdırlar ki her an hata yapmak kaygısı yüzünden hayatı kendilerine de etraflarına da zehir ederler.

Kimi mükemmeliyetçiler kendilerine karşı zalimdir ve sürekli kendini eleştirir. "Bu bana yakıştı mı şimdi, neden yaptım ki, yapmasaydım daha değerli görünürdüm, şimdi hakkımda kim bilir ne dediler?" düşüncesi etrafında döner dururlar.

Kimi mükemmeliyetçiler hata kaygısından dolayı başkalarına katiyen güvenemezler ve onlara iş veremezler bile... Hata yapacaklarından kendini rezil edeceklerinden korkarlar.

Ayhan Hanım da aslında Ertan'ın bir hata yapıp kendini ve yıllar içinde inşa ettiği o "mükemmel ailesini" rezil edeceği korkusuyla sürekli tetikte, kaygı ve öfke içinde. Aslında keşke o koskoca otelin sorumluluğu tek başına Ertan'a verilmese. Çünkü o zaman hata yapma olasılığı artıyor. Mümkün olsa işin başına bizzat Ayhan Hanım geçer ve her şey kontrolünde olur ama ne var ki sistem öyle değil...

Ayhan Hanım, ileride her şeyine güvenmek zorunda olduğu "kusursuz" bir temsilciye ihtiyaç duyacağını biliyordu. Çünkü o yıllar içinde otorite figürüne dönüşmüş bir mükemmeliyetçi... Bu yüzden oğlu Ertan'a düşkün... Bütün yatırımlarını Ertan'a yapmış.

Oğlunu da mükemmel biri olduğuna ikna etmiş yetiştirirken. Ertan bu yüzden tam bir narsis... Mükemmel bir ailenin mükemmel prensi olduğuna inanıyor.

Mükemmeliyetçi insanların başaramama, değer görmeme, sevilmeme, saygı görmeme, onaylanmama, reddedilme ve eleştirilme korkusu yüksektir. Bu yüzden sınırları zorlayan bir kurallar silsilesi içinde kaybolup gitme ihtimalleri yüksektir. Çünkü onlar için hep "Şöyle olmalı, böyle olmalı"dır her şey... Hep bir yapılması gerekenler ve yapılmaması gerekenler listesi vardır onların.

Toleransları yoktur, hoş görmezler, esnek davranmazlar, mazur görmezler... Mükemmeliyetçilerin en belirgin özelliklerinden biri sürekli başkalarını düzeltmek ve tekrarlayarak bir kuralı ona kabul ettirmektir.

Ayhan Hanım'ın bozuk plak gibi "Benim oğlum öyle yapamaz, böyle davranamaz, şu duruma düşemez, bu durumda kalamaz" deyip durması gibi...

Ertan'a kız arkadaşıyla kuracağı özel ve mahrem ilişkilerini bile nasıl yaşaması gerektiğini öğretmeye kalkacak kadar onu hiç ama hiç ilgilendirmeyen konuları bile düzeltebilme çabası içinde Ayhan Hanım...

Oğlu artık yetişkin bir adam... Kocaman bir işletmenin başında... Bir kadınla nasıl ilişki kurması gerektiğine bir başına karar verebilecek zihinsel ve bedensel yetkinliğe sahip... Böylesi bir adam için bir kadınla nasıl ilişki kurduğu onun artık özel meselesi, hatta mahremi... Ancak mükemmeliyetçi Ayhan Hanım oğlunun kimlerle eğlenip kimlerle birlikte olabileceğini ona öğretme hakkına sahip hissediyor kendini... Yetişkin oğlunu seçimlerinde bile yalnız bırakmıyor, iradesine müdahale ediyor.

Mükemmeliyetçiliğin üstesinden gelmenin en kuvvetli yolu bilinçtir. Olanın farkına varmaktır.

"Kimsenin mükemmel olmadığını ve olmayacağını kabul ederek" işe başlamak yerinde olabilir. Gerçekçilik, mükemmeliyetçiliğin yarattığı illüzyonu yıkabilir. Gerçekçi hedefler, gerçekçi beklentiler işi kolaylaştıracaktır. Kişinin neler yapabileceğini, neler yapamayacağını bilmesi çok değerli... Burada hırslı ve tutkulu olmak yerine yapabilecekleri konusunda coşkulu olması ona daha fazla yarar sağlayacaktır.

Öğrenmek, hatalarla mümkündür. Gelişmek de keza öyle...

***

"Hiç hata yapmamış adam, yeni bir şey denememiştir."

– Albert Einstein

***

Bir Narsisi Tanımak

Ertan'ın, "mükemmel" biri olduğuna inanarak büyüdüğü açıkça ortada değil mi sizce de? Belli ki ailenin gözbebeği... Herkesin umudu... Onunla ilgili beklentiler ne kadar da yüksek... Otelin işlerini devralacak tek vâris... Şahane bir eğitim almış, yabancı diller biliyor, üstelik çok da yakışıklı... Adeta bir cazibe merkezi... Tam bir kusursuz...

Eleştiriye tamamen kapalı... Zeki bir manipülatör... İyi olan her şey onun hakkı...

Bütün bu özelliklerden söz edeceksek, narsisizm üzerine konuşmamız gerekecektir.

Ertan'ın bir narsis olup olmadığını nasıl anlarız?

Mesela narsisler kendilerini kurallara uymak zorunda hissetmezler. Ertan bu yüzden trafik sıkıştığında her şeyi yapmaya, kuralları dilediğince ihlal etmeye hakkı olduğunu düşünerek kırmızı ışıkta geçebilir, ters yollardan girebilir, emniyet şeridini lüks aracıyla kapatıp süratle trafiği aşabilir. Ertan'ın cezaları fazlasıyla ödeyebilecek maddi güce sahip olmasının bir önemi yok aslında. Bir narsis, başkalarının haklarını ihlal ettiği düşüncesine kapılmaz zaten. Çünkü her şey onun hakkıdır. Öylesine mükemmel ve kıymetli bir varlıktır ki diğerleri trafikte saatlerini kaybedebilir ama emniyet şeridi kendi hakkıdır çünkü onun saatleri herkesinkinden önemlidir. Bunun saygısızlıkla, hak yemekle bir ilgisi yoktur. O aslında saygılı ve adaletlidir kendince... Bu, kişinin kendini haklı bulmasıyla ilgilidir sadece. Elbette bir narsisten söz ederken empati yoksunluğundan da söz edilir.

Ertan'ın empati yoksunluğu da gayet açık...

Asu'nun çıkan haberle ilgili mağdur olabileceği, kendini kötü hissedebileceği ve bu yüzden de onunla konuşmaya ihtiyaç duyabileceği empatisini kuramadığı için telefonlarına bile cevap vermedi.

Narsislerin bir diğer belirgin özelliği de bencillikleridir kuşkusuz. Ertan kendi dertleriyle öylesine meşgul ki aynı derdi yaşayan hatta anlaşıldığı kadarıyla kendinin sebep olduğu bir magazin kazasıyla ilgili hiç sorumluluk üstlenmiyor, kız arkadaşının yaşadığı zorluklarla katiyen empati kurmuyor.

Dikkat ettiyseniz Asu'yu karşısına oturtup konuşmaya başladığında bile söz ettiği tek şey mükemmel ailesi ve mükemmel kendi oldu. Asu'nun hisleri ve mağduriyeti hakkında uzun uzadıya konuşmasına hiç izin vermedi ve sürekli lafını kesti...

"Ben çok özel bir ailede büyüdüm Asu."

"Özellikle annem çok düşkündür bana."

"Gerçek bir prens olarak yetiştirildim ben."

Asu'nun saçını merhametle okşamaya çalışırken aslında onun saçını başını yoluyor, hırpalıyordu sözleriyle. Ailesinin gösterdiği tepkiyi kişiselleştirmemesi gerektiğini söyledi ona. "Üzerine alınma" dedi. "Mesele senin şahsınla ilgili değil..." Yani aslında bütün mesele kendinin ve ailesinin mükemmel olmasıyla ilgili Ertan'a göre.

Sürekli kendinden söz etmek ve karşı tarafın konuşmasını sıklıkla bölmek de bir narsistik özellik olarak çıkar karşımıza.

Ayrıca Asu'nun eleştirel sözlerine karşı ne kadar kapalı ve katı olduğunu da gördük. Bir narsis eleştirilemez. Bu onun için yıkımdır ancak narsisler zeki manipülatörler de oldukları için karşı tarafı haksız çıkarmayı mutlaka başarırlar.

Ertan'ın sözde destek verir gibi, çok iyi niyetli görünen ağır eleştirileri Asu'nun kendini değersiz hissetmesine yol açtı sonunda.

"Canım senin sinirlerin çok bozuk... Ağzından çıkan ve sana hiç yakışmayan bu sözlerine de katiyen kızmıyorum."

"Milyonlar seni zarifliğinle, kibarlığınla tanıyor" derken bile "Ama sen otel basacak kadar kaba ve ucuz bir kadınsın" imasında bulunuyor Ertan. Üstelik bütün bunları da Asu'nun iyiliği için söylediğini ifade ederek ona bir lütufta bulunduğunun altını çiziyor.

Asu'nun psikolojisi üzerinde ahkâm kesecek kadar büyük ve sonsuz haklara sahip olduğuna inanıyor. "Kimlik bunalımı" yaşayabileceğini öngörerek uyarıyor onu.

Sınır ihlal etmek konusunda narsislerin üstüne yoktur. Başkalarının özel alanını fütursuzca ihlal edebilirler. Bunda bir beis görmezler. Hassasiyet göstermezler. Kurbanlarını suçlamaktan geri durmazlar ve en ufak bir üzüntü, pişmanlık ya da utanç hissetmezler.

Fark ettiyseniz günün sonunda bütün olup bitenler Asu'nun kabahati olarak hanesine eksi yazıldı.

Ertan, öylesine manipülatif bir konuşma yaptı ki Asu'nun yaşadığı aşk bile bir yanılsamaya dönüştü. Meğer sadece arkadaşlarmış ama zavallı kız karşısındaki mükemmel yaratıkla birkaç kez birlikte olunca aşka düşmekten alıkoyamamış kendini.

Yalnız buraya dikkat edin lütfen!

Ertan bu sözleri kızı maniple etmek, kafasını karıştırmak için söylemiyor. Söylediklerine tamamen inanıyor. Çünkü narsisler, dünyanın kendi etraflarında döndüğüne inanırlar.

Asu'nun bardaki bu konuşmadan sonra içinde sorguladığı konulardan biri her şeyin nasıl bu kadar çabuk değişebildiği olduğu... Daha birkaç gün önce onu dünyanın en güzel ve en değerli kadını olduğuna ikna eden adam, nasıl bir anda otel basacak kadar ucuzlaşmış bir kadına dönüştürmeyi başarmıştı onu anlamadı. Çünkü öylesine yukarılara çıkarılmıştı ki bir anda aynı kişi tarafından yere çakılınca yaşadığı şoku açıklayamadı kendine...

Asu açısından en güzel şey, karşısındaki adamın bir narsis olduğunu çabuk anlaması oldu kuşkusuz. Elini Ertan'ın dizine koyarak yaptığı konuşma, bunun farkına vardığının bir göstergesidir bize...

Narsisle karşı karşıya kalan kişi için iki seçenek vardır artık...

Ya arkasına bakmadan kaçıp gitmek ya da narsisle nasıl başa çıkacağını öğrenmek!

Asu'nun kararının ne olduğunu hikâye ilerledikçe birlikte inceliyor olacağız.

-III-

"Anneme haksızlık ediyorsun" dedi Azize, hem kızgın gibi bakıyordu Aleyna'nın yüzüne hem acır gibi... Başını sağa sola ağır ağır sallayarak konuşuyordu. "Yaptığın doğru değil Aleyna. Bak kadın günlerdir odasından çıkmadı. Yazık değil mi? Parayı sokaktan toplamıyoruz. Elli bin lirayı habersiz çekip sonra tak diye stüdyoya harcayamazsın."

"Annemi yeni bir depresyondan kurtardığım için teşekkür etmelisin bana" diye karşılık verdi Aleyna, yüzündeki makyajı aynanın karşısında bir parça pamukla temizlemeye çalışırken. "O parayla gidip bin beş yüzüncü kez ya burnunu kırdıracaktı, ya göğsünü yaptıracaktı, ya yağ aldıracaktı... Artık yüzü gözü dikiş tutmadığı için hepsi başarısız olacaktı, yeni operasyonlar geçirmek zorunda kaldığı için intihara sürüklenecekti. Günlerce odalara kapayacaktı kendini. Ya sana saracaktı sonra ya babama... Parayı hiç değilse umut vaat eden hayırlı bir işte kullandım ben. Neyse ki babam geliyor artık..."

Babasının yakında dönecek olmasından hayli memnunmuş gibi konuşuyordu Aleyna ama aklı da duyguları da fazlasıyla karışıktı hâlâ... Babasının gelişiyle ilgili ne hissettiğinin bir tarifi yoktu katiyen. Bu iyi bir şey miydi, kötü müydü acaba? Ne ifade ediyordu yıllardır birkaç telefon ve bir iki karşılaşma dışında hiç bir araya gelmediği, hiçbir şey paylaşmadığı babasının artık Türkiye'ye dönecek olması?

Aslında hiçbir şey ifade etmiyordu. Hem etmesi de gerekmezdi belki?

Neyse, çok karışık konulardı bunlar şu an için... Sonra düşünürdü. Belki düşünmeye bile gerek kalmazdı. Ama görünen o ki Azize'nin babasının dönüşüyle ilgili hisleri çok daha netti. Yüzü bir anda düşen Azize, derinlere dalıp gitmişti.

"Keşke dönmeseydi" dedi. "Böyle idare ediyorduk işte. Herkes bir şekilde yaşayıp gidiyordu. Ne olacak babam dönünce, ne yapacağız?"

Aleyna'nın yatağının bir köşesine oturmuş, perde aralığından göğün karanlığına dalıp dalıp çıkıyordu.

"Düzenin bozulacak diye korkuyorsun değil mi?" diyerek gülümsedi Aleyna imalı bir ifadeyle. "Burada prenses gibisin. Annesinin prensesi... Babam gelince işler değişir tabii. Korkuyorsun. Saltanat bitiverir bir anda. Babamın parasıyla o aç kargayı beslediğini bilmiyorum sanki..."

Azize büyük bir panikle dönüp baktı kız kardeşinin yüzüne. Küçük şeytan... Ne demek istiyordu şimdi? Neyi biliyormuş? Bu sinir bozucu tehditkâr yaratıkla neyi bilip bilmediği konusunda konuşmak isterdi ama eğer bir blöfse bütün bunlar; kendi eliyle kendi yakasını kardeşine kaptırmış olurdu. Bu yüzden susup Aleyna'nın yüzüne bakmaya devam etti.

"Hadi hadi" dedi Aleyna. Aynanın karşısından kalkıp cam kenarındaki koltuğa yerleşti bacaklarını sehpaya uzatarak. "Neyin var neyin yok o asalak sevgiline yedirdiğini görmüyor muyum ben kızım, aptal mıyım?" diye devam etti Aleyna. "İki senedir aynı kazakla, aynı ayakkabıyla dolaşıyorsun be... Kendine bir toka aldığın yok. Neyin var neyin yoksa harcıyorsun o asalağa... Annemden aşırdıkların ayrı, acil paraya ihtiyaç olduğunda bankadan ufak ufak yürüttüklerin ayrı... Benim nereye ne miktar harcadığım gün gibi ortada... Ama senin sinsiliklerin ne olacak acaba Azize Hanım? Ödün kopuyor babam gelince düzenin altüst olacak, o asalak sevgiline bir daha para taşıyamayacaksın diye... Annem nasılsa hep depresyonda... Sana da güveni tam... Benim gibi elli bin lirayı tek kalemde çat diye çekmediğin için bakmıyor bile senin ne harcadığına..."

"Asalak değil o!" diye çıkıştı Azize öfkeden birer kor parçasına dönüşen gözleriyle kız kardeşini yakıp kül etmek ister gibi... "Sensin asalak!"

Şımarık bir kahkaha attı Aleyna...

"Ah yazık..." dedi başını sağa sola sallayarak. "Hiç adam olmayacak bu kız... Kendi salak, sevgilisi asalak..."

"Hakaret etme" diye kükredi Azize. "Kendi haline bak sen. Bok gibi sesinle, fındıkfaresi kadar boyunla dünyanın parasını üstüne başına harcadığın halde bir halta benzemeyi başaramıyorsun. Ezik, çirkin, zavallı... Bu sesle, bu koca kıçla, bu vücudunla mı şarkıcı olacaksın? Elli bin değil elli milyon harcasan beş kişi yüzüne bakmaz senin."

"Ah bir de kıskançtır zavallım" dedi Aleyna, titreyen telefonunun ekranına kimin aradığını görmek için baktığı sırada.

Arkın!

"Oh be!" dedi içinden... Günlerdir beklediği telefon sonunda gelmişti. O gün stüdyoda karşılıklı restleştikten sonra ikisi de bir daha ne aramışlardı birbirlerini ne de sormuşlardı. Arkın da az inatçı çıkmamıştı ama... "Elindeki kayıtları teslim etmek bahanesiyle olsun arayabilir, arayı yumuşatabilirdi" diye düşündü Aleyna.

Arkın'ın bu kendine güvenen, başını eğmeyen, dik duruşlu halinden ne kadar hoşlanıyor olsa da aynı şeyin kendine yapılmasını hiç sevmiyordu. "Ben de kendi yoluma bakayım, seninle çok vakit kaybettim" dedikten sonra bin kere pişman olmasını beklemişti ondan. Sabaha kadar üst üste telefon edip özür dileyeceğini düşünmüştü ama hiç de öyle olmamıştı maalesef. Arkın Bey günlerdir yoktu ortalarda.

Açıkçası hiç kaybetmek istemiyordu Arkın'ı. Ondan iyisini bulamazdı sektörde. Uzun zamandır da birlikte çalışmışlar, birbirlerini tanımışlardı artık. Her ne kadar ona "Vazgeçebilirsin, zorla değil" demiş olsa da, Arkın'ın vazgeçip gitmesinden büyük endişe duymuştu içten içe... Ne yazık ki bunu şimdi bile itiraf etmek istemiyordu kendine.

Madem günlerdir aramamıştı, madem Aleyna'yı endişelendirmişti, madem dik başlılık edip geri adım atmamıştı, o halde şimdi biraz daha burnunun sürtülmesini hak ediyordu.

Çağrıyı gördüğü halde telefonu açmadı Aleyna.

Bunun yerine ablasına laf yetiştirmeye devam etti.

"Hadi çık artık odamdan da rahat bırak beni, telefon görüşmelerim var" diyerek yatağın bir ucunda oturmaya devam eden ablasının omzuna vurdu sertçe. Canı yanan Azize'nin tepesi atmıştı bunun üzerine... Aleyna'nın elini var gücüyle geri itip "Pis şımarık!" diye haykırdı. "Pis hırsız! Şarkıcı parçası!"

"Sana söylediğim hiçbir şeye kızmıyorsun ama o beleşçi herife asalak dedim diye nevrin dönüyor" dedi Aleyna. "Çünkü sen de o asalağın neden senin gibi sıradan ve karaktersiz bir kızla birlikte olduğunu biliyorsun aslında ama bunu kendine itiraf etmeye gücün yok. Eziksin... Ona para yedirmeyi kes, getir götür işleriyle uğraşmayı bırak, işlerini halletmekten vazgeç, sorunlarını çözmekle uğraşma, temizliğiyle, yemeğiyle, borcuyla, harcıyla ilgilenme bakayım ne olacak? Seni yanında taşımaya devam edecek mi? Sahiden yap bunu... Onun işine yaramadığında seni nasıl silkeleyip attığını gör."

"Sen ne anlarsın ki sevgiden?" diye karşılık verdi Azize. "Sevdiğin insanın derdi senin de derdin olur. Onun mutluluğu senin de mutluluğun olur. Tabii ki sıkıntılarıyla ilgileneceğim. O da benim derdimle ilgilenirdi çünkü..."

"Sen hiç dert olmadın ki ona... Başının ağrıdığını bile söylemezsin sıkıntılı ve sorunlu bir kız gibi görünmemek için... Yazık sana... Seni sevsin diye kendin gibi olamıyorsun adamın yanında. Çünkü seni sevmez. Bunu sen de biliyorsun. Olmadığın biri gibi davranıyorsun ona. Seni eli açık, iş bitirici, sorun çözücü, ilkyardım çantası gibi görüyor. Derdi sıkıntısı olmayan, hep huzurlu bir kız... Halbuki cimrisindir. Arızanın tekisindir. Eziksindir. Üzerinde hep bir ölü toprağı vardır. Renksiz, cansız bir yaratıksındır... Babam gelmesin tabii... İşler değişecek, o asalak da senin kim olduğunu görecek..."

Ablasını yaraladığının hiç farkında değilmiş gibi düşündüğü her şeyi olduğu haliyle dile getiriyordu Aleyna. Sözlerinin incitici olabileceği umurunda değildi. İşin garibi böyle açıkça konuştukça kendini de giderek iyi hissettiğini fark ediyordu. Çok tuhaf... Başkasının canını yakarak keyiflenmek ilginç bir deneyimdi...

"Açıksözlülüğün güzelliği bu olsa gerek" diye geçirdi içinden. Yaşadığı iyilik hissinin dürüstlüğünden ileri geldiğine inanmayı tercih etti.

Acaba Azize aynı açıksözlülükle kendi aklından geçenleri olduğu gibi aktarsaydı Aleyna'ya o ne hissederdi kim bilir...

Arkın'ın ikinci kez araması sayesinde bu sorunun üzerinde uzun uzadıya düşünüp durmak zorunda kalmadı. Azize'nin de bir an evvel odasından çıkıp gitmesini hızlandırmak için çalar çalmaz açtı telefonu.

"Dataları kargoya verme sakın" diye başladı hemen konuşmaya. Ne selam ne sabah... "Elden teslim alınacak onlar... Kargoda başına bir şey gelmesin. Sende kalan bütün işlerimi teslim et. Kalan ödemeni de işleri teslim ettiğinde alırsın benden."

"Eyvallah" dedi Arkın... Telefonu açtığına çoktan pişman olmuştu bu tavır karşısında. "Sahiden de iyilik yaramaz bu kıza" diye geçirdi içinden. Ne diye otele de söz etmişti ki? "Salaklık ettim..." diye geçirdi içinden. "İnsanlık bizde kalsın derken insanlığımızdan olacağız bu tipler yüzünden..."

Konuyu hiç uzatacak değildi. Ne özür bekliyordu kimseden, ne özür dileyecek bir şey yapmıştı zaten. "Tamam Aleyna" dedi. "Mix'leri yaptık. Eski videoları da kaldırdık. Paket hazır. Dilediğin zaman alırsın emanetleri..."

Belli ki Arkın geri adım atmayacaktı. Mix işinin bittiğini söyleyip ödemeyi almak için aradığını düşündü Aleyna. Görünen oydu ki aradaki buzları eritme telefonu değildi bu. Şimdi eğer Arkın'ı durdurmazsa, onun ipleri tamamen koparmaya hazır olduğundan emindi.

"Bundan sonra çalışmayacağız diye orkestrayı dağıtmadıysan benimle çalışmaya devam edebilirler mi? Dediğin gibi ekip kurmak zor... Senin kurduğun ekipler çok kaliteli ve profesyonel... Çalışmak isterim onlarla..."

Aleyna'yı can damarından vurma sırası Arkın'ın elindeydi artık.

"O orkestrayı sahne programı yapmadan elinde tutamazsın Aleyna" dedi. "Onlar müzisyen. Sahneye çıkmak zorundalar. Senin düzenli bir sahnen yok. Altı ayda bir tek şarkı kaydetmek için stüdyoya çağırabileceğin adamlar değiller."

"İyi bir menajer bulalım dedim ama ben sana, sürekli triplere girdin. Sen bakacaktın bir şeyler... Sonra yok ekip ruhu yok tuzruhu diye diye işleri de karıştırdın. Ne güzel bakacaktık yolumuza."

"Bende bir otel işi var aslında. English pop tarzı bir mekân... Otelin içinde... Çok kaliteli, nezih ve güvenli bir yer... Öyle ucuz bir mekân değil. Şık... Müşteri kalitesi yüksek..."

Aleyna yerinden fırlamıştı heyecanla... Odanın içinde volta atmaya başladı aşağı yukarı...

"Ne diyorsun yahu?" dedi. "Sende iş var ve bunu kaç gündür söylemiyor musun? Tribe girdin diye aramıyorsun beni... Yok vakit kaybetmiş, yok kendi yoluna bakacakmış... Oğlum senin yolun müzik değil mi? Bana niye atarlanıyorsun?"

"Önemli bir iş bu..." dedi Arkın. "Bar programı değil... Otelin içinde bir işletme... Müşterisi özel... Programın içeriğine iyi çalışmak lazım, istikrar lazım, disiplin lazım..."

"O zaman tam olarak böyle olun Arkıncığım... İstikrarlı, disiplinli, düzenli bir ekip istiyorum. Bunu iyi yönetebilecek adamlardan birisin sen."

Aleyna'nın sahiden güçlü bir manipülasyon gücü olduğunu kabul etmek zorunda kaldı Arkın. Burnunu sürtmek için bütün kozlar kendi elindeyken nasıl olmuştu da Aleyna haklı bir söylemle tatlı tatlı ayar çekmişti yine şaşılacak şeydi doğrusu...

Akşamüzeri otelde buluşmak üzere sözleşip kapattılar telefonu.

Aleyna pencereyi açıp eline karaoke mikrofonunu aldı ve coşkulu pozlar takınarak birkaç tane selfie çekti. Yakında büyük sürprizleri olduğunu not düşerek önce bir hikâye paylaştı, sonra yeni şarkısının sözlerinden birkaç güzel satır seçerek Instagram'a post koydu. Son zamanlarda takipçilerinin giderek düşmeye başlamasını fena takmıştı kafasına. Sosyal medya yöneticisi bir arkadaşıyla uzun uzadıya konuşmuşlardı konuyu. Instagram'ın bot hesapları kapattığından, bu yüzden takipçi sayılarında düşüşler yaşandığından söz etmişti. Organik takipçi sahibi olmanın önemini nihayet anlamıştı. Bu yüzden samimi içerikler çalışmak zorunda olduğunu biliyordu artık.

Sosyal medya hesaplarından organik takipçi kazanabilmek için de ayrıca para ve mesai harcıyordu. Yine de 120 bin takipçiden 110 bin takipçiye düştüğünü görmek canını sıkıyordu. "Bir haftada on bin takipçi gitti ya, yuh!" diye söylendi kendi kendine. Tam da sahne programıyla ilgili görüşmeye gideceği için heyecandan bayılacak kadar mutluyken reva mıydı bu rakamlara maruz kalmak? "Keşke açmasaydım Instagram'ı" diye geçirdi içinden.

Üzerine uçuk pembe renkli bir tişört giyinip swarovski taşlı rengârenk kocaman bir papağan broşu taktı sol göğsünün üzerine. Ipad'inde eski şarkılarından birini açıp ayna karşısına geçerek iddialı bir gece makyajının nasıl yapılacağını anlatmaya başladı canlı yayında... Makyajını yaparken şarkı söylüyor, neyin nasıl yapılması gerektiğini anlatmak için şarkıya ara verip dünyanın parasını harcadığı makyaj malzemelerini kameraya gösterip her birinin ne işe yaradığını anlatıyordu. Canlı yayın izleyicilerinin giderek artmaya başladığını görünce işi uzatmaya karar verdi. Bu arada Arkın'la oteldeki randevusuna gecikmezse çok daha iyi olurdu tabii... Yine de sosyal medya müzikten daha az değerli sayılmazdı Aleyna açısından. Bu yüzden hiç üşenmeden bir saate yakın müzikli, makyajlı, magazin dedikodulu bir yayın yaptı. Sahiden de etkili bir yayın olmuştu ama... Kaybettiği on bin takipçiyi geri kazanma şansı olmasa da mevcut takipçilerinin yorum yazarak etkileşim kurduğunu görünce keyiflendi.

Yaptığı makyajı da çok hoş bulmuştu açıkçası. Toplantıya bu kıyafetle ve bu makyajla gidebilirdi pekâlâ...

Saçlarını havalandırıp taradıktan sonra tepesinde bir atkuyruğu tutturup bol taşlı minik sırt çantasını da alarak çıktı odadan.

Azize kapıyı sertçe çekip okula gideli çok olmuştu. Belki eve dönüyor bile olabilirdi şu saatlerde. Tabii eğer asalak sevgilisi birtakım yeni angaryalar yüklemediyse omzuna... Peki ya annesi neredeydi sahiden? Günlerdir görünmüyordu ortada. Ne yemek ne de tuvalet için çıkmıştı yatak odasından. Koridorda karşılaşmayalı epey zaman oluyordu.

Kapısını tıklatsa mıydı acaba?

Akşamüzeri bir iş görüşmesine gittiğini haber verse miydi? Biraz düşündükten sonra "İnsanlık bende kalsın" diyerek tıklattı kapıyı birkaç kere. Cevap alamayınca yavaşça aralayıp başını uzattı içeri merakla.

Hah!

Depresyon geçmiş herhalde...

Neredeyse salon büyüklüğündeki yatak odasında kemik rengi dantelli sabahlığıyla leopar nevresimli yatağına uzanmış selfie çubuğuyla fotoğraflarını çekiyordu Melike Hanım poz poz... Şişliği henüz inmemiş yeni burnuna alışmaya çalışıyordu belli ki. Tamponlar çıkmış, kanama da tamamen durmuştu nihayet...

Aleyna'yı görünce selfie çubuğunu hemen indirip saklamaya yeltendiyse de artık çok geçti bunun için. Aleyna'nın radarına yakalanmıştı bir kere. Saklanmaya çalışarak iyice alay konusu olmaya niyeti yoktu. Tavrını bozmadan bir iki kare daha çekip "Ne istiyorsun?" der gibi baktı şımarık küçük kızına.

"Görüşmeye gidiyorum ben" dedi Aleyna. "Geç gelirim."

"Telefonunu açmadığın an polisi ararım küçükhanım..." dedi Melike. "Artık izin almadığın gibi ulaşılmaz da oluyorsun, öyle bir dünya yok. Nereye gittiğini, kiminle görüşeceğini, ne görüşeceğini anlatacaksın."

"Sahne işi" dedi Aleyna... Odaya girdiğine pişman olmuştu. "Bir otelle görüşeceğiz..."

"Sahne işi yasak!" dedi annesi kendinden emin ve kararlı bir tonda. Sanki kızıyla değil de alt etmenin bir onur meselesi olduğu rakibiyle konuşuyor gibiydi. "Hiçbir yerde sahneye çıkamazsın."

Acı acı gülümsedi Aleyna... Hiç kimsenin buna engel olmaya gücü yetmezdi. Yaşı da uygundu kendi kararlarını almaya, zihin sağlığı da... Annesinin zavallı itirazları boşunaydı. Sürekli bir şeylere itiraz ederek düşünceli ve ilgili anne olunmuyordu maalesef.

"Bu kadar korkmana gerek yok" dedi Aleyna, yaşının çok üzerinde olgun bir tavır takınarak.

"Babam yıllardır Rusya'da çalıştı, para kazandı, bize baktı... Orada kendine başka bir hayat kurmuştur tabii ki. Sen de biliyorsun böyle olduğunu. Ama bunca yıl ayrı kaldığınız halde seni boşamadıysa korkulacak bir şey yoktur bence... Müzisyenler nankördür diye düşünüyorsan doğru değil... Benim de nankör çıkma ihtimalim yüksek geliyor sana. Bunlar çok zavallı hareketler... Çık şu kümesten, hayata karış biraz..."

Aleyna'nın haklıymış gibi görünerek yaptığı bu küstah konuşma sinirini bozmuştu Melike'nin.

"Haftaya baban geldiğinde asıl sen düşün neler olacağını küçükhanım... Yoldan çıktığını görünce küplere binecek. Yasaklar dönemi başlıyor az kaldı."

Telefonun saatine bakınca bir an evvel çıkması gerektiğini fark edip tartışmayı uzatmamaya karar verdi Aleyna. Hem toplantıya yüksek bir enerjiyle girmek isterdi. Canını sıkamazdı annesiyle gereksiz yere tartışarak. Kapıyı çekip çıkmak üzereydi ki dönüp tekrar baktı annesinin yüzüne. Daha fazla dayanamayıp içini günlerdir kemiren o soruyu soruverdi birden.

"Babam neden temelli dönüyor anne?"

Çok önemliydi bu sorunun cevabı... Bu temelli dönüşün bir sevince mi yoksa derin bir hüzne mi sebep olacağı tamamen bu sorunun doğru cevabında gizliydi aslında hepsi için...

"Ne önemi var?" diyerek geçiştirmek istedi konuyu annesi. Selfie çubuğunu alıp kalktı yataktan... Duvarın önünde farklı pozlar alarak kaldığı yerden devam etti işine. Aleyna'yı duymuyor gibi davranıyordu.

"Babam neden temelli dönüyor anne?"

"Dönüyor işte adam. Evi burada, ailesi burada... Neden dönmesin?"

"Neden temelli dönüyor ama?"

"Gelince sorarsın neden döndün diye... İşine gelmiyor tabii değil mi? Geceleri fink atamayacaksın artık. Geçmiş olsun küçükhanım."

"Babam neden temeli dönüyor anne?"

Melike çıldırmak üzereydi artık. Ne bu böyle bozuk plak gibi?

"Gitsene sen artık nereye gideceksen" diye çıkıştı. "Ruh hastası... Takıntılı salak..."

"Annesinin kızıyım işte ben de" diyerek çıktı odadan Aleyna. Asansöre binmeden çağırdı taksiyi.

Bal gibi biliyordu babasının neden temelli döndüğünü ama yanılıyor olmayı diliyordu belki de içten içe...

Mecburi bir dönüştü bu. Kızlarının hasretine artık dayanamıyor olmasıyla, memleket özlemiyle, yuva yoksunluğuyla ilgili değildi. Rusya'da işler ters gitmiş, dükkânına kilit vurulmuş, başı gece hayatının illegal adamlarıyla derde girmişti ama kızlarından sır gibi saklıyorlardı bu gerçeği... Bunlar olmasaydı döneceği yoktu oralardan. Muhtemelen kimseyi özlediği de yoktu. Madem hal böyleydi, birkaç dakika için bile birbirine katlanamayacak kadar tükenmiş, yorgun ve yabancı insanların aynı çatı altında bir arada tutulmaları ağır bir ceza sayılmayacak mıydı?

“Boş ver sen şimdi bunları” dedi kendi kendine. “Starsın sen. İşine bak. İnsanlar zirvede yalnızlaşırlar. Sorun yok. Kimsenin sevgisine muhtaç değilsin sen kızım. Sen Aleyna'sın. Sen cool bir starsın. Star gibi yaşamak zorundasın.”

Otelin önünde taksiden inip karşılaması için Arkın'ı aradı hemen. Güvenlikten geçtikten sonra tam karşısındaydı Arkın... Aralarında hiçbir şey geçmemiş, sanki dün sarmaş dolaş vedalaşmışlar gibi kucaklaştılar.

“Yine vaktinde gelmeyi başaramadın. Bir saattir neredesin?” diyecek oldu Arkın ama gereksiz bir tartışmaya yol açacağını bildiği için ağzını bile açmadı. Aleyna bir şekilde bu tartışmadan da haklı çıkmayı başarırdı ne de olsa... “Haklısınız geciktim, özür dilerim” dediği nerede görülmüş bu kızın? Hiç kullanmadığı için muhtemelen anlamını bile bilmiyordur bu kelimelerin.

“Nasılsın görüşmeyeli?” diye sordu Arkın, laf olsun diye...

“Şahaneyim, çok heyecanlıyım” diye karşılık verdi Aleyna. Çocukça bir coşku vardı üzerinde.

“Dur bakalım hemen öyle heyecanlanma... Bu işler öyle pat diye olmuyor. İstanbul'da şık mekân az, star solist çok... Herkesin gözü bu tip yerlerde... Konuşacağız, bakacağız... İki tarafın da şartları var, beklentileri var...”

“Dakka bir gol bir canımı sıkma istersen Arkın. Neden demoralize ediyorsun ki beni? Bu kafayla mı gireyim toplantıya? Solistin enerjisini korumak diye bir şey var ama bu dünyada biliyorsun değil mi? Solistin enerjisidir çünkü işi iyi ya da kötü yapan... Böyle olmaz. Kabul etmiyorum. İptal et toplantıyı. Sen bu kafadaysan o işten zaten bir hayır çıkmaz. Gidiyorum ben..."

Sahiden de dediğini yaptı. Az önce geçtiği güvenliğin yan kapısından çıkıp taksi bakınmaya başladı. Baltayı fena halde taşa vurduğunu anlamıştı Arkın ama iş işten geçti. Aleyna bir eli havada taksi çağırıyordu.

Arkın, arkasından koşup havadaki elini yakaladı kızın...

"Ne yaptığını sanıyorsun sen?" dedi. "İçeride seni bekliyor herkes... Otelin sahibi bile burada..."

"O halde beni de işi de doğru düzgün yönet Arkın... Bu son şansın bak... Ben böyle iki ileri bir geri devam edemem..."

"Tamam, tamam... Halledeceğim ben, merak etme..."

Sanki birkaç gün önce Aleyna'ya resti çeken kendisi değilmiş gibi şimdi neredeyse özür dileyecekti kızdan.

Birlikte bara girdiklerinde kuyruklu piyanonun etrafındaki iki masada eğlenceli bir grubun oturduğunu hissetmişti hemen Aleyna...

Gülüşüyorlar, yüksek sesle konuşup bir şeyler içiyorlardı. "Harika olur, şahane, süper, aynen" gibi olumlu, yapıcı sözler uçuşuyordu havada.

Otelin sahibi hangisiydi acaba?

İçlerinde en yaşlısını aradı gözleri ama herkes genç... Şimdilik burada değildi galiba... Birazdan gelirdi nasılsa.

Mekân hoş bir incelik yapmış, Aleyna'nın yeni şarkısını çalmıştı. Şarkıyı işitince gururu okşandı Aleyna'nın. Ne tatlı bir işletmeydi burası böyle. Çok kibarlar.

Başka bir havaya girmişti hemen. Bir starı taklit ederek değil, gerçek bir star olarak karışıyordu aralarına. Keyfi yerine gelmişti çoktan. Kendini ağırdan satmanın avantajlarını yaşadığını düşünüyordu.

"Solistimiz Aleyna Hanım!" diyerek herkese tek tek takdim etti misafirini Arkın. "Ertan Bey lavaboya kadar gitti, gelir şimdi..."

"Otelin sahibi mi Ertan?" diye sordu Aleyna, Arkın'ın kulağına fısıldayarak.

"Aynen... Hah bak geliyor işte."

"Hoş geldiniz Aleyna Hanım" diyerek güler yüzlü, zarif bir karşılamayla elini uzattı Ertan. "Biz de sizi bekliyorduk..."

Bu muydu otelin sahibi?

Ne kadar genç, üstelik çok da yakışıklı... Hem sanki tanıdık gibi de...

Kibarlığı, güler yüzü, zarafeti de ayrı güzel...

"Çok etkileyici" diye geçirdi içinden Aleyna.

"İyi de beni tanıyor musunuz? İsmimi söylemedim ki henüz..."diye karşılık verdi.

"Ah yine bir küstahlık yapmasa keşke" diye düşünüyordu o sırada Arkın, kan ter içindeydi stresten.

"Tanımaz olur muyum?" dedi Ertan. "Belki iki saattir kesintisiz şarkınızı dinliyoruz. Çok sevdik... Şahane bir iş olmuş... Tebrik ederim sizi... Ayrıca fotoğraflarınızda göründüğünüzden çok daha hoşsunuz."

"Hoşsunuz" kelimesinden hiç hoşlanmamıştı Aleyna. "Güzelsiniz" sözünü işitmeyi tercih ederdi ama ziyanı yoktu. Bu kibar adamı affedebilirdi hemen. Fotoğraflarına bakması, şarkıyı saatlerdir dinlemesi, üstelik gelip toplantıya katılması büyük jestti.

Arkın, dijital mecrada Aleyna'nn hatırı sayılır bir dinleyici kitlesine sahip olduğunu anlatıyordu masadakilere... Stüdyoda deri bir koltuğun üzerinde akustik bir kayıt aldıklarını, bu kaydın görüntülerinden bir klip hazırladıklarını söyledi. Hafta sonu klibi Youtube'da yayınlanmaya başlayacaklarını, kısa sürede ses getireceğine inandıklarını da belirtti. Aleyna'nın yabancı şarkı repertuvarının da çok güçlü olduğundan söz etti. Müşterilerin seveceği bir program içeriği hazırlayabileceklerinin garantisini verdi. Haftada bir gece, mümkünse cuma günü burada sahne yaptıklarında, kısa süre içinde kemik bir müşteri kitlesi oluşturabileceklerinden emindi.

Ertan dikkatle dinliyordu Arkın'ı. Bütün bunların mümkün olabileceğini onaylıyor gibi sallıyordu başını. Keyfi yerindeydi nasıl olsa. Annesi Ayhan Hanım'ın onca yağıp gürlemesi belki de hayatında ilk defa boşa çıkmış, karşılık bulamamış, konu kendiliğinden kapanmıştı. Ailesine çektiği rest, çabuk yankı bulmuştu. Amcalarının da katıldığı olağanüstü toplantıda Ertan'ın yetkilerine katiyen dokunulmaması gerektiğine, onun artık yetişkin bir adam olduğuna, özel hayatını korumak konusunda kendisinin sorumluluk sahibi olduğuna karar verilmişti. İş ki özel yaşamındaki hatalar ticari açıdan para ve itibar kaybına yol açarsa, işletmenin sürdürülebilirliğini sağlamak için tabii ki yönetim kurulu kararıyla birtakım görev değişikliklerine gidilebilirdi. Ancak çocuk cezalandırır gibi harçlığını kesmek, yetkilerini kısıtlamak profesyonel bir işletme tutumu sayılmayacağından Ayhan Hanım'ın tehditleri, sadece bir anne öfkesi olarak asılı kalmıştı Bebek'teki evin salon duvarlarında...

Otelin hizmet politikalarında güçlü değişimlere gitmeye karar veren Ertan'ın yeni girişimleri hem bir gövde gösterisiydi sektör için hem de çalışanlarına aşıladığı bir güven hissiydi. Bu nedenle otelde iddialı bir kulüp işletme fikri heyecanlandırıyordu onu. Ünlü isimlerden bir kadro yapmak yerine kendi ünlü ismini yaratan bir mekân sahibi olarak anılmak, büyük sükse yaratacaktı.

Ne var ki mekânın işletmecisi Kerem Bey, çok da hevesli görünmüyor gibiydi. Toplantı boyunca temkinli adımlar atmaya çalıştı kendince.

"Düşüneceğiz" dedi Arkın'a.

"Bence bir kere deneyelim" diye araya girdi Ertan. "Ondan sonra düşünelim birlikte yol alabilecek miyiz, alamayacak mıyız?"

İşletmeci Kerem Bey, geri püskürtülmekten pek hoşlanmamıştı ama patrona karşı boynu kıldan inceydi ne de olsa.

"Bakarız o halde" dedi. "Bir kere deneriz, ona göre karar veririz birlikte ilerleyip ilerleyemeyeceğimize... İşin ayrıca bütçesi var. Reklam çalışmaları var..."

"Bizim reklam gücümüz çok yüksek" diye araya girdi Arkın. "Doldururuz mekânı..."

"Mesele doldurmak değil" dedi Kerem Bey. "Kalite... Biz müşteri seçeriz."

"Birlikte hareket edersiniz o zaman" dedi Ertan. "Detayları kendi aranızda konuşursunuz..."

"Hayhay" diye karşılık verdi bunun üzerine Kerem Bey. Konu kapanmıştı. Ertan Bey'in yanında küçük detaylar konuşulmayacak, para tartışması yapılmayacaktı. Para pazarlığını ikisi kendi arasında hallederlerdi.

Koca koca adamların Ertan'ın karşısında süt dökmüş kedi mahcubiyeti içinde kıvranmaları çok eğlendiriyordu Aleyna'yı. Büyülü bir karizması vardı bu genç adamın. Hem sert, otoriter ve güçlüydü hem de naif, saygılı ve terbiyeliydi. Etrafındaki sünepe delikanlılara hiç benzemiyordu. Dudağının kenarında hayranlık dolu tatlı bir tebessümle izliyordu Ertan'ı. Nereden tanıyor olabilirdi onu acaba? Daha önce görmüş gibiydi sanki...

Ertan'ın sahne projesine olumlu yaklaşımı da ayrıca heyecanlandırıyordu Aleyna'yı ama yine de mutluluktan bayılmak üzere olduğunu göstermeye niyeti yoktu. Kendini ağırdan satmaya devam edecekti.

"Mekânın şık müşterilerle dolu olmasını çok önemsiyorum" dedi Ertan'a bakarak. "Boş ve enerjisi düşük olduğunda hiç çıkmamayı tercih ederim."

"Aynı şeyi düşünüyorum" dedi Ertan. "Boş mekân solist için ayrı bir zulüm... Hiçbir solist para için buna katlanmak zorunda kalmamalı."

"Ben katlanmam."

"Öyle tahmin etmiştim zaten."

Ertan, içeriye şımarık bir kız çocuğu olarak giren bu kibirli şarkıcının süngüsünü çabuk düşürmekle övünüyordu içten içe.

Lavaboya giderken güvenliğin önünde Arkın'a çektiği resti görmüş, onu kapının önünde nasıl payladığını işitmiş, içeriye burnu havada girişini izlemişti.

Kızı kendine hayran bıraktığının, onu fazlasıyla şaşırttığının ve etkilediğinin gayet farkındaydı. Çok geçmeden hâkimiyet alanına çekmiş olacaktı onu. Sonrasında kimseye sorun çıkarması mümkün değildi bu şımarık kızın.

"Otelcilik zor iş değil mi?" diye sordu Aleyna. Toplantı bittiği halde Arkın'la birlikte oturmaya devam ediyorlardı. Gördüğü ilgiden memnun kalmış, bunun tadını biraz daha çıkarmak istemişti sadece. "Yaşıtlarınız otelde çalışmak yerine otelin parasını yemeyi tercih ederdi."

"Bizim ailede öyle beceriksiz, asalak züppeler yoktur" dedi Ertan. "Ben bu iş için yetiştirildim. Sektörde bizi bilen iyi bilir. Hizmetteki kusursuzluğumuz her zaman takdir edilir, taçlandırılır."

"Çok başarılı bir işadamı olduğunuz belli... Güven veriyorsunuz. Aileniz sizinle gurur duyuyor olmalı..."

"Ben olmasam ayakta kalmaları imkânsızdı. Benden başka otelcilik için yetiştirilmiş, kendini bu işe adamış başka kimse yok. Muhtemelen devretmek zorunda kalırlardı bunca yıllık emeği..."

"Çok memnun oldum tanıştığımıza, belki birlikte de güzel işler yaparız."

"Muhakkak..." dedi Ertan. "Burada şahane bir sahne performansı çıkaracağınızdan eminim. Yetenekli, özel bir kadınsınız. Bu belli... Birlikte çok güzel hazırlanacağız programa. Hatta burada bir oda açtıracağım size. Dilediğiniz zaman gelin kalın. Spor salonunu, SPA'yı kullanın. Provalarınızı burada yapın orkestranızla..."

Duyduklarına inanamıyordu Aleyna. Tam da hak ettiği ilgi, yaşamak istediği hayat buydu işte... Ancak bu koşullarda muhteşem işler yapabilirdi. Ertan'ın bu konforu ona sağlayabilecek güçte, zekâda ve bonkörlükte olması sahiden de çok etkileyiciydi.

"Çok memnun olurum" dedi Aleyna. "Bana da çok iyi gelir bu kamp süreci..."

"O halde kolları sıvayalım. Dört koldan saldıralım. Herkes bizden söz etsin. Kulaktan kulağa yayılsın burada yaptığımız işler. Bunun için herkes çok sıkı çalışacak. Her şeyin en iyisini yapacağız. Anlaştık mı?"

"Anlaştık" dedi Aleyna gülümseyerek. Aklı başından uçmuş gibiydi. Hiç ayrılmak istemiyordu Ertan'ın yanından. Burada gerçek bir kraliçe, bir yıldız gibi hissediyordu kendini...

"O halde madem iş ortağıyız bundan sonra, sizli bizli konuşmaya da son veriyoruz" dedi Ertan. "Araban var mı? Evine bıraktırayım seni."

"Arabam yok" derken yüzünün kızardığını hissetti Aleyna. Şimdiye dek hiç içerlememişti bu konuya ama Ertan'ın karşısında bir arabasının olmadığını söylemek, sanki star havasından büyük itibar çalmış gibi hissettirdi. İsteseydi alırdı aslında kendine küçük bir araba... Taksiyle dolanıp duruyordu işte. Yine de bir kralla ahbaplık edecekse, bir kraliçe forsuna sahip olması gerektiğini düşünüp kızdı kendine. "Aptal müzisyenlere yıllarca para yedireceğime kendime bir araba alabilirdim" diye söylendi içinden.

"Taksiyle gideceğim" dedi. "Araba beni yavaşlatıyor maalesef. Özellikle park yeri aramak çok sıkıntı..."

"Haklısın aslında... Şoförüm bırakacak seni evine. Hemen hazırlatıyorum cipi... Ne zaman prova için ya da otelde konaklayıp çalışmak için gelmek istersen haber ver. Şoförü yollarım. Bundan sonra işimiz çok, malum... İş ortağımın hiçbir konuda sıkıntı çekmesini istemem."

Kapıya çıktıklarında gri renkli kocaman bir cipin kapıları açık bekliyordu Aleyna'yı... Hayatı boyunca kendini hiç bu kadar iyi hissetmediğini düşündü o an. Bu adam bir masaldan fırlamıştı sanki. Belki de sihirli bir lambadan çıkmıştı. "Dile benden ne dilersen" diyordu adeta. Ne istese hemen yerine getirmeye hazırdı. Üstelik yakışıklı, karizmatik, havalı, güçlü bir erkek... Her starın yanında böyle bir adam olmalıydı. Ancak böyle bir adam destek olabilir, ilham verebilirdi bir sanatçıya...

O sırada patlayan flaşlar ikisinin de gözünü almıştı ister istemez. Neye uğradıklarını şaşırdılar birden. Nereden çıkmıştı şimdi bunlar? İki foto muhabiri, izin bile istemeden çekmişti fotoğraflarını...

Aleyna, magazincilerin dikkatini çekecek kadar ünlü olmadığını düşünüyordu henüz. "Beni tanımış olamazlar herhalde" diye geçiriyordu içinden. "Ertan'ı mı tanıyorlar yoksa? İyi de kim ki bu adam?"

"Çocuklar yapmayın ama bunu" dedi Ertan. "Kendi otelimin önünde, misafirimi uğurlarken olmaz ama... Çok saçma değil mi bu yani şimdi? Her misafirimle tek tek çekecek misiniz?"

"Asu Hanım zannettik biz Ertan Bey" diye karşılık verdi içlerinden biri. "Geçtiğimiz haftalarda görüntülemiştik sizi..."

"Asu Hanım değil ama... Bizim içerideki bara program koymak istiyoruz, onun görüşmeleri sürüyor hâlâ..."

Ertan, yaptığı açıklayıcı konuşmalarla gazetecileri magazin değeri olmayan bir kare çektiklerine tamamen ikna etmişti neyse ki... İkisiyle de kibarca selamlaşıp yakında başlayacak sahne programına davet ederek gönderdi.

Aleyna, bir külkedisi masalı içinde olduğuna inanmıştı artık. Patlayan flaşlar Ertan'a karşı duyduğu hayranlığı zirveye taşımıştı günün sonunda... Magazincilerin tanıdığı bir adam vardı yanında ve o adam saatlerdir büyük bir yakınlık gösteriyordu ona. Üstelik öyle sulu bir flörtleşmeye de tenezzül etmeden yapıyordu bütün bunları. Aleyna hâlâ emin olamıyordu Ertan'ın kendisiyle flörtleşip flörtleşmediğinden ki bu belirsizlik daha da karizmatik kılıyordu bu gizemli adamı Aleyna'nın gözünde. Hoş bir mesafesi vardı ama yakın gibiydi de...

"Hoşlanmamış olsa beni şoförüyle eve yollamazdı herhalde" diye düşünüyordu Aleyna. Toplantı biteli saatler olmuştu. "Çoktan giderdi beni etkilemeye çalışıyor olmasaydı... Arkın'la işletmeci Kerem bir türlü anlaşamadığı halde iş olmuş gibi davranıyordu Ertan. Otelde oda bile açacaktı bana. Dilediğim zaman evden aldırtacak beni... Ama telefonumu niye istemedi ki hâlâ?"

Evet!

İşte bu çok önemliydi.

Birinin telefon numarası istemesi gerekiyordu artık ki gecenin ilerleyen saatlerinde belki yazışarak devam edebilirdi bu flörtleşme.

Ne var ki Ertan, telefon numarasını istemedi Aleyna'dan. Kızı araca bindirip "En kısa zamanda görüşmek üzere" dedi. "Gecen güzel olsun..."

"İyi geceler" diye karşılık verdi Aleyna giderek zayıflayan, umutsuz bir sesle. Acaba kendi mi isteseydi adamın numarasını?

Yok canım!

Ama kibir de bir yere kadar.

"İstiyorum" dedi kendi kendine. "Unuttu bence... Ama istemesi gereken en önemli şeyi unutan bir adam zaten flört kafasında değildir ki. Gelin güvey mi oluyorum yani ben? Hayatta istemem. Belki o ister şimdi... Ama istemiyor!"

Araba hareket etmiş, Ertan samimi bir misafirperverlikle el sallamıştı aracın arka koltuğunda oturan misafirine... Araç otelin valesini tam geçerken arka camda başını uzatan şaşkın bir kız göründü sonra.

Herkes merakla ona bakıyordu. Ne diyor bu kız böyle, kime bağırıyor?

"Telefonunu almayı unuttum" diye Ertan'a sesleniyordu Aleyna.

"Bingo!" diye geçirdi içinden Ertan.

Cazibesine kurban olmaya hazır genç bir kadın daha...

"Ah siz kadınlar... Biliyorum, ölesiye sevilmeye layık bir adamım ben..."

Aleyna da fena kız sayılmazdı tabii... Biraz şımarık, kibirli ve şaşkın olabilirdi ama ziyanı yok. Çok gençti henüz... Bir başına müzik yapmaya çalışıyor, rüştünü ispatlamanın peşinde koşuyordu. Bütün bunlar ona bir şans vermeye değerdi aslında.

"Hayhay..." dedi Ertan. "Numaramı vereyim."

Aleyna, yaptığı şey için çok sinirlenirdi kendine normal şartlarda ama Ertan özel bir vakaydı... Hiçbir erkeğin ne numarasını istemişti şimdiye kadar ne de ilgisini belli etmişti birine. Fakat bu adamda karşı koyamadığı büyülü bir şey vardı ki yaptığı bütün bu toylukları affedebiliyordu kendi içinde. Ertan için karizmasından ödün vermeye değer gibi görünüyordu gözüne...

Ablasının asalak sevgilisi için söylediği sözler geldi aklına o an.

"Sevdiğin insanın derdi senin de derdin olur" demişti. "Onun mutluluğu senin de mutluluğun olur. Tabii ki sıkıntılarıyla da ilgilenirsin. Çünkü o da senin sıkıntılarınla ilgilenir..."

Tam da böyle bir şey yaşamak istiyordu işte Ertan'la... Zavallı ablasının o asalak adamla yaşadığını sandığı şeyi en gerçek, en doğru, en yalın haliyle Ertan'da yaşamak isteyeceğini düşündü yol boyunca.

Sahiden de Ertan'ın mutluluğuyla mutlu olmak, derdiyle dertlenmek isterdi... Hem ne de güzel olurdu bu... Çünkü Ertan karşısındaki kadınla öyle güzel ilgilenir, onu öyle güzel severdi ki, onun mutluluğuyla elbette mutlu olurdu her kadın.

Bu adam ilgisiyle, sağladığı konforla ve sınırsız bonkörlüğüyle dünyadaki bütün kadınları etkileyebilirdi. Karizması, havası, yakışıklılığı da işin cabası...

Aklından geçirdiklerine kendi bile inanamıyordu. Tozpembe hayaller kurarak bütün gece internette Ertan hakkında bilgi arayıp durdu Aleyna...

Instagram profilini mercek altına yatırdı önce. Paylaştığı bütün fotoğrafları, paylaşım tarihlerini, kimlerin hangi fotoğrafı beğendiğini, kimleri takip ettiğini, kimlerin onu takip ettiğini, her şeyi etraflıca taradı.

Epey ünlü vardı takip listesinde. Popüler bir adamdı belli ki... Oyuncularla da arası iyi... Kendi teknesinde çektirdiği fotoğraflarda vücudunun da gayet iyi olduğunu tespit etmişti Aleyna. "Vay arkadaş!" diyordu ikide bir...

İyi bir ailenin oğluymuş gerçekten. Şahane bir eğitim almış... Yıllarca Amerika'da yaşamış. Genç yaşına rağmen epeydir bu işin içinde bir dolu başarıya imza atmış... Ünlü sevgilileri de olmuş tabii... Demek magazine aşinalığı biraz bununla da ilgili...

"Asu adındaki şu yeteneksiz oyuncuyla da mı çıkmış yani?" diye burun kıvırdı Aleyna gördüğü fotoğraflar üzerine. Birlikte daha güzel fotoğraf vereceklerinden emindi. Böyle bar çıkışı sarhoş halde yakalanmayacaktı onlar. Belki bir galada el ele olurlardı, belki Aleyna'nın konserinden sonra birlikte ciplerine binip giderken görüntülenirlerdi, belki Bodrum'da teknede baş başa çekilirlerdi uzaktan...

Ah ne tatlı hayallerdi bunlar...

"Ne düşünüyorum ben yahu!" diyerek kafasına tatlı bir şamar patlattı sonra. Saat ikiyi geçmişti. "Uyusam ya artık aptal aptal hayaller kuracağıma. Adam bir mesaj bile yazmadı şu ana kadar. Telefon numarasını ben istedim, ilk mesajı da ben atacak değilim ama kusura bakmasın... Arkadaş bayağı tanrı Zeus gibi dolanıyor ortalıkta... Bu neyin özgüveni yahu?"

***

"Narsis kişi, bir yandan için için aşağılık duyguları yaşarken bir yandan da kendisine hayranmışçasına davranır."

– *Sefiller,* Victor Hugo

DURUM DEĞERLENDİRMESİ

Kaybetme Korkusu

Aleyna şımarıklık gibi görünen tavırlarına karşılık farkındalığı hayli yüksek bir kız. Annesinin ve ablasının psikolojik tahlilleri neredeyse bir profesyonel kadar başarılı ve isabetli... Ancak aynı şeyi kendi için yapmıyor. Muhtemelen kendiyle yüzleşmemeyi tercih ediyor. Çünkü kimse kendiyle olan savaşını kazanamaz.

Ablasına söylediği sözler oldukça dikkat çekici...

"Sen hiç dert olmadın ki ona... Başının ağrıdığını bile söylemezsin ki sıkıntılı ve sorunlu bir kız gibi görünmemek için. Yazık sana... Seni sevsin diye kendin gibi olamıyorsun adamın yanında. Çünkü seni sevmez. Bunu sen de biliyorsun. Olmadığın biri gibi davranıyorsun ona. Seni eli açık, iş bitirici, sorun çözücü, ilkyardım çantası gibi görüyor. Derdi sıkıntısı olmayan hep huzurlu bir kız..."

Başkalarını överken, başkalarını yargılarken, gözlemlerken ya da eleştirirken kimlerin hangi sözleri kullandığını her zaman çok önemsemişimdir. Hangi konuya ne şekilde baktıklarını, nasıl gözlemlediklerini ve değerlendirdiklerini ciddiye alırım. Çünkü başkasına yönelik olan her şey ama her şey temelde kişinin kendine yöneliktir.

Aynı refleksim ister istemez Aleyna için de çalışıyor.

Genç kız ablasını eleştirirken, hakkında teşhislerde ya da yargılarda bulunurken yüzleşmekten kaçtığı kendine de ayna tutuyor farkında olmadan.

Ablasını yerden yere vurduğu temel sorun onun kendi gibi olamaması...

Sevilmek için, onaylanmak için, kabul ya da değer görmek için olmadığı insan gibi davranıyor olmasından çok şikâyetçi... Annesinin biricik, güvenilir kızı olmak için de aynı şeyi yapıyor, sevdiği adamın hayatında kalabilmek için de... Sürekli ve daima hep kendinden vermeyi tercih ediyor. Çünkü ancak bu şekilde sevilmeye layık olacağı temel inancına sahip.

Başkalarının onayı ve kabulü için kendinden verdikçe geriye kimin kaldığı hakkında doğal olarak hiçbir fikri yok. Azize bu açıdan bakıldığında kendine yabancı bir genç kadın...

Aleyna'nın da dönüp dolaşıp burayı kaşıması, ablasının yüzüne vurması ve bunu yaparken de canını acıtmaya çalışmasının temelinde kendinin de yabancılık duygusuyla savrulup durmasından kaynaklanıyor. Ablasında zalimce eleştirdiği şey kendinde iyileştiremediği başka bir yara...

Kendi gibi olamamak!

Kendi gibi olmanın ne demek olduğu hakkında Aleyna'nın da bir fikri yok çünkü bunu hem hiç deneyimlemedi hem de ergenlikten yeni çıkan bir genç yetişkin olarak kimlik arayışı ve anlam arayışı içinde...

Eleştiriler, yargılar, övgüler, yalanlar, hakaretler, iltifatlar çoğunlukla hep kişinin kendiyle ilgilidir, karşı tarafla değil.

Aleyna'nın ablası hakkında yerinde gözlemler yapması, kendinde bakamadığı alanları onun üzerinden gözlemleyebiliyor olmasıyla ilgili biraz da.

Başkasını gözlemlerken kendi içindeki uçuruma göz atmaya çalışıyor. Zaman içinde Aleyna'nın da aslında eleştirdiği ya da yargıladığı değerlerle sınandığını görmemiz mümkün.

Elbette Azize'nin durumu başlı başına incelenmesi gereken çok ama çok önemli bir mesele...

Bir şeyler vermeden sevilemeyeceği inancı...

Vermeden alamayacağı düşüncesi...

Günümüzün pek çok ilişki modelinde karşımıza çıkan bir durum bu. Özellikle kadınlar açısından sevilmeye layık bulunmak yanılgısı büyük bir yara... Erkeğin sevgisini, saygısını, sadakatini ve mutluluğunu hak etmek için buna layık biri olduğunu göstermesi gerektiği inancının kökleri çok daha eskilere dayanıyor elbette.

Bunun toplumsal ve kültürel değerlerle çok ilgisi var. Ataerkil toplumlarda "Kadın dediğin..." diye başlayan kuralların, yaptırımların ve baskıların toplumun kolektif bilincinde bir etki yaratmadığını söyleyemeyiz.

Kadın dediğin erkeğini hoş tutar.

Kadın dediğin erkeğinin her türlü ihtiyacını karşılar.

Kadın dediğin cilveli olur.

Kadın dediğin sadık olur.

Kadın dediğin fedakâr olur.

Kadın dediğin söz dinler.

Kadın dediğin güzel olur, tatlı dilli olur.

Bu listenin bir sonu yok.

Uzadıkça uzar...

Ama özünde hep erkeğin mutluluğuna hizmet eden bir "kadın" varlığından söz edilir. Kadının mutluluğuna hizmet eden bir erkek inancı yok. Köklenmemiş, yerleşmemiş maalesef.

Görünürde Aleyna tam tersini düşünerek kendine layık yani kendi gibi bir stara layık erkek bulduğundan söz etse de, Ertan'ın telefon numarasını istemeye cesaret gösterecek kadar prensiplerinden ödün verdiğini hatırlayın. Onu kendine layık bulmuyor aslında, ona layık olmak için çabalamayı göze alıyor demek ki...

Aleyna ablasını "eziklikle" eleştirirken, kendi de farklı bir hisle boğuşmuyor aslında. İlişkide sevilmeye layık olmak için fedakârlıkta bulunmaya başlayan, emek veren, çaba gösteren kişi zamanla doğal olarak kim olduğunu unutur. Zaten bilmiyorduysa, daha da kaybolur. Kendi varlığını, kendini adadığı içinin varlığıyla tarif etmeye bile başlar bir süre sonra.

"O yoksa ben de yokum."

"Onsuz ben bir hiçim."

"Ben onunla güzelim."

"Ben onunla varım."

Bu böyle uzayıp gittiğinde kişi kendini kaybeder. Kim olduğunu tamamen unutur. Yadsınamaz bir kişilik sorunu ve çatışma başlar içinde. Özgüvenini ve kendine saygısını yitirir. Kendine güvenini yitiren insan terk edilmekten daha da korkar, böylece daha da köleleşir ve terk edilmemek uğruna elinde olanı olmayanı maddi manevi karşısındaki insana akıtmaya başlar. Sevilmek uğruna köleleşmektir bu.

Erkeğinin annesine dönüşmüş çok kadın görmüşsünüzdür. Aynı şekilde kadınının babası gibi davranan, yaşayan çok erkek de var.

Çünkü bilinçaltında hep şu vardır:

"Erkek annesini hiçbir zaman terk etmez"

"Kız çocuğu babasına her zaman çok düşkündür."

Bu iki temel inanç, bir zaman sonra ilişkilerin de yönetici duygusu olur. Erkek, karısının kendisine düşkün olması gerektiğinden emindir ve ondan her şeyi koşulsuzca almaya odaklıdır. Kadın da erkeğin annesini yani ona emek veren kadınını terk etmeyeceğinden emindir ve ona annelik etmesi her zaman daha doğrudur.

Ne var ki bilinçaltındaki bu çekirdek düşünce, ilişkilerin zehirlenerek yok olmaya başlamasıdır.

Kadın, hayatındaki erkeğe annesi gibi davrandığında ne olur?

Anne çocuğunun her istediğini yapar. Her hatasını affeder. İyi günde kötü günde yanında olur. Çocuk aylarca, senelerce ortadan kaybolsa bile döndüğünde annesi onu hasretle beklemeye devam ediyor olur.

Oysa bunların hiçbiri sağlıklı bir ilişkinin dinamiği değildir. Bir bağımlılık ve gönüllü kölelik ilişkisidir ki bir yerde çökmeye mahkûmdur.

Kölelik ilişkisi görev dağılımı kabullenildikten sonra çok uzun yıllar bile sürüp gidebilir ama burada karşılıklı sevgiden ve aşktan söz etmek mümkün değildir. Burada ancak bir kölelik ilişkisi söz konusudur.

Kadın ya da erkek karşı tarafı yönetmek ya da etkilemek fikrinden vazgeçtiğinde orada sevgi dolu, sağlıklı bir ilişkinin başlama ihtimali her zaman çok daha yüksektir.

İlişkiler elbette dalgalıdır, stabil değildir. Ancak kölelik ilişkilerinde dalgalı bile değildir.

Başkalarını Acıtarak Mutlu Olmak

Aleyna'nın tipik gibi görünen bir tutumu da başkalarını aşağılaması... Başkasını aşağılamak, geçici bir süre için kendini iyi hissetmesini sağlıyor. Çünkü başkasını aşağıya çektiğinde kendi daha yukarıda görünüyor.

İnsan doğası gelişmek ve büyümek ister ki bu zorlu bir süreçtir. Düşünme, sorgulama ve çalışma gerektirir. Bu mücadelenin içinde olmak yerine başkasını aşağı çekmek daha kolay ve kestirme bir yol olarak tercih ediliyor çoğunlukla maalesef.

Başkalarını sürekli aşağılayanlar, incitenler aslında çoğu zaman kendi içlerindeki yetersizlik ve değersizlik hissini kamufle etmeye çalışanlardır. Aleyna kendiyle baş başa kaldığında moda tabirle o "ezikliği" hissediyor içinde ama bunu sesli söyleyemiyor çünkü farkında bile değil...

"Boş ver şimdi bunları Aleyna. Starsın sen. İşine bak. İnsanlar zirvede yalnızlaşırlar. Sorun yok. Kimsenin sevgisine muhtaç değilsin sen kızım. Sen Aleyna'sın. Sen cool bir starsın. Star gibi yaşamak zorundasın."

Sosyal medyada organik bile olsa takipçi satın alarak kendini de kandırıyor Aleyna. Ne hissettiğinden çok başkalarının onunla ilgili fikirlerini daha çok önemsiyor. İçeriye göre değil dışarıya göre yaşıyor. Dolayısıyla bir süre sonra içindeki ses de ister istemez sağırlaşıyor.

Narsis Avını Uzaktan Tanır

Hikâyenin narsis karakteri Ertan hayatında aşka ve sevgiye yer vermediğinden insanları sadece çıkarları doğrultusunda kullanmakta tam bir uzman. İyi bir manipülatör... İkna etmek ve etkilemek onun doğuştan getirdiği bir yetenek adeta.

Aleyna'yı da görür görmez tanıyor. Aleyna tam dişine göre bir av...

Akla hemen şu soru geliyor değil mi?

Sahip olduğu bir sürü avantaj sayesinde çok daha kolay bir av bulabilecekken neden Aleyna gibi zor bir avı tercih ediyor?

Çünkü narsis tarafı zoru başarma konusunda motive ediyor onu. Bir narsis herkesin elde edebileceğiyle uğraşmaz. Tercih ettiği kadınlar genellikle asi, hırçın ve kriterleri yüksek kadınlar... Her erkeğin kolayca cesaret edemeyeceği kadınlar... Ertan gibi bir narsis, deyim yerindeyse kaplanı kendi kuzusu yapabildiğinde tatmin bulur.

"Narsis kişi, diğer insanları ancak kendi ihtiyaçları için arar. Verse de, karşılığında bir şeyler almak için verir."

– *İnsan Olmak,* Engin Geçtan

-IV-

"Baban geldiğinde düzen değişecekse, sen artık bu evin kadını olamayacaksan, işimiz çok zor Azize" dedi Çetin üstten bir ifadeyle. "İlişki devam etmez ki bu şartlarda... Ergenler gibi okul çıkışı kafede buluşup, evde iki saat öpüşüp el ele tutuşarak mı geçireceğiz hayatımızın geri kalanını? Aklına yatıyor mu senin?"

Cevap veremedi Azize. Gözleri dolmuştu. Boğazında dikenli, kalın bir yumru duruyordu. Ağzını açsa hüngür hüngür dışarı akacaktı içindeki acı... Dillendiremediği ne çok şey vardı aslında sevdiği adama. Aleyna sahiden de haklı mıydı yoksa "Onun karşısında kendin gibi değilsin ki..." derken?

Sahiden de sevdiği adamın karşısında başka biriymiş gibi görünüyordu. Konuşmak istediği ne çok şey vardı oysa iki yılını verdiği bu adamla ve sormak istediği ne çok soru, aşamadığı ne çok kaygı, içine sığdıramadığı ne çok huzursuzluk, korku, endişe ve güvensizlik vardı...

En beteri de buydu sanki.

Güvensizlik!

Çetin'le hiçbir şeyden emin değildi, olamıyordu da... Fakat bu düşünceye ne zaman saplanacak olsa derhal yakıp kül ediyor, yok saymayı başarıyordu. Halbuki ne acıklıydı sevdiği adamdan yana hiçbir şeye güven duymaması.

Yalan söyleyebilir miydi Çetin mesela?

Bir iki kez yakalamıştı ama önemsiz şeylerdi bunlar. Çetin katiyen yalan söylemezdi aslında. İyi biriydi o. Geçen yıl konservatuvarı bitirmiş, solfej eğitimi veren, kendi halinde, tatlı bir adamdı işte... Ancak yaptıklarına ve yapmadıklarına bakıldığında sanki hep yalan söylüyor gibi değil miydi?

Neden söz vermiyordu hiç Azize'ye?

Neden içinde ikisinin de olduğu bir hayal bile yoktu hayatlarında?

Sormak için can atıyordu, kendini zor tutuyordu ama Çetin'in gerilip sağı solu yumruklamasından, vazo, bardak, cep telefonu parçalamasından çekindiği için her kaygısını, her sorusunu ve huzursuzluğunu yutmaya gayret ediyordu yine.

Çetin'in köşeye sıkıştığını hissettiği an çaresizce öfkesine sarılması ve eline geçeni fırlatıp kırması duygusal olduğu kadar maddi açıdan da ağır bir yük sayılırdı Azize için.

Daha bir ay bile olmamıştı Çetin'e yeni telefon alalı... Salondaki televizyonun ortasında patlamış, paramparça olmuştu.

"İyi ki televizyonun ekranı kırılmadı" diye sevinmişti Azize. Aynı anda hem cep telefonu hem televizyon alması mümkün olmazdı çünkü... On ay taksitle ödemek zorundaydı zaten cep telefonunu da. Dünyanın parası...

O gün niye sinirlenmişti Çetin, hatırlamıyordu. Sıklıkla her şeye sinirlenebilecek kapasitesi vardı ne de olsa. Galiba Azize "Bu kadın sana neden açık saçık fotoğraflarını atıp müstehcen şakalar yapabiliyor?" diye sormuştu.

Evet, evet...

Intagram'daki bir takipçisinin özelden attığı mesajlara takılmıştı. Kadının açık fotoğraflar atabilme cüreti, karşılığında müstehcen tekliflerde bulunabilmesi, üstüne şakalar yapması, üstüne üstlük Çetin'in de bu mesajlara karşılık vermesi, konunun alev almasına neden olmuştu.

Azize'nin hiçbir sorusunu mantıklı bulmadığı gibi bütün bunların aşağılık kompleksi, özgüvensizlik ve acziyet olduğunu iddia etmişti sürekli. Hem suçlu hem güçlü...

"Hiçbir önemi yok" demişti. "Salakça bir geyik işte... Üzerinde durmaya değmez. Bunlara mı takıyorsun şimdi ezik gibi?"

Evet... Bunlara takıyordu Azize... Çünkü hiçbir şekilde tamamen Çetin'e ait hissedemiyordu kendini. Onunla güven dolu bir hayat kurabilmek için her fedakârlığa razıydı oysa.

"Bu evin kadını" sözü ne kadar da tatlı gelmişti kulağına... Demek Çetin hiç dile getirmese de evinin kadını olarak görüyordu Azize'yi... Ah günlerce, hatta haftalarca tadını çıkarmak isterdi bu sözün ama hemen peşinden eklediği "Bu ilişkiyi ergenler gibi yaşayamayız, devam edemeyiz" cümlesi balyoz gibi inmişti beynine.

"Ben haftada en az iki gün uğrayacağım sana ne olursa olsun" dedi Azize. "Bir gece mutlaka birlikte uyuyacağız. Babam ne derse desin, düzen ne kadar değişirse değişsin önemli değil.

Görüştüğümüz günlerde katiyen bir sıkıntı çıkmayacak söz veriyorum sana. Yemeklerini yapmaya devam edeceğim, çamaşırlarını yıkayıp ütüleyeceğim, evi temizleyeceğim. Burada seni ev işlerinin içinde bir başına bırakmayacağım. Mutlaka yine her zamanki gibi baş başa bir gecemiz olacak bizim. Film izleyeceğiz, yemek yiyeceğiz, sohbet edeceğiz, birlikte uyuyup birlikte uyanacağız. Bunu kimse alamaz bizden."

"O zaman neden gerginsin bu kadar babanın gelişiyle ilgili?" diye sordu Çetin. "Beni de geriyorsun. Yok düzen bozulacak, yok eskisi gibi olmamız zor falan..."

"Babamın Rusya'daki işi battı ya" dedi Azize, mahcup ve çaresiz bir ifadeyle. Sanki oradaki işin batmasında bile kendi parmağı varmış kadar utangaç. "Maddi olarak eskisi kadar güçlü olamayabiliriz. Ortak hesaplarımız kapanacaktır muhtemelen. Evi babam geçindirecektir yine tabii ama kime ne kadar harçlık verileceğini, neyin nereye harcandığını takip edecektir. Senin kiranı bir daha ödeyememekten korkuyorum Çetin. Evin alışverişini yapamayacağım, faturaları yatıramayacağım için endişeliyim. Senin kazancın bu evi döndürmeye yetmez. İşte o zaman ne olacak, ne yapacağız?"

Yüzü sapsarı olmuştu Çetin'in. Boylu boyunca uzandığı kanepede yavaşça doğruldu. Kucağındaki kitabı sehpanın üzerine bırakıp karşısında tir tir titreyen sevgilisine baktı acır gibi.

Ellerinden tutup "Korkma sevgilim" demesini bekledi Azize. "Ben ikimize de bakarım. Sen bu evin kadınısın. Sen beni sevmeye, bana sevginle bakmaya devam et. Ben ikimizi de geçindiririm. Düzenimiz bozulursa biz de kendimize yeni bir düzen kurarız, evleniriz..."

Demedi ama...

Öylece durup baktı buz gibi...

"Merak etme..." dedi sonra. "Ben başımın çaresine bakarım."

Ağlamaya başladı Azize. Çetin'in gerilip söylenmeye başlayacağını bildiği halde tutamadı kendini. Sicim gibi yaşlar boşaldı gözlerinden.

"Seni seviyorum ben..." dedi kekeleyerek. "Bensiz başının çaresine bakma. Birlikte bakalım bir çaresine olmaz mı?"

"Karşımda çocuk gibi ağlayıp durma Azize!" diye çıkıştı Çetin. Sehpayı sertçe ittirdi ayağıyla. Üzerindeki kitap ve boş çay bardağı düştü yere... "Zır zır zır, yeter artık. Türk filmlerindeki o zavallı muhtaç kadınlar gibisin. Kocaları olmayınca verem oluyorlar ya, yaşayamıyorlar. Bir gecede saçları beyazlıyor falan... Melankolik, saçma kafalar bunlar. Nefret ediyorum. Bakacağız duruma işte. Başımıza ne geliyorsa ona göre davranacağız meseleyi çözmek için. Oturup ağlamayacağım tabii ki. Ne lazımsa, durum neyi gerektiriyorsa onu yapacağım, bir çaresini bulacağım. Ne var bunda? Mantıklı olan da bu değil mi? Baban parayı kesecek diye ben de bileklerimi mi keseyim burada? Elbette başka bir çare bulacağım. Sen neyin bunalımına girdin şimdi onu anlamadım ben. Kardeşin de senin gibi mi? Hiç sanmıyorum. Daha akıllı birine benziyor bakınca."

"Aleyna mı?" diye sordu şaşkınlıkla. Aleyna da nereden çıkmıştı şimdi, ne alaka? Tanışmamışlardı ki hiç. Onu mu takip ediyordu yoksa?

"Ailenin tek melodramı sensin gibi geliyor bana" diye devam etti Çetin. "Anneni gördüm fotoğraflarda, hoş, bakımlı, güzel kadın. Yaşını göstermiyor, bakıyor kendine. Aleyna da eğlenceli, neşeli bir hatuna benziyor. Görüyorum Youtube'da orada burada. Paylaşımları cıvıl cıvıl... Müzik yapıyor, işine yatırım yapıyor. Bir gelecek hayali var kızın. Kendi kendine çabalıyor. Bravo. Takdir ediyorum. Peki ya sen ne yapıyorsun cancağızım? Evde temizlik mi? İleride temizlik neferi olma hayali mi kurdun kendine? Bu sana da tuhaf gelmiyor mu biraz?"

"Benim de bir hayalim var" dedi Azize. Duyduklarına inanamıyor gibi bakıyordu Çetin'in yüzüne. "Ben de emek veriyorum..."

"Neye emek veriyorsun tatlım? İngiliz dili ve edebiyatına mı? Geleceğin en başarılı İngilizce öğretmeni mi olacaksın, bu mu hayalin? Çalıkuşu Feride... Demodesin işte... O yüzden sürekli bunalımdasın, sürekli mutsuzsun, hep kaygılısın, hep huzursuz, özgüvensiz..."

"Evleniriz belki!" diye tek solukta söyleyiverdi Azize. Gözyaşlarını sildi elinin tersiyle. Umutla ve korkuyla baktı sevdiği adamın yüzüne.

"Hoppala!" dedi Çetin. İyice sinirlenmişti artık. "Ben ne diyorum bu ne diyor?" Kalkıp toparlanmaya başladı sinirle... Siyah sırt çantasını, solfej kitaplarını ve cep telefonunu alıp ceketini geçirdi üzerine. "Aklını kaçırmışsın sen kızım. İki çıplak bir hamama yakışır diyorsun yani... Eyvallah! Benden bugünlük bu kadar... Derse yetişeceğim ben. Sen de hadi git babana... Havalimanına karşılamaya gidecektin hani gelmedi mi daha vakti? Yeni havalimanı çok uzak, hadi sen de çık artık hadi. Daha fazla konuşmayalım ne olur."

Kapıyı çat diye çekip çıkmıştı Çetin, arkasında hâlâ esmeye devam eden bir öfke rüzgârı bırakarak...

Salonun ortasında öylece kalakaldı Azize. Sadece babasını suçluyordu o an içinden. Bütün bunlara o sebep olmuştu çünkü. Nefret ediyordu ondan. Sorumsuz, pislik adam... Yıllarca umurunda bile olmamıştı karısı da kızları da... On altı yıl misafir gibi, uzaktan akraba gibi bazen görüşmüşler, çoğu zaman görüşememişlerdi, kimse bir diğerinin hayatına derman olmamıştı ama yıkmaya gelince yıkmıştı işte... Baba olarak konforlu bir hayat sağlamak dışında hiçbir işe yaramayan bu adam şimdi Azize'nin büyük emeklerle kurduğu ilişkisinin celladı oluyordu geri dönerek. Niye geri dönüyordu ki? Çok mu lazımdı? Her şey ne güzel yolunda gidiyordu işte. Neden bozuyordu, neden? Kurmaya yardım etmediği şeyleri neden yıkıyordu şimdi, haksızlık değil miydi bu?

Aklında karmakarışık düşüncelerle ve içinde kocaman bir kırgınlıkla çantasını alıp Çetin'in Beşiktaş'taki evinden çıktı. Taksiyle gitse çok yazardı. Servis aramaya kalksa saatler tutmuyordu, bekleyemezdi.

"En iyisi Aleyna'yı aramak" diye düşündü. Onun altında lüks arabalar, yanında şoförler, korumalar ve zengin de bir sevgili vardı ne de olsa.

"Şanslı kevaşe!"

Azize, kız kardeşinin şaka yaptığını düşünmüştü önceleri. "Şu senin çok sevdiğin Netflix dizisindeki o intikam meleğini oynayan kadın vardı ya hani, Asu mu ne, işte onun eski sevgilisi yürüyor bana" demişti. "Hem de Allah ne verdiyse yürüyor. Otelde kamp yapıyorum beş kuruş ödemeden. Kapımda şoför..."

İnanmamıştı Azize.

Mübalağanın da bu kadarı yani!

Ne işi olurdu koskoca otel sahibi işadamı Ertan Soysal'ın kıçı kırık bir Youtube şarkıcısıyla? Üstelik kısa ve yeteneksiz. Adamın etrafı oyuncularla, şarkıcılarla, ünlülerle dolu... Aleyna'ya kahve içmek için bile vakit ayırmazdı.

Ama Whatsapp yazışmalarını okuyunca dünyanın iyice raydan çıktığına karar verdi Azize. Kıyamet günü yakındı artık. Olmayacak denen şeyler olabiliyordu işte...

"İlk ben yazdım ama olsun" demişti Aleyna. "Önemli olan akış... Muhabbetin nasıl aktığı yani... Güzel mi güzel... Kapıya şoförler geliyor mu? Geliyor? Adam yazdığım her şeye cevap veriyor mu? Veriyor. Geliyorum diyorum, gel diyor. Hazırla diyorum hazırlıyor. Şu lazım diyorum, tamam diyor. Hallediyor mu işlerimi? Hallediyor. Daha ne olsun?"

"Birlikte oldunuz mu peki hiç?"

Bu sorunun üzerine kocaman bir kahkaha patlatmıştı Aleyna. "Çok önemli ama değil mi?" demişti. "Tam Türk filmi kafası bu işte... Birlikte olduysan kadınısındır artık onun. Olmadıysan o hâlâ bir yabancı... Çok salaksın be Azize... Olduk tabii ki... Hem de otelde, hem de onun kal dairesinde... Onun kraliçesiyim ben kraliçesiyim! Kabul et artık bunu... Senin için çok ama gerçek bu... Ben Ertan'ın sevgilisiyim kızım. Herkes bunu aklına yazacak. Bütün memleket hem de..."

Azize, telefonu uzun uzun çaldırdığı halde açmıyordu Aleyna.

"Çakma sosyete!" diye kendi kendine söylenmeye başlamıştı Azize. Telefonu kapatıp dudaklarını kemirmeye başladı telaşla. Nasıl yetişecekti havalimanına?

Birkaç dakika sonra Aleyna dönmüştü ablasına.

"Yoldayım ben..." dedi. "Babamı karşılamaya havalimanına gidiyoruz Ertan'la. Sen ne yaptın?"

Ertan'la havalimanı mı? Yok artık... Bu ne cüret? Yıllardır görmediği babasının karşısına iki günlük sevgiliyle mi gidiyor?

Bu kızdaki özgüven de biraz fazla değil mi arkadaş? "Özgüven değil bu, şımarıklık" diye geçirdi içinden Azize...

"Ben Beşiktaş'tayım, servis yok. Taksiyle gelsem kapıya çıkıp ödeyebilir misin, yanımda para yok benim."

"Bu sabah iki bin beş yüz lira çekmişsin hesaptan, nasıl paran yok?" diye sordu Aleyna.

Muhasebeci gibi her para hareketinden haberi olmak zorunda mıydı bunun?

"Okula yatırdım onu... Uzun uzun açıklamasını mı yapayım şimdi? Taksi ücretimi öder misin ödemez misin onu söyle sadece?"

"Orası kocaman bir yer. Taksiyi bulmamız mümkün değil... Bana konum at, sana başka bir araç yollayayım ben otelden, getirsin seni."

Bu kadardı işte...

Aleyna'nın bir sorunu çözmesi sadece birkaç saniye sürüyordu artık. Sahiden de mükemmel bir hayat inşa ediyordu bacak kadar boyuyla. Buna nasıl güç yetirebiliyordu hayret. Gerçekten de Çetin'in düşündüğü gibi akıllı bir kız mıydı, yetenekli miydi yani?

Azize, telefonu kapattığında ölesiye acıyordu kendine. Aynı dikenli yumru yine gelip oturmuştu boğazına. On beş dakika sonra Aleyna'nın yolladığı şoför, siyah bir minibüsle önünde duruyordu bile.

Aleyna başının çaresine bakmayı beceriyordu. Tutkulu ve hırslı bile olsa hayatında bir şeyleri yoluna koymayı başarıyordu işte. Yakışıklı ve varlıklı bir sevgilisi vardı, adam her türlü konforunu sağlıyordu Aleyna'nın.

Youtube için şu ana kadar yaptıkları her şeyi çöpe attırmıştı. Son kayıtlar, stüdyoda kayıt sırasında çekilen amatör o klip, her şey ama her şey iptal olmuştu. Adam her şeyin usta ellerden çıkmasını istemiş, kesenin ağzını açmıştı bir kere. Reklam ajansı, basın danışmanı, imaj danışmanı, daha neler neler... Aleyna'nın müzik kariyerine profesyonel bir ekiple dikkat çekici büyük bir projeyle başlamasını istiyordu. Kendi starını kendi yaratmaya kararlıydı Ertan Soysal... Bunun için ne yapmak gerekiyorsa yapıyordu işte...

Hafta sonları oteldeki program da gayet güzel doluyordu. Instagram'da takipçi sayısı artmaya başlamıştı Aleyna'nın. Şaka gibi... Sihirli bir değnek dokunmuştu sanki kızın omzuna... Asıl onun hayatı Türk filmi gibiydi işte. Genelde Ekrem Bora'nın canlandırdığı gazinocular kralı tarafından keşfedilmiş Çiçekçi Naciye'ydi o. Başına talih kuşu konmuştu.

Neden Aleyna'yı seçmişti Tanrı yüzüne gülmek için neden?

Ne yapmıştı da hak etmişti bütün bunları?

Azize hiçbirini istemiyordu üstelik. Çetin'le mutlu bir hayat kâfiydi onun için. Şoförü olmasa da olurdu. Ama ne yazık ki sabah okula diye aldığı parayı bile sevdiği adamın kirasına yatırmıştı. Şimdi taksiye verecek kadar da kalmamıştı.

"Adaletsiz dünya" diye geçirdi içinden.

Havalimanında lüks bir kafeye götürmüştü onu şoför. "Ertan Bey ve Aleyna Hanım sizi bekliyorlar" dedi.

Kafenin kapısında durup ikisini izledi bir süre... Yıllardır birlikteydiler sanki. Aleyna, sevgilisinin kahveyi nasıl içtiğini bile biliyordu artık. Önce kremasını koydu sonra bir tane esmer şeker... Kruvasanları minik minik dilimledi. Küçük parçaları adamın ağzına "uçtu uçtu uçak uçtu" şakasıyla götürmesini ne kadar da yapmacık bulmuştu Azize. "Yalan..." dedi içinden. "Her şeyi sahte bunların..."

Oysa Aleyna'nın her anı özel bir kutlamaydı kendince. Hayatının değişmesini Ertan'ın sağladığı lüksler sayesinde refah içinde kutluyordu coşkuyla... Neşesi yerinde, keyfine diyecek yok.

Ertan bir hazineydi Aleyna için. Eşi benzeri bulunmaz bir adam... Sevdiği kadını mutlu etmek için elinden geleni ardına koymayan yüreği zengin bir âşık...

Azize masaya geldiğinde gözüne ilk çarpan şey Aleyna'nın kolundaki parlak bileklik olmuştu. Gözlerini alamıyordu bu pırlanta yığınından.

"Ay sen Beşiktaşlarda yetim mi kaldın, ay sen beş parasız sokaklara mı düştün benim fedakâr ablam, çilekeş ablam" diye çocuksu bir şakayla karşıladı Azize'yi. "Kıyamam sana ben... Topak anam benim, vesikalı yârim benim... Türkân Şoray'ım!"

Ertan gülmeye başlamıştı Aleyna'nın şakalarına. İki espriyle tam anlamıyla ablasını tarif edebildiğini düşündü. Dışarıdan bakınca sahiden gösterişsiz, mütevazı, sıradan, yüzünde keskin bir mutsuzluk ve öfke taşıyan, yaralı bir ceylan duruyor gibiydi. Bu kızın Aleyna gibi yüksek enerjili, gösterişe düşkün, dikkat çekmeyi seven, göze batmayı başaran iddialı bir karakterin ablası olabileceğini ölse tahmin edemezdi.

"Hoş geldin..." dedi Ertan elini uzatarak. "Ertan ben."

"Azize..."

"Balıkçı güzeli Azize" diye araya girdi Aleyna. "Kadir İnanır'la Türkân Şoray'ın filmi vardır ya hani... İşte oradaki kızdır benim ablam. Evlenilecek kızdır o. Hem çilekeştir, hem fedakâr... Saçını süpürge eder sevdiklerine. Sevgi emektir çünkü..."

"Yeterince eğlendiysen kapatalım artık konuyu" dedi Azize bir sandalye çekip karşılarına otururken.

Ne tesadüftü ki daha birkaç saat önce Çetin de eski Türk filmlerinden dem vurarak eleştirmişti Azize'yi... Şimdi patavatsız kız kardeş de aynı yeri kaşıyıp duruyordu farkında olmadan. "O kadar mı sıkıcıyım?" diye geçirdi içinden Azize... "Bu şakaların bir gerçeklik payı olabilir mi?"

Aleyna, sevgilisine dönüp ablasından söz etmeye devam etti.

"Gerçekten sevmek için yaratılmıştır Azize... İdeal evlat, ideal ev kadını... Hırsları yok, tutkuları yok... Okulu bitirince öğretmen olacak, kendi yağında kavrulup gidecek işte. Dünya tatlısıdır. Hayatını bir adama adayacak, kapanıp gidecek..."

"Seçim..." dedi Ertan. "Herkes neyle mutluysa onu seçer... Bence bir sakıncası yok. Yeter ki günün sonunda kimse seçimlerinden dolayı başkalarını suçlamasın, mutsuzluğunun faturasını başkalarına çıkarmasın."

"Çok haklısın..." dedi Azize. "Günün sonunda kim mutlu, kim mutsuz görürüz nasılsa."

"Ben çok mutluyum" dedi Aleyna. "Günün sonunu bekleyemeyeceğim mutlu olmak için... Hayatımda her şey yolunda... Yeni şarkım hazırlanıyor. Klibim çekilecek. Kostümlerim için gece gündüz çalışıyorlar atölyede. Reklam ajansları devrede. Tanıtımlar hazırlanıyor. Sevgilim bana memleketin en ünlü bestecisinden şarkı aldı. Stüdyolara kapadı beni. İlk defa bir klip için gala yapacağız. Hazırlıklarımız tam gaz sürüyor. Hafta sonu programım ful... Rezervasyonlar şahane... Takipçilerim günden güne artıyor. Niye mutlu olmayacakmışım yahu? Çocukluğumdan beri hayalimdi şarkı söylemek... Herkes beni dinlesin isterdim, beni alkışlasın..."

"Ama kimse dinlemezdi değil mi?" diye araya girdi Azize... "Öyle kötüydü ki sesin annem bile dayanamaz mutfağa kilitlerdi kendini. Ben de sesini duymayayım diye sürekli ödev yapardım. Kötü sesin sayesinde okulun en çalışkanı olmuştum. Müsamerelere bile çıkarmazlardı seni de anneme ağlardın. Annem müdürün kapısını arşınlayıp dururdu senin sinir krizlerin yüzünden."

Aleyna ablasının ne yapmaya çalıştığını görmüş ama çok da üzerinde durmamayı tercih etmişti. Bu zavallının aşağılık kompleksleri yüzünden sevgilisinin yanında sinirlerini bozacak değildi.

"Kim derdi ki o kız büyüyünce ünlü bir şarkıcı olacak, gece kulüplerini dolduracak, şarkıları dinlenecek? Takdire şayan bir başarı değil mi ama?" dedi Ertan, sevgilisinin elini sıkıca tutarak.

Dişleri kırılacaktı Azize'nin ağzını sıkmaktan. Burnundan görünmez dumanlar çıkıyordu adeta.

Keşke şu an ölseydi Aleyna. Bir damla gözyaşı dökmezdi. O kadar kızgındı kardeşine. Çetin bile onu özel buluyordu. Bu yerden bitme, yeteneksiz, sesi kötü, şımarık kız çocuğuna bayılıyordu herkes, inanılır gibi değil. Ne çok zevksiz insan vardı şu memlekette. Şu ünlü besteciden aldıkları şarkı dediği gibi patlarsa, milyonlarca tıklanırsa bu küçük yer cücesini bulutlardan indiremezdi kimse. Şımarır da şımarırdı. Kim dinler bu sesi, hangi geri zekâlı oturup da iki saat bu yer cücesini izleyip kıyır kıyır sesiyle söylediği şarkılarla dans ederdi? Saçma! Hatta haksızlık... Onca yetenekli, becerikli, güzel insan çalışıp çabaladığı halde sanatını ortaya çıkaramazken, böyle şanslı veletler aptallıklarını sanat diye millete satıyor. Bravo... Merhametli, adil dünya!

"Bir şeyler ye lütfen Azize" dedi Ertan. "Kendine içecek bir şey de söyle... Ben birazdan kalkacağım, seni getiren şoför kalacak burada. Sizi bekleyecek, söyledim ben. Babanız da gelince sizi evinize bırakır olur mu?"

"Olur..." dedi Azize. "Çok teşekkür ederiz."

"Uçağın inmesine de çok kalmadı zaten" dedi Aleyna. "Bir saat içinde inmiş olur bence... Biraz rötar yaptı ama çok sarkmaz sanırım."

"Annen niye gelmedi eşini karşılamaya? Uzun yıllar oldu görüşmeyeli demiştin."

"Ah annem mi? Onun depresyonu azıyor akşama doğru, ayrıca hazırlanması saatler sürer... Yüzüne badana yapar, masaj yap..."

"Sürprizi var annemin" diye araya girerek kardeşinin sözünü kesti Azize. Annesi hakkında başkalarına kötü sözler söylenmesine dayanamazdı. "Babam için mükellef bir sofra hazırladı. Yemekler, içkiler, müzik... Akşam parti var evde..."

"Güzel..." dedi Ertan. "Hepiniz güzel bir gece geçirin. Hasret giderin. Çok özlemiş olmalısınız babanızı..."

"Özledik tabii" dedi Azize. "O gelince her şey değişecek hayatımızda. Evde bir baba olunca evin kızları öyle kafasına göre hareket edemeyecektir. Küçük kızının barlarda şarkı söyleyip dans etmesine izin vermeyebilir mesela. Bence Aleyna'nın yerine başka bir şarkıcı bakmaya başlasanız iyi olur. O işin ne olacağı belli değil. Annem zaten çok karşı biliyorsunuz."

İşte bu sahiden canını sıkmıştı Aleyna'nın. Annesi gece programını engellemek için elinden geleni ardına koymamış, küçük yaşta kızının zorla sahneye çıkarıldığı şikâyetiyle polise bile gidip mekânı bastırmıştı. Ne var ki Aleyna reşitti ve zorla sahneye çıkarılmıyordu. Ancak mekâna polislerin gelmesi, magazin basınında epeyce konuşulmuştu. "Yaşı sahtelikle büyütülerek zorla sahneye çıkarılan öğrenci" haberleriyle adeta bir skandal yaratmıştı magazinciler.

Aleyna'nın üniversite öğrencisi olduğu, yaşının reşit olduğu açıklansa da magazin kazanı fokur fokur kaynamıştı bir kere... Bu olay Aleyna'nın magazin basını tarafından da tanınmasına yol açmıştı. Ah keşke bir de Ertan'la görüntülense ne güzel olurdu.

Ayhan Hanım "Benim oğlum magazin gülleriyle haberlere düşemez" diye fenalıklar geçirip bir kez daha küplere binse de "Aleyna sevgilim değil, işletmemin solisti, tabii ki yanında duracağım ve hakkını savunacağım onun" diyerek konunun içinden kolayca sıvışmayı başarmıştı Ertan.

"Baban sahneye çıkmana engel olur mu sahiden?" diye sordu Ertan. Garsona bir cappuccino daha getirmesini işaret etti. Ortada böyle bir ihtimal varken konuşmadan kalkıp gidemezdi. "Şarkıyı muhteşem hale getirdik. Türkiye'nin en iyi aranjörü ile çalıştık. Klibi çok ünlü bir yönetmen çekiyor... Gala için reklam ajansı çalışıyor. Buna servet harcadık. Ayrıca Türkiye'nin en ünlü isimleri aynı gece aynı anda senin şarkını paylaşacaklar... Bunlar çok büyük işler Aleyna. Öyle Ankara'dan abim geldi, Rusya'dan babam geldi olmaz."

Cevap vermiyordu Aleyna... Bir yanı bu konuyu bu şekilde gündeme getirdiği için Azize'ye ölesiye kızgın, diğer yanı çaresizdi. Evet, her şey mümkündü... Baba, küçük kızının barlarda şarkı söylemesinden hoşlanmayabilirdi. Müzikle ilgili hayallerini, hedeflerini her zaman desteklemişti ama bu başka bir şeydi. İçkili bir ortamda üniversite öğrencisi kızının sabah saatlerine kadar dans edip şarkı söylemesine tepkisiz kalamayabilirdi.

"Yıllarca Rusya'da eğlence sektöründe çalışmış bir adam yobaz olamaz herhalde değil mi?" diye sordu Ertan.

"Tam da bu yüzden Aleyna'nın sahnede olmasını istemeyebilir işte" dedi Azize. "Çünkü gece mekânlarının nasıl bir yer olduğunu en iyi babam bilir."

Buz gibi bir sessizlik çökmüştü masaya. Garson cappuccinoyu masaya bırakırken hepsinin yüzüne bakmıştı merakla. Nesi vardı bunların acaba? Dur durak bilmeden konuşup gülüşüyorlardı az önce, ne olduysa suspus olmuşlardı birden.

"Tabii ki boyun eğmem" dedi Aleyna neden sonra. "Direnirim. Başka yollar ararım ve ille bulurum."

"Hah..." dedi Azize. "Nereye direniyorsun, evi mi terk edeceksin? Başka ev mi tutacaksın, yeni bir hayat mı kuracaksın, kendi paranla mı çekeceksin kliplerini? Beş parasız beş dakika bile hayatta kalamazsın sen, ölürsün."

"Sen direnmeyi göze alıyorsan ben her zaman arkandayım" dedi Ertan. Çok garip... Azize'nin gözleri doldu o an. Duygulanmıştı elinde olmadan. Oysa saçının teline kadar öfke ve kıskançlıkla kavruluyordu her yanı. Aleyna gülümsüyordu çocuk gibi... Neşelenmişti yine. Ne kolay duygu değiştiriyordu bu kız böyle? "Depresyonu bile on saniye sürüyor" diye geçirdi içinden Azize. "Ertan sayesinde tabii..."

Ertan sahiden de bulunmaz bir nimetti her kadın için. Kim onun gibi bir adam istemezdi ki hayatında?

Aynı sözleri Çetin de ona söyleseydi keşke. "Korkma Azize, ne olursa olsun ben senin yanındayım, bizim ilişkimize hiçbir şey olmaz, ben seni seviyorum, arkandayım her zaman" deseydi keşke ama demiyordu işte. Kendi başının çaresine bakabileceğini söyleyip çıkıyordu evden. Şu saate kadar aramamıştı üstelik...

Dokunsalar ağlayacak hale gelmişti artık Azize. İzin verse Ertan'a sarılacak, ayaklarına kapanıp yardım isteyecekti ondan. "Ne olur beni de kurtar" diyecekti. "Lütfen benim de derdime derman ol, benim sorunlarımı da çöz böyle çarçabuk. Lütfen bana da güç ver. Bana da umut ol... Aleyna seni hak edecek ne yaptı ki?"

"Ayrı eve çıkman, yeni bir düzen kurman, yanına bir hizmetli ve şoför alman hiç sorun değil..." diye devam etti Ertan. "Otele yakın bir yerde çok tatlı bir ev tutarız sana... Her gün kadın gelir. Yemeğini yapar, temizliğini yapar. Araç zaten düzenli şekilde hep kapında... Çalışmalarına gayet güzel devam edebilirsin. Sana bir menajer de bulacağız şu gala işinden sonra. Konserlerin de olacak çünkü... Sen vazgeçmezsen, korkup bir kenara sinmezsen, ben sana destek olmaya devam edeceğim."

Aleyna uzanıp dudağından sımsıkı yakaladı Ertan'ı. Kocaman, tutkulu ve minnet dolu bir öpücük kondurdu.

"Âşığım sana..." dedi içtenlikle. "Hem de çok âşığım. Mükemmel bir adamsın sen."

“Bence de...” dedi Azize. “Her eve lazım. Ama sen bu mükemmel adamı hak etmek için ne yapıyorsun ben asıl onu merak ediyorum. Onun verdiği emekler ortada. Senin ona verdiğin şey ne ki?”

“Biz bir evlilik kurumu içinde değiliz” diye araya girdi Ertan, Aleyna'nın cevap arayarak zorlanmasını istememişti sanki. “Kadın ve erkeğin ilişki içindeki sorumlulukları üzerine konuşmuyoruz. Aleyna her şeyden önce benim solistim. Otelimde işlettiğim bar onun sayesinde doluyor. Eğlence hayatında da artık ismimiz anılıyor. Aleyna'nın emekleri çok... Onu hemen yüzüstü bırakamam tabii ki. İkimizin de ortadaki başarıda emeği var. Hem daha hiçbir şey yapmadık. Şu gala bir olsun. Bakın görün neler olacak?”

Azize başını sallayarak gülümsedi.

“Anladım tamam...” dedi. “Bu sonuçta bir iş ortaklığı. Ortada hatırı sayılır pahada bir yatırım var. Konu benim için kapanmıştır.”

Aleyna, donup kalmıştı Ertan'ın bu sözleri karşısında. “İş ortağım” demişti sevgilisi için... “Kadınım” değil... Az önce dudağından öptüğü için bin pişmandı şimdi. Kimse iş ortağını dudağından öpmezdi sonuçta.

“Biz kalkalım artık uçak inmek üzere” dedi Azize.

Aleyna'nın ağzını bıçak açmıyordu. Duyduklarını hazmedememişti henüz. Ertan aralarında düpedüz ticari bir alışveriş, bir iş ortaklığı, yol arkadaşlığı olduğunu açıkça ortaya koymuştu işte. İki yatırımcı gibiydiler adeta... Birbirlerine iyi denk gelmişlerdi. Ara sıra birlikte uyuyup uyanıyor olsalar da, Ertan pahalı hediyeler alıyor olsa da, bütün imkânlarını Aleyna'ya seferber etmiş olsa da hepsi geleceğinden umutlu oldukları kârlı bir yatırım uğrunaydı ki buna değerdi elbette. İkisi için de işler yolundaydı ne de olsa... Alan razı veren razı...

Aleyna müzik yapmak ve şöhret olmak hayaline kavuşmuş, dahası için adım atmaya çalışıyordu. Ertan da ailesine karşı başarılı bir işadamı olarak rüştünü bambaşka alanda yeni bir başarı hikâyesi daha yazarak kanıtlıyordu. Ne güzel iş... Ne tatlı hayat...

"Ben de çıkıyorum" dedi Ertan. "Toplantılara gecikmeyeyim. Kuveyt'ten misafirler gelecek. Hadi görüşürüz canım."

Hesabı ödeyip, Aleyna'nın yanağına uzandı.

"Görüşürüz ortak" diyerek elini kaldırdı Aleyna. Yanağından öpmesine izin vermedi.

"Ah sen iş ortağım lafına mı bozuldun yoksa? Bak bu hiç yakışmadı ama senin gibi akıllı bir kadına. Çocukça şımarıklıklar yapamazsın sen. Bizim tabii ki bir iş ortaklığımız da var seninle, inkâr mı edeceğiz? Ayrıca ben herkesle ortaklık kurmam küçükhanım. Sen neye trip attığını iyi düşün bence. Onur duyacağın şeye trip atamazsın..."

"Yürü be!" dedi Azize içinden. "Biri şuna haddini bildirsin artık."

Çoktan pişman olmuştu Aleyna attığı tribe ama araya giren telefon bozdu işi. Ertan'ın çalan telefonun ekranında "Asu" mu yazıyordu?

Yok artık!

Ertan çağrıyı reddedip telefonu ters çevirerek yüzünü kapattı cüzdanıyla.

"Hafta sonu otelde görüşürüz o zaman" dedi.

"Ne hafta sonu?" dedi Aleyna. "Bu akşam görüşmüyor muyuz?"

"Canım baban geliyor yurtdışından, yıllardır görmemişsin adamı, bu gece mümkünse hasret giderin, evde oturun."

"İyi madem..." dedi Aleyna gönülsüzce. Attığı tribin bir faturası olacaktı elbette. "Yarın branç yaparız istersen, akşam da beraber oluruz. Beni at çiftliğine götürecektin hani?"

"Ben hafta sonuna kadar sana dokunmuyorum. Lütfen sen de kendine bir hafta tatil ver ve günlerini babana ayır, ailenle bir arada ol. Hiçbir şey düşünme, ben her şeyi hallederim."

"Şahane..." dedi Azize imalı bir tebessümle. "Ailece mutlu bir tatil yaparız işte evde hep beraber."

Aleyna neden bu kadar huzursuz hissettiğini anlamamıştı. Ertan'la koca bir hafta boyunca görüşemeyecek olmaları neden bu denli canını sıksın ki? Neyin kaygısını taşıyor olabilirdi içinde?

Kendi bile anlam veremiyordu bu huzursuzluğuna... Normal şartlarda kafasını dinleyeceği için havalara uçar, bu keyifli molanın tadını çıkarırdı. Hatta bozulduğu için üzerine trip de atardı ama Ertan tribine rest çekmişti. Bu adama zırt pırt naz yapılmazdı anlaşılan. Bedelini ağır ödetiyordu.

"Sen ne yapacaksın koca hafta boyunca?" diye sordu dayanamayıp... Yanlış soruydu bu, evet... "Ezik kadın" imajı yaratmış olabilir miydi acaba sevgilisinin aklında? "Tüh!" diye geçirdi içinden.

"Yok artık, ne biçim soru o öyle?" diye araya girdi Azize. "Adam bir iş insanı. Ne demek ne yapacaksın bu hafta? Ayrıca sana ne?"

Ertan'ın telefonu tekrar çalmaya başlamaz mı? Daha da gerilmişti Aleyna...

"Benim mesai başladı bile" diye söylenerek telefonun sesini kıstı Ertan. "Orçun arıyor günlerdir" dedi. "Babasına söz vermişim, birlikte film izleriz falan demişim kaç hafta önce, annesi çay yapacakmış. Öyle bir vaktim mi var sanki benim? Anasıyla babasıyla oturup çekirdek çitleyerek ekrana mı bakayım yani? Bu kadar da ısrar edilmez ki çok ayıp..."

"Kimsenin sana sınır koymaya hakkı yok. Sen yoğun bir insansın. Kaç kişi eline bakıyor senin. Sorumlulukların çok" dedi Azize yarı dalga geçer gibi bir ifadeyle.

"Aynen öyle" diyerek Azize'yi onayladı Ertan. "İzin verirseniz şu an yanınızdan ayrılmam gerekiyor kızlar. Sonrası için telefonlaşırız Aleyna. Sana ailenle mutlu tatiller!"

Çıkmaza giren bu sohbeti daha fazla uzatmadan kafeden çıkıp gitti Ertan. Kapıda şoförü ve yardımcısıyla buluşarak gözden kayboldu.

Tarifsiz bir yorgunluk çökmüştü Aleyna'nın üzerine Ertan gider gitmez. Sanki bütün coşkusunu, enerjisini, gücünü onun varlığından alıyor gibiydi.

"Çok saçma!" diye geçirdi içinden. "Bağımlı bir âşığa dönüşmüyorumdur herhalde?"

"Şanslısın..." dedi Azize. Fincanındaki son soğuk yudumu dikti kafaya. "Hiç hak etmediğin şahane bir adamla berabersin ama bunu elinde tutamazsın sen canım, çok kaptırma yani kendini. Bunalıma girme sonra."

"Şu an için her şey yolunda... İleride ne olur bilinmez" diye karşılık verdi Aleyna. "Ben senin gibi evlilik meraklısı bir tip değilim. Asıl sen evlilik hayallerin yüzünden o asalağı bile tutamayacaksın elinde."

Uçağın indiği anonsunu işitmişlerdi o sırada. Toparlanıp babalarını beklemeye başladılar yolcu çıkış kapısının önünde heyecan ve korku içinde. Her an dışarı çıkacak olması tuhaf bir histi ikisi açısından. Ne yapacaklardı acaba birbirlerini görünce? Ne yapmak gerekirdi ki? Sımsıkı sarılmaları mı lazımdı, el mi sıkışmak daha uygun olurdu, yanak yanağa öpüşürler miydi?

Öpüşmeseler daha mı iyiydi yoksa?

En iyisi akışa bakmak... İki kardeş susup öylece beklemeye devam ettiler kapının önünde.

Birinin içinde Ertan'dan yana açıklanamaz bir huzursuzluk, diğerinin içinde Çetin'den yana derin bir kırgınlık... Galiba ikisi de babalarından çok sevgilileriyle ilgili kaygılı ve düşünceliydiler.

Bu halde bekleyerek iki saati devirmişlerdi ama ne gelen vardı ne giden... Neredeydi bu adam?

DURUM DEĞERLENDİRMESİ

Kıskançlık mı? Haset mi?

Kıskançlık meselesinin üzerinde her zaman çok durulmuştur takdir edersiniz ki. Genelde de kıskanan ve kıskanılan kişi üzerinden tarif edilmiş hep ya da masaya bu şekilde yatırılmıştır. Ancak kıskançlık meselesinde her zaman üç kişi olmuştur elimizde. Hasette ise işler başkadır. Orada iki kişi vardır.

Kıskançlıkta, bir ilişkinin bir rakip yüzünden kaybedileceğiyle ilgili korku duymak, endişelenmek vardır. Üstelik söz konusu rakibin gerçek bile olması gerekmiyor. Çünkü bazen hayali bir rakip bile kıskançlığın ortaya çıkmasına neden olabiliyor. Kısacası kıskançlık meselesinde sahnede üç kişi vardır. Kıskanan kişi, kıskanılan kişi ve rakip...

Elbette kıskançlık ortaya çıktığında başka birtakım duygular da çıkar su yüzüne. Kızgınlık, kırgınlık, öfke, hüzün, değersizlik, kuşku gibi...

Her ne kadar kıskançlık ve hasret çoğu zaman aynı cümlenin içinde kullanılsa da hatta zaman zaman birbirine karıştırılsa da aynı değildirler.

Kıskançlık başka, haset başkadır. Kıskançlıkta üç kişiden söz ederken hasette sadece iki kişi vardır. Kendimizi başkasıyla karşılaştırdığımızda ondan yetersiz, eksik, değersiz, aşağıda ya da küçük gördüğümüzde ortaya çıkar. Üçüncü bir kişinin ya da rakibin varlığı söz konusu bile değildir.

Aleyna ve Azize'ye baktığımızda ikisi arasındaki şeyin kıskançlık değil, aslında kuvvetli bir haset olduğunu bu tariften yola çıktığımızda çok daha net görürüz.

Haset tabii ki çoğunlukla gözlenebilir durumlarla ilgilidir. Azize, Aleyna'nın daha iyi bir sevgiliye sahip olduğunu görüyor, Ertan'ın çok yakışıklı olduğu aşikâr, sevgilisi için yaptıkları ortada, birlikte sarmaş dolaş gezebiliyorlar ama Azize, bir sevgilisi olduğu halde bunların hiçbirine sahip değil.

Hasette hep karşımızdaki kişiyle yaşarız sorunu. Çünkü onun sahip olduğu özelliklere ulaşamayacağımızı düşünürüz çoğunlukla. Üstelik hasette onun bütün bu üstün özellikleri çok da hak etmediğine ya da şanslı olduğu için sahip olduğu özelliklere kolayca ve hatta haksız yere sahip olduğuna inanırız ki bu hasedin şiddetini de dozunu da artırır.

Mesela çabalarıyla mesleğinde başarılı bir noktaya gelmiş, usta olmuş, saygı gören birine imrenirsiniz, onun yerinde olmak istersiniz. Burada imrenme söz konusudur. Fakat o kişinin çabalarıyla değil de ailesinin ya da nüfuzunun gücü sayesinde başarıya ve saygıya ulaştığını düşündüğünüzde ona haset edersiniz.

Bu açıdan bakıldığında elbette kıskançlığın içinde haset vardır diyebiliriz. Ancak buna rağmen kıskançlıkta hayali de olsa bir rakip söz konusuyken hasette kişi kendine bir rakip bulur ya da yaratır.

Bütün bunlara neden değiniyorum?

Çünkü kıskançlığın da hasedin de temel bir nedeni var.

Özgüven eksikliği...

Unutmayın ki özgüven eksikliği ne kadar büyükse, kıskançlığın ve hasetliğin sınırları da o denli genişler.

İyileştirilmesi gereken yara ya da diğer bir deyişle kurutulması gereken bataklık aslında özgüvensizliktir.

-V-

"Neredesiniz siz hâlâ?" diye sordu Melike. "Babanız geldi siz yoksunuz piyasada!"

"Babamız eve gitmiş" dedi Azize gözleri şaşkınlıktan büyümüş halde. "Ne ara çıktı ki? Görmedik hiç."

Azize ve Aleyna şaşkın gözlerle bakıyorlardı birbirlerine. Saatlerce hiç konuşmadan beklemişler, yolcu çıkış kapısı dışında hiçbir yere dikkat kesilmemişler ama yine de babalarının çıkışını kaçırmışlar mıydı yani?

Yok artık!

Ertan'ın yanlarına bıraktığı şoförle araca koşturup utanç içinde eve döndüler birlikte. Yol boyunca bıçak açmadı ikisinin de ağzını. Düpedüz tanımamışlardı işte babalarını Allah'ın iki şaşkını...

Adam muhtemelen görmüştü kızlarını, onlar da elbette göz göze gelmişlerdi babalarıyla ama seçememişlerdi işte birbirlerini. Acıklı bir histi bu herkes için.

Havalimanında birbirini tanıyamayacak kadar yabancılaşmış bir ailenin ferdiydiler. Belki de aslında hiç yoktular birbirlerinin hayatında. Tanışıktılar sadece... Aynı evi, oteli, yurdu paylaşan insanlar gibi... Geçiciydiler sanki... Yakında herkes kendi yoluna gidecek, ekip dağılacaktı.

Böyle düşündükçe Ertan'ı daha fazla özlediğini hissetti Aleyna. Keşke gitmeseydi, hep yanında olsaydı. Bu akşam bir şekilde evden çıkıp yanına gitmeyi, ona sürpriz yapmayı düşündü, en kötü yarın muhakkak sevgilisinin yanındaydı. Öyle koca haftayı ayrı geçiremezdi ondan.

Sesini duymak için aradı ama meşguldü telefonu. Kiminle görüşüyordu acaba? Asu'yla mı yoksa? Epeydir aradığı yoktu kızın. Şimdi nereden çıkmıştı yine ortaya, ne gerek vardı insanı huzursuz etmeye? "Lüzumsuz, yılışık bir kadın" diye geçirdi içinden. Katiyen rakibi olamazdı.

Neden rakibi olamazdı ki? Gayet güzeldi, ünlüydü, havalıydı. Hem belli ki tutkulu, ihtiraslı da bir kadın... Öyle kolay kopamadı Ertan'dan. Dönüp dönüp arıyordu adamı.

"Yok canım..." diye düşündü sonra. "Ertan telefonuna cevap bile vermemişti kadının."

Evet... Cevap vermemişti ama sadece o anın tepkisiydi bu. Başkalarının yanında açmıyordu kadının telefonunu. Acaba sonrasında dönüp arıyor olabilir miydi Asu'yu?

Yok, yok... Aramıyordur, niye arasın ki? Hem ne konuşacaklar?

Buluşuyor olsalardı bilirdi Aleyna. Her an hep yanındaydı sevgilisinin. Her aradığında buluyordu onu ayrıca.

İyi de bir hafta görüşemeyeceklerdi şimdi. Asu'yla vakit geçirmek için Aleyna'yı ötelemiş olamazdı herhalde. Yok, yok, mümkün değil. Ertan öyle bir adam değil... O kadar da adi, açgözlü, kadın düşkünü biri olamaz. Öyle olsa katiyen âşık olmazdı ona.

İşin garibi Ertan, Asu hakkında hiç kötü söz söylemiyordu. Niye acaba? Ondan hoşlanıyor olamazdı hâlâ değil mi?

Tabii ki olamaz. Gider o kadınla aşk yaşardı bu durumda, zorla tutan mı var adamı? Özgür biri o...

Ayrıca bir zamanlar birlikte olduğu kadın hakkında kötü konuşmaması son derece şık bir tavır sayılırdı erkek açısından. Birlikte olduğu kadınları başkalarına anlatmayan, aşağılamayan, küçümsemeyen erkekleri takdir etmek lazımdır.

"Of!" dedi Aleyna. Ertan'ı düşünmekten yoruluyordu artık.

Tekrar aradı ama hâlâ meşguldü telefonu.

O sırada eve gelmişlerdi artık.

İkisinin de bacakları titriyordu araçtan inerken. Asansörle yukarı çıkmak ışınlanmaktan hızlı gelmişti bu kez onlara. Bir tur daha aşağı inip çıksalar mıydı acaba? Sanki hiç hazır değil gibiydiler babalarıyla karşılaşmaya.

Kapı açıldığında ikisi de büyük bir dikkatle annelerinin yüzüne bakıyorlardı. Ondaki duygu çok önemli bir dayanak olacaktı ikisi için.

Ama garip...

Bembeyazdı annelerinin yüzü. Donuk, ifadesiz... Mutlu mu değil mi belli değil... Sonra annesinin çok uzun zamandır böyle olduğunu düşündü Aleyna. Yüzünü yaptırmaktan bütün ifadelerini kaybetmişti sonunda. Mutlu olup olmadığını suratına bakarak anlamak imkânsızdı artık.

Heyecanla salona geçtiler.

Samimi olmak için ellerinden geleni yapsalar da yapmacıklığını gizleyemedikleri bir sesle "Baba hoş geldin" diyerek durdular kapının önünde.

Neyse ki babanın sevgi gösterisi de en az onlarınki kadar tutuk ve çekimserdi. Kimse vicdan azabı çekmek zorunda kalmadı.

Birbirlerini sıkıca olmasa da kucakladılar, gülümsediler. Havalimanında karşılaşamamış olmalarıyla dalga geçip eğlendiler. Böylece o acıklı deneyimi, sulu şakalarla hatırlayacaklardı bu hatırayı ki canı daha fazla yanmasın kimsenin.

Uzun zamandır görüşemedikleri bir akrabayı evde ağırlamaktan farksızdı sanki bu karşılaşma. Kızların ikisinde de aradıkları o güven dolu his oluşmamıştı. Sırtlarını dayayabilecekleri bir dağ değildi bu adam. Âciz ve çaresiz düştükleri an kanatları altına sığınmak isteyecekleri kişi de değildi. Ama çok tatlıydı. Konuşkandı... Gece boyunca sıkıldığı her halinden belli bile olsa herkesle sohbet etmeye çalıştı. Yaşadığı yerlerden söz etti. Kızlara kaçıncı sınıfa gittiklerini ve okullarının ne zaman biteceğini sordu. Epey ilgilendi ya da ilgileniyor görünmek için elinden geleni yaptı, daha ne yapsın?

Sadece karısıyla en ufak bir temas kurmadı ki bu kızlar için oldukça endişe vericiydi. Masada sanki üç kişiydiler. Melike hiç yoktu... Görünmüyordu... Hayalet gibi dolanıyordu etrafta. Konuşsa bile işitilmiyordu.

Kızlar gözlerini alamıyorlardı annelerinden. Bu onun için büyük bir yıkım, altından kalkamayacağı bir hezeyan olurdu çünkü. Kocasına deli gibi âşık bir kadındı Melike... Yıllarca kendini ona beğendirebilmek için Rus kadınlarına benzemeye razı olmuş, bu uğurda bir servet harcamıştı. On altı yıl boyunca ne birileriyle flörtleşmiş, ne başka bir adamın hayalini kurmuştu. Varsa yoksa yolunu gözlediği kocası Fikret...

Ne var ki Rusya'dan göçen koca, kendini beğendirmek uğruna çırpınan karısını ne görüyor, ne duyuyor, ne fark ediyordu. İkisi arasındaki bu hissizlik Aleyna'yı da Azize'yi çok üzmüştü.

Yemekten sonra çay ve kek servisi yapan Melike, pencerenin önündeki berjere kurulup çok özlediği kocası tarafından fark edilmeyi beklerken kızlar da babalarına sorular soruyor, sohbet etmeye çalışıyorlardı.

Asıl önemli soru Azize'ninkiydi tabii... Bütün ev derin bir sessizlikle babanın ne cevap vereceğine dikkat kesilmişti o an.

"Rusya'ya geri dönecek misin baba?"

Çünkü belli ki hayat şimdiye kadar nasıl akıp gittiyse bundan sonra da öyle akıp gitmeliydi herkesin selameti açısından. Kimse yeni bir düzene, yeni yabancılara alışmaya hiç ama hiç hazır değildi. Hatta anneleri için bile âşık olduğu adamı beklemek ve onu beklerken güzelleşmeye devam etmek, daha katlanılabilir bir haldi. Muhtemelen Melike de varlığına karşı bile duyarsız bir yabancıyla aynı yatakta uyumak istemezdi, her sabah o yabancının ürkütücü yüzüyle güne başlamaya razı olmazdı.

"Orada işler biraz karıştı" dedi Fikret. "Ama düzelmeyecek bir durum değil. Dostlarım her şeyi çözecektir en kısa zamanda. Kısa zaman dediysem hemen bugün yarın değil... Belki birkaç ay sonra..."

"Döneceksin yani?" diye üstüne basarak bir kez daha sordu Azize. Emin olmak istediği her halinden belliydi.

"Keşke temelli Türkiye'de kalabilsem" dedi Fikret. Çayından bir yudum alıp sustu. Uzaklara daldı sanki ama televizyonun kumandasındaydı gözü. İzlemek istediği bir şey mi vardı ki?

"Annem temelli döndüğünü söylemişti" diyerek uzayan sessizliği bozdu Aleyna. "Artık hep Türkiye'de olacaksın diye biliyoruz biz."

"Keşke öyle olsa çocuklar ama mümkün değil... Temelli döndüğümde hepiniz mutsuz olursunuz."

"Haklı..." diye düşündü kızların ikisi de... "Adam çok haklı."

"Hepimizin mutlu bir hayat sürmesi için benim orada işlerime devam etmem gerekiyor. Siz kendinize bir hayat kurana kadar size bakmaya devam edeceğim. Bana her ihtiyacınız olduğunda sizi destekliyor olacağım. Ama ancak Rusya'dayken bu güce sahibim. Türkiye'de size destek olacak gücü bulamayabilirim."

Babasını son derece açıksözlü, samimi ve içten bulmuştu Aleyna. Sahiden de dürüst bir adamdı. Yapmacıksız, gerçekçi... "Bu şahane bir nitelik" diye düşündü. Burada palavralar sıralayabilirdi isteseydi. Aile özlemi içinde olduğundan, vatan hasreti çektiğinden dem vurabilirdi. Temelli döndüğüne herkesi inandırıp bir sabah toz olabilirdi. Hayır... Öyle yapmıyordu. Her şeyi açıkça anlatıyordu işte... "Bence şahane" diye geçirdi içinden Aleyna...

En çok Azize rahatlamış gibi görünüyordu. Dünya yıkılsa umurunda değildi artık. İflas edip memlekete beş parasız döndüğünü düşündüğü babası yine eski günlerine geri dönecekti birkaç ay içinde, her şey eskisi gibi sürüp gidecekti çok şükür. Çetin'in düzeni de bozulmayacaktı Allah'tan. İçinden binlerce kez şükretti Azize. Kaşla göz arasında mesaj bile attı sevdiği adama.

"Babamla çok güzel bir gece geçiriyoruz. Bir iki ay içinde Rusya'daki işleri de düzene girecekmiş. İçin rahat olsun. Bizim düzenimiz de huzurumuz da bozulmayacak..." yazdı.

"Kirayı yatırmışsın sabah teşekkür ederim. Evimin kadını..." diye cevap verdi Çetin.

Mutluluktan ölmesin de ne yapsındı Azize?

Sevdiği adam "evimin kadını" diyordu ona... Bundan daha büyük bir sevinç olabilir miydi? Ne yapıp edip önümüzdeki ayın kirasını da toparlamaya başlamalıydı şimdiden. Günde üç yüz, dört yüz lira çekerek, göze batmadan halledebilirdi nasılsa... "Oh çok şükür sana Allahım..."

Aleyna, ablasındaki huzuru sezmiş, içinden derin bir acıma duygusu yükselmişti ona karşı ama elden ne gelirdi ki? Ertan'ın da dediği gibi bunlar bir "seçim" meselesiydi. Herkes kendi seçimini yaşayacaktı... İş ki günün sonunda kimse başkalarını suçlamasın.

Biraz da müzik üzerine sohbet etselerdi ne hoş olurdu. Yanaşır mıydı Fikret buna acaba? Aleyna yeni şarkısını dinletti babasına. Sahne aldığı yerden söz etti. Müziği çok sevdiğinden, kendini ancak o zaman iyi ve güçlü hissettiğinden, anlaşılabildiğini düşündüğünden bahsetti biraz da.

Kendi de müzisyen olan babasının onu anlamasıydı tek arzusu... Müziğin nasıl sihirli bir güce sahip olduğunu ancak ona anlatabilirdi zorlanmadan ki öyle de oldu. Kızının azmini takdir etmişti Fikret. Reşit bir kız olarak haftada bir gece güvenli bir otelin bünyesinde sahne almasının çok akıllıca olduğunu söyledi.

"Kutlarım seni..." dedi. "Otelde sahne yapmaya başlama fikrin çok yerinde, çok doğru... Gece kulüplerini katiyen tasvip etmezdim sen yaşta, tecrübesiz bir müzisyen için. Aferin sana."

Anlaşılabiliyor olmak, sevmek için yeterli gelmişti Aleyna'ya. Sırf onu anladığı için bile babasını çok ama çok sevdiğini düşündü. Sözde korumacı davranıp karşısına engeller çıkarsaydı, kızını anlamak yerine sesini kesmeye kalktığı için nefret edecekti ondan.

"Teşekkür ederim baba" dedi. "Beni anladığın için teşekkür ederim."

Anlamak bile, desteklemektir çünkü...

Odasına geçerken büyük bir ferahlık vardı içinde Aleyna'nın. Yalnız kaldığında ilk işi Ertan'ı aramak oldu tabii... Yine meşguldü. Belli ki yoğun bir gün olmuştu onun için. Her aradığında birileriyle konuşuyor olmasına denk gelmek canını sıkıyordu ister istemez.

Mesaj atıp uygun olduğunda aramasını istedi.

"Seni çok özledim..." yazdı sonra. *"Babamla iyi anlaştık. Yaptığımız işleri takdir ettiğini söyledi. İyi müzisyendir o da. Yarın uğrarım mutlaka... Bir hafta seni görmeden duramam. Gala kıyafetim için tanıştırdığın modacıyla buluşmak istiyorum otelde..."*

Cevap yok!

Bir ara çevrimiçi olduğu halde cevap yazmamıştı Ertan. Mesajı okuduğundan da emindi artık ama cevap yazmıyordu işte, aramıyordu da...

Beklemekten gerilince attığı mesajların üzerine iki kez daha aradı.

Cevap yok!

Sonra bir daha aradı. Bir daha aradı.

Cevap yok!

Daha fazla cevapsız çağrı bırakamazdı. Yeterince histerik, ezik, kompleksli ve yılışık bir kadın imajı yaratmıştı elli küsur cevapsız çağrı bırakarak. Dudaklarını ısırarak, meraktan ölmemek için kendini Instagram sayfasına kaptırıp oyalanmaya çalıştı bütün gece yatağında.

Eli ister istemez Ertan'ın ve Asu'nun sayfalarına kayıyordu sürekli. İkisinin de sosyal medya hareketlerini dikkatle adım adım incelemeye başladı.

Eski haberleri tekrar taradı... Fotoğraflarda Asu'nun bileğinde görünen pırlantalı bileklikten aldırmayı başarmıştı Ertan'a... Onunla gittiği her mekâna birlikte gitmekte de ısrarcıydı ayrıca. Asu'yla sevgilisini her kim gördüyse şimdi esas kızla birlikte görmeliydiler onu. Kimsenin aklında Ertan'la ilgili son görüntünün içinde Asu bulunuyor olamazdı, buna izin veremezdi Aleyna.

Hiç kimse Ertan'ı Asu'yla hatırlıyor olmamalıydı. Keşke birlikte magazin basınına da yakalansalardı sevgili olarak ne güzel olurdu. Bir iki kez haber olmuşlardı ama iş ortağı olarak... Yetmezdi bu Aleyna'ya, asla yetmezdi... Sevgilisinin iş ortağı olarak tanınıyor olamazdı... El ele yakalandıklarında bütün memlekete kanıtlamış olacaktı Ertan'ın esas kadınının kendisi olduğunu... Büyük bir güç gösterisi olarak algılıyordu Aleyna bunu...

İçeriden gelen konuşmalar konsantrasyonunu bozduğu için okuyamıyordu takipçilerin yorumlarını, aklı dağıldı birden. Annesiyle babası böyle hararetli şekilde ne konuşuyor olabilirlerdi ki? Tartışıyorlar mıydı yoksa? Hadi canım! Dakka bir gol bir...

Merakla doğrulup kulak kabarttı içeriye.

"Ne ilgisi var?" diyordu babası. "Güzellik olgusuna bu kadar sığ bakıyor olamazsın. Bu seni öldürür, delirdin mi sen?"

Belli ki konu annesinin güzellik takıntısına gelmişti. Yaptırdığı estetik operasyonlar yüzünden mi tartışıyorlardı acaba? Oraya bir servet harcanmıştı tabii. Hatta hâlâ harcanıyordu. Ama belli ki babası sağlıkla da ilgili kaygılıydı. "Ne hoş..." diye düşündü Aleyna. "Parayı değil, sağlık meselesini önemsiyor öncelikle..."

"Elimi bile tutmadın, yüzüme bile bakmadın bütün gece" diye haykırdı Melike kızların konuşulanları duymasından çekindiğini hissettiren bir sesle. "Asıl seninki sığlık. Rusya'daki güzel kadınlara, eğlenceli ortamlara kapılıp gittin. Benden ve kızlarından onlar gibi olmamızı bekleyemezsin."

"Hiç anlamıyorsun" dedi adam. "Bambaşka, hastalıklı bir taraftan bakıyorsun bu meseleye de. Ama sen zaten her meseleye hep hastalıklı tarafından bakarsın. Bu senin alışkanlığın, daha doğrusu bilgisizliğin, cehaletin... Güzellik elbette kıymetli bir referans olabilir ama tek başına ölümcüldür..."

"Güzel değil miyim yani?"

"Başka biri gibisin sen... Değişmişsin, tanınmayacak haldesin. Güzellik sadece aynaya sığdırdığın bir şey senin için. Oysa zekâ da, kültür de, anlayış da, vizyon da, yetenekler de, üretim de, enerji de dahildir güzelliğe... Anlatabiliyor muyum?"

"Rusların hepsi fahişe... Ne yani onlarda mı buldun bütün bu saydıklarını?"

"Öylesine öfke dolu kör bir cehalet ki bu, seninle nesini konuşayım?" dedi Fikret çaresizlikle. "Orada kadınlar birbirlerine fahişe demezler mesela, iltifat eder. Sanatla ilgilenirler, yüksek eğitim alırlar, çoğu üniversite mezunudur, hangi dalda eğitim görürlerse görsünler muhakkak sanatın bir dalıyla ilgilidirler, kitaplara düşkündürler, kendileriyle barışıktırlar. Bana göre bir insanı güzel yapan şeyler bunlardır. Güzel bir kadın böylece daha da güzelleşir. Üzerine güçlü bir karakter ve erdemler de eklenince eşsiz bir kadın, daha doğrusu eşsiz bir insan çıkar ortaya..."

"Tıpkı benim gibi" diye içinden geçirdi Aleyna. Tam da babasının tarif ettiği gibi sevilmeye layık olan güzel kadın tarifine cuk diye oturduğunu düşünüyordu. Haklı buldu babasını... Çok doğru, yerinde ve sağlam teşhisleri vardı. Gerçekten de hayran olunası bir vizyona sahipti bu adam. Açıksözlüğü de ayrıca karizmatik kılıyordu onu Aleyna'nın gözünde.

Tıpkı babası gibi düşünüyordu o da. Kadın güzel olmalıydı. Annesinin güzellikle ilgili kaygıları bir yere kadar doğruydu. Burnunu yaptırması, dudaklarını doldurması, botoksunu düzenli takip etmesi, cildini yenilemesi, göğüslerini toparlatması... Her şey kabul edilebilirdi, haklıydı... Her kadın kendi güzelliğine emek ve para harcamalıydı ama bu tek başına yetmezdi... İyi bir eğitim, yetenek, üretim, karakter, erdemler ve enerji de gerekirdi üzerine. "Tıpkı benim gibi işte..." dedi içinden. "Müzik yapmaya devam ettiğim sürece, güzel kalmayı başardığım sürece, enerjimi yüksek tutabildiğim sürece herkes beni sevecek, beğenecek, herkes benim yerimde olmak isteyecek, herkes bana âşık olacak. En çok da Ertan... Çünkü ben o eşsiz adamın aşkına layık bir kadınım, özel bir kadınım... Ne anneme benziyorum ne Azize'ye..."

Bu düşünce bütün gece huzurla uyumasını sağlamıştı Aleyna'nın. Ne var ki yeni günün sürprizleri çok da iç açıcı değildi.

Dünden beri ses seda çıkmamıştı Ertan'dan. Havalimanında vedalaştıklarından beri ne konuşmuşlar, ne yazışmışlardı. Çağrılarına dönmemiş, mesajlarına cevap yazmamıştı hâlâ...

Merak içinde Ertan'ın sosyal medya hesabını açıp, son haberleri tarattığında karşısına çıkan fotoğraf kareleri sinir krizi geçirmesine neden olacaktı Aleyna'nın...

Ünlü iş insanı, dün gece ailesinin görüşme yasağı koyduğu güzel oyuncuyla otelden çıkarken görüntülenmişti yine...

DURUM DEĞERLENDİRMESİ

Güvenli Bir Liman Özlemi

Gökyüzündeki yıldızlara bakarak iç geçirmek romantiktir, kabul... Tıpkı yıldızlı bir gökyüzüne benzer dünya üzerindeki insanlar da. Yakın ve kalabalık...

Ne var ki insan yakınlık hissinin bir adım daha ötesine geçme ihtiyacı içindedir çoğu zaman... Bir anlama ya da bir limana tutunma, o limana güven içinde sığınma arzusu...

Limana sığınma ihtiyacı aslında psikolojide karşımıza çıkan anlam arayışıdır. İnsanın hayatı anlamlandırma ya da hayatın içinde bir anlam yakalama arzusu, güvenli bir limana sığınmış olma duygusu kazandırır.

Baba figürü bu evin kadınları için çok önemliydi. Azize de, Aleyna da, Melike de yıllardır bekleyip durdukları Fikret'e karşı hem büyük bir sevgiyle, coşkuyla doluydular hem de bir o kadar korku içinde, çekimser ve karmaşık düşünceler içerisindeydiler.

Üç kadın için de hayatın anlamlandığı noktaydı Fikret. Bir baba ve koca olarak üç kadının da sığınmayı tercih edebilecekleri bir liman.

Üçü de içten içe hiçbir şeyin eskisi gibi olmayacağını hatta Fikret'in o çok özledikleri huzurlu liman, sığınılacak güvenli bir güç, değerli bir anlam olmadığını bilseler de bunu kendilerine dahi itiraf etmediler.

Ne var ki o gün gelip çattı işte.

Çok uzun yıllar boyunca hatta bu hikâyenin içinde bile majör bir etkiye sahip olduğunu düşünerek okuduğumuz Fikret karakteri gözle görülebilen bir hayalet olarak çıktı karşımıza. Varlığı da yokluğu da bir... Gelse de olurdu, gelmese de... Üzerine bu kadar durup düşünmeye bile değmedi aslına bakarsanız. Etkisiz bir karakter olarak belirdi Fikret, üç kadının hayatında.

Ne var ki biraz daha yakından bakacak olursak büyük fotoğrafa Fikret'in evdeki hayaletimsi varlığı yokluğundan çok daha büyük zararlara yol açmaya muktedir gibi...

Fikret ne baba ne de koca olarak hayatlarında değil hiçbirinin. Ancak hayati derecede önemli bir etkiye sahip bu üç kadınla ilgili...

Üçünün de temel inancında güçlü bir rol oynuyor. Her ne kadar babalık ve kocalık yapmamış olsa da hayatlarına bu imgeyle girdiğinden, üzerlerinde bıraktığı etki çok önemli...

Aleyna'nın hayranı olduğu yakışıklı ve karizmatik bu müzisyen ve işletmeci adam, yaşadığı hayatla ve yaptığı seçimlerle, sevilmeye layık olmak için sadece güzel olmanın yetmeyeceği, bunun yanı sıra yetenekli, akıllı, görgülü, keyifli ve eğlenceli de olmak gerektiği temel inancını aşılıyor küçük kızına. Aleyna'nın sevilmek ve onaylanmak arzusuyla kamçılanan bir itkiyle ünlü olmanın peşinde koştuğu sonucu ortaya çıkıyor böylece. Yani bu açıdan bakarsak Aleyna'yı bu ana hedefe götürecek olan kişi de doğal olarak sığındığı tek liman. Diğer bir deyişle Ertan, Aleyna'nın sıkıca tutunduğu bir dal. Onu onaylanma ve sevilme deneyimine taşıyabilecek kararlılığa, hatta tutkuya sahip tek güç... Bu güçlü dal kırıldığı an Aleyna'nın yere çakılması an meselesi...

Aynı şekilde Azize de Çetin'e aynı düşünceyle sığınıyor. Burada Çetin'in varlığının bile bir önemi yok aslında. Azize, onu sevebilecek herhangi birine aynı hisleri besleyecektir zaten. Karşılığında her fedakârlığı yapabileceği bir liman ihtiyacı içinde Azize de. Yaşamında aradığı anlam, biri tarafından sevilmek... Bunu da yine hayalet babasının yaptığı seçimlerle, ailesiyle arasındaki mesafesini açmasıyla öğrenmiş. İçlerinde öfke yok, çünkü babaya büyük bir hayranlık var. Onun seçtiği kadınlar gibi bir kadın olma arzusu içinde hepsi...

Melike de...

Sığınılacak güvenli liman ya da tutunacak sağlam bir dal ihtiyacını insanın anlam arayışına bağlıyorum ben. Anlam arayışı temel bir güdü... Hayatı anlamlandırmak, yaşananları anlamlandırmak, ölümü anlamlandırmak, olanı ya da olmayanı anlamlandırmak insanı diğer canlılardan ayıran konuşma yeteneği kadar kuvvetli bir arzu bence... İnsan bir şeyi anlamlandıramadığında çaresizlik içinde boşluğa sürükleniyor. Sonsuz bir hiçlik içinde yüzüp durmak ama hiçbir yere varamamak gibi... İnsan için ölümün bile bir anlamı olmalıdır. Ölümün sonunda ikinci bir hayat olmalıdır mesela ya da bir cennetle cehennem...

Anlam arama arzusu yadsıyamayacağımız itki... Dolayısıyla öz değer ve özgüven yitirildikçe, anlam arayışı daha da artar. Boşluk büyüdükçe, o boşluğu doldurmaya yönelik arayışlar da çoğalır.

Babalarına hayran iki kızın hayatın anlamı olarak tanıştıkları bu ilk aşktan, baba sevgisinden mahrum kalmaları, yeni bir anlam arayışına girdiklerinde yanlış yönlendiriyor ister istemez. Çünkü onlar hayatlarının ilk anlamı olarak tanıştıkları hayran olunası baba figürü sayesinde "sevilmeye layık olmak" temel inancını yakalamışlar. Vererek, feda ederek, güzel görünerek, dikkat çekerek sevilmeye layık olmak...

Demem o ki anlam arayışı meselesi çok önemlidir. Hayatınızı anlamlı ve değerli kılan nüvelerin üzerinde sağlıklı düşünmek gerekir.

***

"Kızlar, eğer doğru hareket ederlerse
bekledikleri karşılığı alabileceklerini düşünürler.
Bu, yetişkin bir kadını narsis ya da duygusal
anlamda uygun olmayan bir erkeğin peşinden
koşmaya sürükleyen itkinin aynısıdır:
Eğer doğru şeyi yaparsam beni sevecektir."

– *Kadın Beyni,* Louann Brizendine

-VI-

"Ne zaman çıkacağız buradan hemşire hanım?" diye sordu Azize cılız ve yorgun bir sesle. Uykusuzluktan bitap düşmüş, üç gündür sandalye tepesinde beklemekten tutulmuştu her yanı. Belli ki yapacak bir şey yoktu işte. Bu öyle hemen düzelecek bir duruma benzemiyordu. İşleri vardı bundan sonra. Kim bilir daha ne çok çekeceklerdi... Ama hiç değilse eve gidip çekmeye başlasalardı keşke çilelerini. Hastane hem çok sıkıcı hem zor...

"Bugün doktor bey bir muayene daha yapacak" dedi hemşire serum iğnesini değiştirirken. "Test sonuçlarını görecek, ona göre net bir şey söyler."

"Sizce bugün çıkma ihtimalimiz var mı?"

Bir umutla hemşirenin gözünün içine bakıyordu Azize. Kızın başka kaygılar içinde çaresizlikle kıvrandığının farkındaydı hemşire de.

"Siz de biliyorsunuz..." dedi. "Durum biraz da psikolojik."

Bütün mesele buydu zaten. İşin içinde "psikolojik" bir neden varsa hiçbir normal, artık normal seyrinde değildir ki. Hiçbir şeyi katiyetle öngörmek mümkün olmazdı şu saatten sonra. Her şey belirsiz, her şey tutarsız, zemin kaygan, şartlar değişkendir hep. Normal koşullarda belki sadece bir gece hastanede kalmaları kâfiydi ama işin içine psikolojinin yol açabileceği sonsuz riskler girdiğinden ne zaman ne olacağı tahmin edilemezdi.

Hemşire odadan çıktığında olduğu yere birkaç kat daha gömülerek çöktü Azize. Derin derin uyuyan annesinin kırmızı yüzüne baktı hem acıyarak hem biraz da öfkeyle...

"Neden kendine bunu yapıyorsun, bizi neden hiç düşünmüyorsun?" diye sitem etti içinden. "Hiç mi sevmiyorsun kendini, hiç mi memnun değilsin halinden, bizi de mi sevmiyorsun, en azından beni düşün bari, ben de mi yokum gözünde, anlamıyorum ki!"

Güzelleşmek, genç görünmek, beğenilmek uğruna sadece bir servet değil, sağlığını da kaybetmişti işte sonunda. Aynaların karşısında yaşayan bir kadının artık aynaya bakacak yüzünün kalmaması fena bir kinayeydi, belki de sert bir ikazıydı hayatın. "Kendine gel artık!" diyordu hayat ona. "Kendinle barış, sende olanı sev. Elindekinin sınırlarını fazla zorlama. Hiçbir şey kapasitesinin üzerinde yük kaldıramaz. Tenin bile... Ruhun bile... Hepsinin kendince bir değeri var. Değerler dengelerini bozarak değer kazanamazsın, değersizlik yaratırsın sadece..."

Öyle de olmuştu işte... Değer kazandırmaya çalıştığı güzelliği şimdi hastalıklı, iltihaplı, değersiz, anlamsız bir siluete dönüşmüştü.

İnsan sahiden de en çok nereden güç aldığına inanıyorsa ve orayı zorlayıp duruyorsa önce o dal kırılıyordu elinde. Var gücüyle ve bütün yaşamsal kaygılarıyla tutunduğu şey, ister istemez parçalanıyordu kolayca. Ağacın bir dalına bütün ağırlığınla asılıp orayı kırana kadar zorlamak gibi...

Ne oldu işte?

Güzelleşmek uğruna harcadığı zaman da, para da, enerji de, karşılığında güzelliğinden ve sağlığından çalan kocaman bir iltihap olarak geri dönmüştü ona.

Annesinin yüzünün halini gördüğünde geçirdiği kriz bir an bile çıkmıyordu aklından. Şuurunu yitirmiş gibiydi adeta. Kendinden geçmişti. Muhtemelen kendi bile hatırlamayacaktı uyandığında. Öylesine çıkıp gitmişti bedenin içinden. Can çekişen yaralı bir hayvan debeleniyordu sanki o an halının üzerinde. Hem içler acısıydı hem de biraz da oh olsundu bu hali...

"İyi oldu..." diyordu Azize içinden. "Aklın başına gelir belki artık. Sağlığına şükredip oturursun inşallah bundan sonra. Dokunmazsın kendine, yüreğini de yüzünü de daha fazla hırpalamazsın belki."

İnsanın böylesi çaresizlik ve yalnızlık anlarında sevdiği kişi tarafından aranıyor olması ne güzel, ne iyileştirici, ne huzurlu bir histi öyle.

Çetin'in aradığını görünce sanki yorgunluğu da, kaygıları da, üzüntüsü de azalmıştı Azize'nin.

"Aşkım..." diye açtı. "Çok özledim seni."

"Ben de özledim..." dedi Çetin. "Kaç gün oldu merak ettim. Ne zaman çıkacaksınız?"

Ah bu ilgili, sevgi dolu, şefkatli, munis halleri nasıl da içini eritirdi.

"Doktor bugün görünce karar verecek. Normalde çoktan çıkardık da, malum... Psikolojisi çok bozuk... Odadaki bütün aynaları yok ettik."

"Zor tabii... Sen hep orada mı olacaksın?"

"Mecburen... Babamın işleri var. Bir iki gelip gitti ama ne yapsın? Aleyna hayatta kalmaz, zora gelemez o. Zoru gördü mü sıvışır kaçar."

"Görüşemeyeceğiz yani o zaman bugün de?"

"Çok üzgünüm aşkım..." dedi Azize ağlamaklı bir sesle. "Şu an istediğim tek şey senin yanında olmak... Ama elim kolum bağlı işte... Senin bir şeye ihtiyacın var mı? Evde yemek var mı? Ütülü kıyafetin de kalmadı tabii değil mi? Perişan oldun."

"Sorun değil. Ütüyü hallederim ben. Yemeği dışarıda yiyorum. Sen bugün de yoksan yine dışarı çıkarım ben yemek için. Arkadaşlarımla buluşacağım. Belki içeriz bir yerde biraz. Hafta sonu... Kafamız dağılsın... Keşke gelebilseydin."

Sesi düşmüştü Azize'nin. Haftalardır baş başa bir şeyler içip sohbet etmek istediğini söylediği halde evden çıkmamışlar, şimdi hastanede annesine refakat etmek zorunda olduğu günde mi organize olmaya karar vermişlerdi? Bir iki gün erteleseler ne olurdu?

"Haftaya hep beraber çıkardık" dedi Azize bir umut.

"Haftaya da gideriz canım, engel mi var? Sen hayırlısıyla o hastaneden bir çık da istediğin yere gideriz."

Telefonu kapattığında annesinden de kız kardeşinden de nefret ettiğini hissetti Azize. Haksızlıktı ama bu artık. Bencillikti, adaletsizlikti, sorumsuzluktu. Kimse Azize'nin de bir hayatı olduğunu düşünmüyordu. Onun ihtiyaçları, beklentileri, yapmak isteyip istemedikleri kimsenin umurunda bile değildi. Bütün bu zor ve sıkıcı işler hep Azize'ye dayatılıyordu bir şekilde. Neden? Çünkü Aleyna bir pamuk prenses, anne de kendinden başkasını düşünmüyor.

Azize bütün bu düşünceleri içinden geçirip kendini öfkeyle doldurduğu sırada Aleyna girdi içeriye babasıyla...

Aleyna doğruca annesine yönelip yatağa doğru yürürken, Fikret "Nasılsın kızım?" diye sordu Azize'ye. Hali perişandı sahiden de. Saçı başı dağılmış, günlerdir aynı terliklerin içinde yere basan ayakları şişmiş, üstü başı dökülüyordu.

"İyi değilim baba..." dedi hiç düşünmeden. "Üç gündür mahvoldum. Bu gece de kalamam ben. Yardım edin ne olur. Aleyna beklesin bu gece bir zahmet..."

Korkuyla ve tiksintiyle annesinin yüzünü dikkatle inceleyen Aleyna, ismi geçtiği an hipnozdan uyanır gibi kendine geldi. Ne konuştuklarını duymamıştı belli ki.

"Durumu nasıl?" diye sordu.

"Bıraktığın gibi..." dedi Azize imalı bir sesle. "Bizde değişen bir şey yok. Haberler sende."

"Bu gece de mi yatacak annem?"

"Bilmiyoruz, doktor söyleyecek bugün. Madem buradasın, ben çıkıyorum o halde" dedi Azize. "Üstümü başımı değiştireyim en azından. Bir duş alayım, saçımı başımı toplayayım, lazım olursam ararsınız."

Aleyna itiraz edecek gibi oldu ama "Git kızım..." dedi Fikret. "Perişan oldun."

"Benim işim var" diye araya girdi Aleyna. "Arkın'la buluşacağım. Şu galayla ilgili bir sürü sorun çıktı."

"Gala işi yattı tatlım, acilen halletmen gereken bir şey yok. Yine eskisi gibi Arkın'la takılacaksın işte. Birkaç gün daha bekleyebilir senin işler. Annemin ne halde olduğunu görüyor musun sen?"

"Ben sorumluluktan kaçmıyorum. Sadece işlerim var, arada onları halletmeye çalışıyorum. Senin bir işin yok. Asıl yemek, bulaşık, ütü bekleyebilir birkaç gün daha... Ev hanımlığı dışında ne sorumluluğun var ki?"

Çetin'i ima ederek konuştuğunu düşününce sinirleri iyice bozulmuştu Azize'nin. Dayanamayıp çıkıştı gözleri dolu dolu.

"Sen dur bari baba..." dedi. "On altı yılda bir gün işte. Dert olmaz herhalde değil mi?"

Hiç beklemediği bu çıkış karşısında ne diyeceğini bilemeyen adam kekeleyip durdu bir süre.

"Olur tabii..." dedi birden ama sonra "Toplantım vardı" diye devam etti. "Rusya'dan iş arkadaşlarım geldi..."

"İkiniz de gidin" dedi Aleyna. "Bu gece ben buradayım."

Azize lafı ikiletmedi bile. Ayakları güçlükle girdi ayakkabılarına ama olsun. Özgürlüğüne yürüyecekti nasılsa şimdi... Çantasını kaptığı gibi fırlayıp gitti. Önce eve uğrayıp duş alacak, sonrasında soluğu Çetin'in yanında alacaktı. Aklı hâlâ gece içmeye gidecek olmalarına takılıp kalmıştı. Bu huzursuzlukla bir gece daha hastanede kalmak istemiyordu. Annesinin kendine geldiğinde aynalarla girişeceği sinir krizlerinin bir tanesini daha görmek istemiyordu ayrıca.

"Ben burada durmak istemiyorum" dedi Fikret. Üstelik kendini hiç mahcup ve suçlu hissediyor gibi de görünmüyordu. "Doktorla görüşürüm ben. Hastane masraflarını da ödeyeceğim. Ne lazım olursa beni ara olur mu?"

Ne çok şey sormak istiyordu aslında babasına ama ağzını açmaya cesareti yoktu Aleyna'nın. Belki refakatçi kalmamıştı ama o da üç gündür en az Azize kadar uykusuz, yorgun ve bitkindi. Ertan'la ipler kopmuştu iyice... Ne olduğu, ne olacağı hiç belli değildi artık. Duyguları inişli çıkışlı, kafası karmakarışıktı. Her şeye sıfırdan başlamak zorunda kalmış gibi ezici bir duygunun pençesine düşmüş çıkamıyordu oradan.

Babasının kendinden emin, vicdanı rahat şekilde odadan çıkışını izledi önce anlamaya çalışarak. Sonra merak etti. "Sahiden, yalansız, gerçek bir sevgiyi hak etmek için ne yapmak gerekirdi ya da kim olmak lazımdı incitilmeden sevilebilmek için?"

Peşinden koşup koridora çıktı.

"Dur baba!" diye seslendi. Odanın kapısını örtüp gitti yanına. Karşısında durup derin bir nefes çekti. Anlamaya çalışan gözlerle merak içinde bakıyordu Fikret. Neydi bu uzayıp giden sessizlik?

"Aleyna, iyi misin?"

"Annem senin aşkını hak edebilmek için ne yapmalıydı?" diye sordu metanetli, sakin ve olgun bir sesle. "Sen onu sev diye kendini öldürecek galiba sonunda."

"Aleyna!"

"Evet baba..."

"Olan biten hiçbir şeyin ne seninle ne de ablanla ilgisi var..."

"Orası umurumda değil baba. İnan tartışmak ya da hesap sormak derdinde de değilim. Sahiden sadece bunu öğrenmek istiyorum. Gerisi benimle ilgili değil, dediğin gibi..."

"Bu çok saçma bir soru ama..."

"Saçma mı? On altı yıl sensiz hayatımızın tek saçmalığı bu soru mu yani? Ha bir de annemin şu saçma hali var..."

"Burada mı konuşalım?"

"Seni dilediğim zaman bulamam baba. Benim için doğru yer doğru zaman yok seninle ilgili..."

Fikret zorlanıyordu bu konuşmayı yapmak için, konuyu çok uzatacak değildi ama küçük kızını boyundan büyük duyguların içinde çaresiz de bırakmayacaktı.

"Bak..." dedi. "Kadın ya da erkek meselesi değildir sevgi. Kendiyle barışık, kendinden memnun insan, kendini sevebildiği için sevilmeyi hak ediyordur."

"Annem kendini sevmiyor mu yani?"

"Annen en çok kendinden nefret ediyor. Kendine karşı zalim ve acımasız... Kendi onurunu kendi kırıyor. Kendi gücünü yine kendi gücüyle yok ediyor. Orası bir girdap... Ben anneni seviyorum Aleyna... Ama o sevmiyor."

"Hayran olduğun o Rus kadınları gibi olmaya çalışıyor sevilmek için..."

Gülümsedi adam... Tatlı ve şefkatliydi bakışları...

"Ben Rus kadınlarına hayran değilim ama... Kendiyle barışık, özgüvenli, huzurlu insanlarla dostum... Kadın ya da erkek... İtiraf edeyim ki ben de kendimi sevmeyi zaman içinde öğrendim Rusya'da."

"Ben kendimi sevmeyi öğrenebilir miyim baba?"

Gözleri dolmuştu Fikret'in. İmdat çığlığı kadar acıklı bir sesti bu.

"Bir derdin var senin..." dedi Fikret. "Seni acıtan şeyi doğrudan söylersen belki elimden daha fazla şey gelir Aleyna."

Gözlerinden yaşlar süzülmeye başladı o an genç kızın. Ağlayan bir heykeldi sanki. Hıçkırmadan, haykırmadan, yüzünü buruşturmadan, ifadesini bozmadan akıp gitmesine izin veriyordu yüreğinde biriken irinin oluk oluk gözlerinden akmasına.

En son ne zaman ağlamıştı sahiden?

Çok, çok uzun zaman olmuştu sanki. Ağlamayı unutmuş gibi hissediyordu.

"Bu ailenin kadınları neden sevilmiyor anlamak istiyorum evet..." dedi. "Bizi nasıl bırakıp gittiğinin açıklamasını yapamıyorum mesela kendime. Hiç mi özlemiyorsun, hiç mi sevmiyorsun, bu kadar bıktıracak ne yaptık sana? Sen annemi sevmiyorsun. Çetin ablamı sevmiyor. Beni zaten kimse sevmiyor. Takipçilerim ileri geri yazıyor, millet ağzına geleni söylüyor, hakaret ediyor, küfrediyor bazen. Gerçek olmasını istediğim her şey ve herkes aslında yalan. Ben sözde çok rahat ve güçlü görünüyorum, hiçbir şeyden etkilenmiyormuşum gibi davranıyorum ama öyle değil. Öfke doluyum, nefret doluyum. Kavga etmek istiyorum. Birilerine zarar vermek istiyorum. Ölmesini istediğim insanlar var mesela. Onurum ayaklar altında gibi... Onurumu ezen herkesin ayaklarını kesmek istiyorum. Acı çektirmek istiyorum. Cezalandırmak istiyorum. Mesela Ertan'ın karnına bıçak sokmak istiyorum. Kim olduğunu bilmiyorsun ama bunun bir önemi yok zaten. Önemli olan Ertan'ın canının yanması ve sürünmesi... Ben onun başına kötü şeyler gelsin istiyorum. Sahneye çıktığım o büyük otel var ya... Orayı ateşe vermek istiyorum mesela. Gerçekten istiyorum ama... Herkesi orada yakmak istiyorum. Sosyal medyada bana hakaret eden, küfreden, acımasız eleştiriler yapan bütün insanları o otelde küle çevirmek istiyorum. Azize'nin aldatılmasını istiyorum. Güzel bir kazık yemesini istiyorum. Hayal kırıklığına uğramasını istiyorum. Hak ediyor aldatılmayı. Geri zekâlı çünkü... Kullanıldığının farkında değil. Annemin de yüzünün paramparça olmasını istemiştim, oldu işte sonunda ve gayet iyi oldu bence. Hiç üzülmedim. Çok iyi oldu. Kocası onu beğensin diye hayatını gözden çıkaracak kadar gözü dönmüş çünkü. O da hak ediyor bunu. Suratına sokturduğu ipler iltihap yaptı bak. Genç görüneyim derken kadın gibi bile görünmüyor artık. Yaratığa döndü. İyi oldu. Hah bir de Ayhan var... Yaşlı bir kadın... Onun da memlekete rezil rüsva olmasını istiyorum mesela. İnsan içine çıkacak hali kalmasın. Utancından intihara sürüklensin. Kendi kendini öldürsün gebertsin. Pardon bir kadın daha var... Atlamayayım. Asu... Bana bilerek bir zarar vermedi ama onun beş parasız sokaklara düşmesini istiyorum. Kimse ona iş vermesin. Kimse tanımasın. Aşağılasın, hakaret etsin. Herkes ona orospu desin. Başka adamlarla sevişme görüntüleri internete düşsün. Rezil olsun. Pornocuya çıksın adı. Bakkala gidecek yüzü kalmasın, memleketi terk edip gitsin istiyorum. Mesela senin de başına kötü şeyler gelsin istiyorum. Bu kadar mutlu ve rahat bir hayatının olmasından nefret ediyorum. O bayıldığın Rus kadınları aşağılasın seni istiyorum. Annemin şu zavallı, âciz aşkına bile muhtaç kalmanı istiyorum. Kendini çok kötü ve mutsuz hissetmeni istiyorum. Mutsuz ol ya... Mutsuz ol! Sana bir şey itiraf edeyim mi baba bütün bu isteklerimde son derece samimiyim. Hayatımın hiç ama hiçbir yerinde gerçek, dürüst, içten Aleyna değilim ben. Maskeler, maskeler... Hep güçlü görünüyorum, hep neşeli, hep mutlu, hep enerjik, hep rahat, hep kendini beğenmiş, hep burnu havada, hep kuyruğu dik... Bunlardan hangisi benim, aslında ben kimim hiç ama hiç bilmiyorum. Sana yemin ediyorum ki sadece bu arzularımı düşünürken kendimi gerçek hissediyorum, iyi hissediyorum. Hele bu arzularımın gerçekleştiğini görürsem benden mutlusu olmaz dünyada. Of şahane bir haz, gerçek bir tatmin olacak bu benim için... Yine de kötü bir insan olduğumu düşünmüyorum biliyor musun? Bilakis gerçek ve dürüst halim bu benim..."

Dehşete kapılmış gibi izliyordu küçük kızını Fikret. Ama anlıyordu sanki onu ve bu çok değerliydi Aleyna için.

"Mükemmel bir kızsın sen" dedi Fikret, bakışlarını kızının yaşlar süzülen ifadesiz gözlerinden ayırmadı hiç. Anlıyordu onu... Bu öfke, biriktirilmiş bir çaresizliğin infilak etmesiydi. Bir çıkar yol bulamamanın, büyüyen boşluğu hiçbir şeyle dolduramamanın, yeterince sevilememenin, yeterince desteklenememiş olmanın isyanıydı bu...

Fikret, geçen onca yılla yüzleşiyordu şu kısacık zaman aralığı içinde. Küçük kızı daracık bir zaman aralığına onca uzun yılların sancısını, acısını ve sitemini içtenlikle sığdırabilmişti.

Seçtiği yaşam biçiminin ailesi, ama özellikle de kızları açısından neye mal olduğunu hesaplayabilirdi işte artık bundan sonra. Gerisi kendi problemiydi. İster pişmanlıklar içinde kıvranırdı, ister bütün yaraları baştan onarmak için yeni bir hayat inşa etmeyi vaat edebilirdi ailesine, ister kaldığı yerden devam ederlerdi hayata...

"Hayatımda gördüğüm en gerçek kadınsın... Ama seni bu acılar denizinin içinden çıkarmayı başaramam ben. İnanıyorum ki sen bir gün mutlaka başaracaksın... Sana söyleyebileceğim başka hiçbir sözüm yok kızım. Üzgünün müyüm, üzgünüm evet... Hepimiz açısından bambaşka olsun isterdim her şey... Ama öyle olmadı... Ebeveynler çocuklarının kahramanlarıdır biliyorum. Ama aslında çoğu çocukları kadar bile yürekli değillerdir. Senin bir suçun yok. Annenin de, Azize'nin de... Her şey benim suçummuş gibi görünüyor biliyorum. Bana kızgınlığınızın, kırgınlığınızın da farkındayım. Kendinizce haklısınız. Ama bir gün benim açımdan da hayata bakabilecek kadar tarafsız, yargısız bir zihne ulaşabilirsen sadece kendim gibi olabileceğim bir hayat yaşamayı seçtiğimi anlarsın. Annenle evlendiğim için de sizleri dünyaya getirdiğimiz için de hiç ama hiç pişman değilim. Hatta dünyaya bir daha gelecek olsam yine sizlerle tanışmayı isterim.

Ama babanız olarak değil, belki çok sevgili bir aile dostunuz, ağabeyiniz, amcanız olarak... Size karşı sevgim, sorumluluğum sonsuz ama görevim yanlış... Bunun sevgiyle ilgisi yok, benim kim olmak ve nasıl bir hayat sürmek istememle bir ilgisi var."

Kızının saçlarına hafifçe dokundu, sonra sımsıkı sarılarak kucakladı onu. Artık doktorla görüşmek istediğini söyledi. Karısının acıyla dolu zihninden ve ruhundan nasıl kaçtıysa belli ki küçük kızının öfkeyle ve ıstırapla dolu hayatından da uzak kalmayı tercih edecekti. Babasını bir kez daha kaybettiğini hissediyordu Aleyna. Eğer bu samimi itiraflarına karşılık söyleyebileceği bir tane şifalı cümlesi bile yoksa hayatı boyunca ondan nefret edeceğini biliyordu.

Neyse ki hemşire bankosuna kadar gittiği halde onu hareketsiz beklemeye devam eden kızının yanına döndü ve kulağına fısıldadı. Bir sözü vardı küçük kızına:

"Asla ama asla olmadığın biri gibi davranma. Gözyaşından, güçsüzlüklerinden, zaaflarından, korkularından, alınganlığından, kıskançlığından, öfkenden utanma..."

Aleyna hiçbir şey söylemedi. Başaramayacağını bildiği halde, babasından hayatı için lazım gelen şifayı alabilmiş olmasından memnundu. "Düşman değiliz seninle..." diye geçirdi gönlünden. "Ama yine de senin de başına kötü şeyler gelsin istiyorum baba."

Aleyna annesinin yanına döndüğünde onu uyanmış, hüngür hüngür ağlarken buldu. Hak etmişti bunu. Ağlayıp dursun artık. Uyumadığı zamanlar inleyip dövünmekten başka bir şey yapmayacaktı bundan sonra belli ki. Kendi bilir. Her koyun kendi bacağından asılıyordu işte.

DURUM DEĞERLENDİRMESİ

Kendine Karşı Samimiyet

İnsan zihninin müthiş bir manipülasyon kabiliyeti var, bunu her yönüyle bilimsel açıdan görebiliyor, inceleyebiliyoruz kuşkusuz. Zihin, kendini ikna edebilme becerisine sahip...

En basit örneklemeye gidecek olursak plasebodan söz edebiliriz mesela... İlaç yerine aldığı şekerlerle iyileşme sürecini başlatabiliyor zihin. Tam tersini yapabilme becerisine de sahip elbette. En iyi ilaçların bile iyileşmeyi başlatamadığı inancını da bedenin bir gerçekliği olarak ortaya koyabiliyor.

Zihnin ikna kabiliyetini düşünecek olursak, konuştuğumuzla hissettiğimiz şeylerin aslında aynı olduğuna, son derece samimi ve gerçek olduğumuza da çoğunlukla ikna ediyor bizi... Bunun doğru olmadığını bildiğimiz halde, yani konuştuğumuzla hissettiğimiz şeylerin aynı olmadığını bildiğimiz halde, öz samimiyetimize kefiliz...

Burası çok kritik bir nokta...

İnsanın, samimi olduğuna, kendini samimiyetle ikna etmesi...

Aleyna'nın olmadık yerde, durup dururken ortaya çıkan bu patlama halini çok önemsiyorum. İnfilak anları, biriktirilmiş, üzeri örtülmüş, görmezden gelinmiş sorunların samimiyetle, gerçeklikle ortaya çıktığı özel anlardır.

Kişinin kendini maniple etmeyi bıraktığı samimi itirafların içinde sorunların çözümleri de yan yana durur.

Aleyna, ona acı veren her şeyi görmezden gelip içinin karanlık köşelerine gömmeyi tercih etmesiyle aslında hiçbirimize yabancı bir karakter değil. Çoğumuzun içinde acı vermiyormuş gibi davrandığımız, umurumuzda değilmiş gibi göründüğümüz, renkli kâğıtlarla ambalajlayarak karanlıklarımıza gömdüğümüz acılarımız yok mu?

Hatta çoğumuz acı çekmiyormuş gibi yaparak rol kesmediğimize, bu konuda son derece samimi olduğumuza, gerçekten o acıyı hiç ama hiç hissetmediğimize ikna etmiyor muyuz kendimizi?

Oysa içerisi yangın yeri...

Ateş canımızı yakmıyor gibi davranmakla kalmayıp sahiden de canımızın yanmadığına samimiyetle inandırıyoruz kendimizi...

"Acımadı ki! Acımadı ki!" diyerek hayata kaldığımız yerden devam etmeye çalışmak bize zaman kazandırıyor gibi görünse de aslında acıyor ve hiçbir şey yolunda gitmediği için hayat aslında kaldığı yerden devam etmiyor. Orada öylece duruyor. Sadece zaman geçiyor boş yere...

Aleyna'nın yaşadığı deneyim her ne kadar bir öfke krizi olarak karşımıza çıksa da değerli ve samimi bir yüzleşmedir benim açımdan.

Öfke başka şeydir zira, yüzleşmeler başka...

Fikret'in bunu bir sinir krizi, öfke nöbeti ya da kendine edilmiş bir hakaret olarak görmemesi, işittiği sözlerden büyük kavgalar ve yıkımlar çıkarmaması, kızına bedel ödetmeye ya da haddini bildirmeye kalkmaması çok kıymetli bir karşılık...

İçinizdeki sesle, ağzınızdan çıkan ses birbiriyle aynı mı?

Konuştuğunuzla hissettiğiniz aynı değilse kendinizi maniple ediyorsunuzdur. Çözümleri ve iyileşmeyi anlık patlamalara havale etmek doğru bir tercih sayılmaz. Çünkü hayat boyu bir infilak anı yakalayamama ihtimaliniz vardır. O iyileşmeyi bir türlü başlatamayabilirsiniz. Üstüne üstlük biriken acıların ifade bulması ne kadar gecikirse yaşanacak patlamanın şiddeti de o denli artacaktır. Büyük patlamalar büyük zararlara yol açabilir. Herkes Aleyna'nın babası kadar duyarlı ve anlayışlı olamayabilir.

Bu açıdan bakacak olursak insanın kendine karşı samimiyetinin büyük bir çözüm kaynağı olabileceğini söylemek mümkün.

Başka hissettiği halde kendini başka hissettiğine inandırmak, acı çekmemek için kişinin kendine karşı kullandığı bir koruma kalkanı. Kendini kendinden korumaya kalkmak yerine, kendine içten bir yüzleşmeyle yaklaşmak her zaman çok daha olumlu sonuçlar doğurur.

-VII-

Neyse ki Melike çabuk taburcu edilmişti hastaneden. Yattığı süre ne kadar uzayacak olursa, yaşadığı sıkıntının aslında göründüğünden çok daha büyük olduğu düşüncesine kapılmasına neden olacaktı.

"Bundan sonrası ilaç tedavisi ve terapi" demişti doktor. Kadının yüzündeki ağır hasar için uzun soluklu başka bir tedavi süreci de başlayacaktı ayrıca. Nasıl ki bu sonuca bir günde ulaşmadıysa bir günde eski güzelliğine kavuşması da mümkün olmayacak gibi görünüyordu.

Annesini eve getirdiğinde kimse karşılamadı onları. Hizmetli bir iki saat önce çıkmış olmalı. Azize banyoda uzun zaman geçirip gitmiş, babasıysa eve uğramamış bile. Kimse arayıp gün boyu neler olup bittiğini de sormamıştı. Böylesi daha iyiydi belki. Kimse birbirine yalan söylemek zorunda kalmıyordu işte.

Melike'nin inlemelerine, feryatlarına, ağlayıp durmalarına katlanmak kolay değildi yine de.

"Bittim ben!" diyordu sürekli. "Mahvoldum, bittim ben. Her şey bitti..."

Kocasının, Rusya'dan gelen dostlarıyla akşam yemeği yiyeceğini öğrenince daha da dövünmeye başlamıştı Melike. Kendisinin bu yemeğe katılamayacak olması büyük bir talihsizlikti. Sanki yüzünde iltihap oluşmasaydı şıkır şıkır hazırlanıp kocasının kolunda yemeğe gidebilecekti. Kendi de bal gibi biliyordu her şey yolunda gitseydi de bu gece kavga gürültü çıkacaktı evde. Kocası bu yemeğe yalnız katılmak istediğini söyleyecek, onu yanında götürmeyi düşünmediğini, bunun imkânsız olduğunu anlatacaktı. O da "Sen beni yanına yakıştırmıyor musun, o Rus orospular kadar güzel ve kültürlü değil miyim ben, sen beni küçük mü görüyorsun, karından mı utanıyorsun, madem öyle niye boşamıyorsun beni?" diye bağırıp duracaktı. İyi ki yüzü gözü kaymıştı da bu beklenen saçma tartışma gerçekleşmemişti. "İyi oldu..." diye geçiriyordu Aleyna içinden. O kavgayı dinlemektense bu iniltilere katlanmayı tercih ederdi.

Hizmetlinin taze pişirdiği çorbadan annesine bir kâse içirip ilaçlarını verdi. "Üzülme lütfen..." dedi. "Her şeyin çaresi var artık. İltihap elbette geçecek. Yüzün düzelecek anne. Ayrıca abarttığın kadar bir şey de yok. Sen çok detaycısın sadece... Yakında toparlayacaksın, göreceksin. Her şey güzel olacak... Babam seni seviyor, biz yanındayız. Moralin, neşen, keyfin hep yerinde olsun ki çabuk iyileş..."

O an inlemeyi kesmişti Melike. İkisi de bütün bunların bir aldatmaca, sahte bir teselli olduğunu sessizlikleriyle kabul edip birbirlerini onaylamışlardı karşılıklı. Birbirlerini daha fazla aldatmamayı tercih ederek sustular.

"Oh be!" diye geçirdi içinden Aleyna. "Sessizlik..."

Elinde tepsiyle odadan çıkıp kapıyı örtecekti ki annesine baktı acıyarak. Ne kadar zavallı, ne kadar yalnız ve ne kadar sevilmemiş bir kadın olduğunu düşündü, içi acıdı. Evet bütün bunları hak etmişti, iyi olmuştu ama keşke kendiyle barışık mutlu bir kadın olmayı becerebilseydi. Annesine karşı derin bir merhamet duydu o an. Halbuki ne güzel bir kadındı. Çocukken hatırlıyordu ne kadar neşeli, coşkulu, eğlenceli bir kadın olduğunu. Birlikte oynayıp koşturduklarını... Yazık olmuştu güzelim kadına... O tatlı anne kız ilişkisine yazık olmuştu.

Uzun zamandır ilk kez evinin geniş salonunda bir başınaydı Aleyna. Yabancı bir yerdeydi sanki. Öylece durup bekledi pencerenin önünde. Boş, hissiz ve anlamsızdı... Ne yaparsa yapsın Ertan'dan başka bir şey düşünemiyordu. Günlerdir her ne iş yapıyorsa perdenin arkasındaki gölge gibi kıpırdanıyor, huzursuz ediyordu onu Ertan düşüncesi... Silemiyor, yok edemiyor, temizleyemiyor, barışamıyor, kabullenemiyordu olan biteni.

"Kırk beş saat..." diye mırıldandı kendi kendine. "Tam kırk beş saattir aramıyor!"

Bravo! Ne büyük bir özgüven ama... Hem suçlu hem güçlü... Asıl onun yana yakıla arayıp "Her şeyi açıklayabilirim, hiçbir şey göründüğü gibi değil" diye yalvarması gerekmiyor muydu?

Aramıyordu ama...

Dayanamayıp haberi bir kez daha açıp okudu Aleyna.

"Ünlü iş insanı, işletmeci Ertan Ersoy, oyuncu sevgilisiyle barıştı. Ayrılıkları uzun sürmeyen genç çift, mekân çıkışında objektiflere yakalanınca panikledi. Magazin muhabirlerinin sorularını yanıtsız bırakarak, birlikte aynı araca bindiler."

Telefonu kıracak kadar sıkıyordu parmaklarının arasında. Her şey yalan mıydı yani? Neden çok âşıkmış gibi davranmıştı o halde? Ne gerek vardı bunca tantanaya? Hediyeler, şoförler, araçlar, baş başa tatiller, ortak hayaller, projeler, birlikte uyuyup uyanmalar, saatler süren sabah kahvaltıları... Neydi peki bütün bunlar?

Düşündükçe delirecekti Aleyna. Haberi okur okumaz aramıştı Ertan'ı ama beklediği gibi ne yapacağını şaşırmış, paniklemiş bir zampara bulmamıştı karşısında. Çıkan haber sanki hiç umurunda değilmiş gibi rahat ve umursamaz bir sesle açmıştı telefonu Ertan. Aleyna'nın kıskançlık krizini, telaşını ve hesap soran tavrını küçümseyerek, "Canım sen bir sakin olur musun önce?" demişti. "Ne bu canhıraş halin, ne var, ne oldu ki bu kadar feryat edecek? Ben kimsenin oyuncağı olmadım şimdiye kadar merak etme. Beni parmağında oynatan bir kadın yok. Bir fotoğraf yüzünden eli ayağı birbirine dolaşacak adam değilim ben. Asu'yu mekânda gördüm, konuştuk, çıkışta da evine bıraktım, hepsi bu... Olayın tam olarak bu olduğuna kimseyi ikna etmek zorunda değilim çünkü olay tam olarak bu. Herkes istediği şeyi düşünebilir, başkalarının durumla ilgili yanlış fikirlerini değiştirmek için harcayacak zamanım yok benim. Buna tenezzül etmem de. Benim sorunum değil. Sen de istediğin şeye inanmakta özgürsün aşkım. Ama olay tam olarak anlattığım gibi işte..."

"O kızla görüşmeni istemiyorum bir daha!" diye çıkışmıştı Aleyna.

"Randevulaşmadım zaten canım. Kuveytli misafirlerimi dışarı çıkardım, Asu'yu da orada gördüm."

"Birlikte çıkmak, kızı eve bırakmak ne peki?"

"O rica etti. Sarhoştu. Ayrıca arabada Kuveyt'ten gelen misafirler de vardı. Fotoğraflarda da görülüyor. Asu'yu bırakıp misafirlerle otele geri döndüm. Adamları kızın evinde ağırlamış olamam herhalde değil mi?"

"Seni arayıp duruyor ama... Telefonunda görüyorum çağrılarını. Bu kız neden kurtulamıyor senden Ertan? Niye net bir sınır koyamıyorsun ona? Niye engellemiyorsun numarasını?"

"Engelledim bile. Ayrıca şu an benim annemle uğraşmam lazım Aleyna. Bu tür haberlerden hiç hoşlanmaz. Bütün aileyi ayaklandırdı yine. Amcamlar, babamlar sıkıntı yaratıyor. Bir sürü toplantılar oluyor, kararlar alınıyor. İzin verirsen asıl bu işlerle ilgilenmeliyim artık. Salak bir kızın beni arayıp durmasıyla ilgili ifade verecek halim yok. Keşke taksiye bindirip yollasaydım. Ne bileyim magazincilerin kapıda olduğunu? Orada takılmazlardı çünkü genelde..."

"Magazinciler yakalamasaydı sen hiçbir zaman söylemeyecektin ama bana Asu'yla görüştüğünü..."

"Neden söylemeyeyim ki, neyi gizleyeceğim senden?"

"Söylemezdin."

"Bence sen kiminle birlikte olduğunun farkında değilsin henüz. Biraz daha düşün istersen."

Bu son cümlesi hiç çıkmıyordu aklından.

"Kiminle birlikte olduğunun farkında değilsin sen henüz, biraz daha düşün istersen."

Aslında haklıydı. Kiminle birlikte olduğunu bilmiyordu Aleyna. Âşık olduğunu hissettiği bu adam kimdi? Onu hiç ama hiç tanımıyordu. Sadece hislerinin çekip götürdüğü yere gidiyordu. Heyecanının peşinde oradan oraya savrulup duruyordu. Ama Ertan hakkında emin olduğu hiçbir şey yoktu.

"Ertan yalan söylemez, Ertan ne diyorsa odur, Ertan katiyen gizli saklı iş yapmaz, Ertan'a güvenim tam, Ertan açıksözlü bir adamdır, Ertan çapkın değildir, Ertan tekeşli bir adamdır, Ertan sadakate değer verir, Ertan beni seviyor..."

Kesinlikle hiçbirini gönül rahatlığıyla ve güçlü bir kendinden eminlikle söyleyemezdi. Ertan'ı sahiden de tanımıyordu. Birlikte olmayı hayal ettiği adamı tahayyül ederek yaşıyordu belki de bu ilişkiyi. Kendi kurguladığı bir rüyanın içindeydi belki de...

"Öf!" dedi Aleyna telefonu koltuğa fırlatarak. "Kırk beş saat oldu aramadı..."

Muhtemelen o da Aleyna'nın aramasını bekliyordu, inat etmişti ama Aleyna da inatçıydı işte. İki keçi bir yolu paylaşamıyorlardı.

Aleyna aradığı an Ertan'ın bütün belirsizliklerine razı olduğunu kabul etmiş olacaktı. Başka kadınlarla rahatça gezip tozmasını, sağda solda görüntülenmesini sineye çekmiş olacaktı. Bu durum hep böyle sürüp giderdi sonra. Kızgın ve kırgın olduğuna, tatmin edici bir açıklamayı ve bir daha asla böyle bir şey yapmama sözü almayı hak ettiğine ikna etmeliydi Ertan'ı. Hatta birlikte gazetecilere poz vermeliler ve Ertan magazin muhabirleriyle gerçek sevgilisini tanıştırmalıydı.

"Mümkün değil" diye düşündü Aleyna. Ertan bunu kesinlikle yapmazdı ama bu ilişkinin devam etmesini istiyorsa yapmak zorundaydı.

"Ne özür dilemesi ne medyayla tanıştırması Aleynacığım? Adam bir telefon bile açmadı hâlâ. Belki de hiç aramayacak... Sen de böyle bekleyip duracaksın. Ama belki ararsan bu süreci bir an evvel sonlandırırsın, isteklerini de zaman içinde kabullendirirsin" diye düşündü.

Öyle ya! Belki de hiç aramayacaktı artık onu Ertan. Etrafı kadınlarla doluydu zaten. Boş kalmıyordu ki. Telefonu durmuyordu hiç. Aleyna'yı unutmak çok da sıkıntı olmazdı. Hatta çoktan unutmuş bile olabilirdi. 45 saattir aramadığına göre aklına bile gelmiyordu demek ki. Meydanı boş mu bırakacaktı yani Aleyna? Sevgilisini başka kadınların kucağına mı bırakacaktı? Belki de hemen kendini hatırlatmalı ve bu saçma olayı çok büyütmeden, kıskançlık krizlerine girmeden, sanki hiç olmamış gibi kapatmalıydı konuyu. Hem ne vardı büyütecek? Kızın evinde kalmadığı belliydi. Daha ne açıklama yapacaktı ki Aleyna'ya? Olan her şeyi olduğu gibi anlatmıştı işte. Daha neyin özrünü bekleyecekti ondan, suçlu değildi ki adam?

Özür dilemek hatayı kabullenmek olurdu. Ertan hata yaptığını düşünmüyordu ki özür dilesin. Ona haksızlık etmeye başladığını bile düşünüyordu artık Aleyna.

Yine de "Özür dilerim aşkım, bir daha böyle bir şeyin yaşanmasına izin vermeyeceğim. Benim kadınım sensin, yakında bunu herkes görecek. O kız da bir daha ne yaparsa yapsın bana ulaşamayacak söz veriyorum" demesini beklerdi. Hadi demiyordu madem, hiç değilse bir telefon açabilir, "Seni özledim, nasılsın?" diyebilirdi ama o da yoktu işte.

"Ah delireceğim!" dedi Aleyna salonda hızla volta atarken. "Arayacağım ben, dayanamayacağım. Adamın suçu yok ki özür dilesin. Tabii ki benim aramam lazım. O bana düşünme zamanı verdi ve doğal olarak düşünüp onu aramamı bekliyor. Muhtemelen aradığımda neden bu kadar uzun düşündün, seni çok özledim diyecektir..."

Telefonu eline alıp ekranı izlemeye başladı. Evet, arayacaktı ama ne demek gerekiyordu açtığında?

"Ben düşündüm de sen haklısın aşkım. Sen sıradan biri değilsin. Kaliteli, kültürlü, terbiyeli bir adamsın. Tabii ki benim düşündüğüm gibi ucuz kaçamaklara tenezzül etmezsin. Hayatında bir kadın varken başkalarıyla kendini aşağılamazsın."

Yok artık!

Bu düpedüz bir köleliğin ilanıydı. Bunları söylediği an Ertan'ın ona hiç saygısının kalmayacağını düşündü. Bundan böyle sevdiği kadını kaybetmekten de korkmazdı. İyice rahatlar, şımarır, kontrolden çıkardı.

"Ah sanki şu an çok korkuyor ya beni kaybetmekten..." diye düşündü Aleyna. "Sevdiği kadın olsaydım bin kere özür dilerdi benden, arardı, yanıma gelirdi. Bir saniye bile üzülmeme, öfkelenmeme izin vermezdi. Beni kaygılar içinde mutsuz bırakmazdı... Hayır aramayacağım... Seviyorsa o arar beni... Aramıyorsa zaten yoktum hayatında demektir. Ben de onu silerim biter... Hem hafta sonu sahnem var otelde. Bakalım program için arayacak mı? Aramazsa programı yapmam, o gece sahne boş kalır!"

Ertan arasa da aramasa da her cuma gecesi otelde sahne almak zorundaydı Aleyna. Bir sezonluk sözleşmesi vardı. Aksi halde ağır tazminatlar ödemek zorunda kalırdı. Sahiden dava açar mıydı Ertan ona? Açardı tabii, neden açmasın? Adamı binlerce dolar zarara uğratırsa, müşterilerine karşı onu küçük düşürürse, işletmeci olarak imajını zedelerse tabii ki avukatlar girerdi devreye...

Hay Allah!

Düşündükçe çıkmaza sürükleniyordu Aleyna... Cumayı beklemeye karar vermişti. Büyük ihtimalle Ertan da cumayı bekliyordu. Zaten mecburen otele gitmesi gerekiyordu. Gittiğinde ille görecekti Ertan'ı sahneden önce, mutlaka konuşacaklardı ve hiçbir şey olmamış gibi devam edeceklerdi ilişkilerine. Belki bir özür hediyesi bile alırdı. Belki bir tek taş... Sahneyi güllerle donatırdı belki... Hatta sürpriz yapıp mekânı bile kapatabilirdi, baş başa kalırlardı o gece... Yemek yerlerdi, dans ederlerdi, birbirlerine duydukları aşktan söz ederlerdi, birbirlerini ne kadar özlediklerinden ve bir daha bu kadar uzun süre ayrı kalmamaktan... Ah çok romantik... Keşke düşündüğü gibi olabilseydi her şey ama olmadı ne yazık ki...

DURUM DEĞERLENDİRMESİ

Ne Git Ne de Kal

Bir narsisin karşısındakinin dengelerini bütünüyle bozabilecek niteliklerinden biri de dengesizliğidir kuşkusuz... Dengesizliğinin içindeki tuhaf ve anlamsız denge de diyebiliriz buna belki...

Yani bir narsis, akla aykırı dengeler peşindedir. İlgiden, övülmekten, üzerine düşülmesinden, pohpohlanmaktan son derece hoşlanan narsisin bunların dozuyla başı derttedir. Biraz sıkıldığını, bunaldığını ya da kısıtlandığını hissettiği an ustalıkla ortadan yok olmak gibi becerileri vardır. Aşırı kontrolcülük narsisi deli eder. Ancak ilgisizlik de bir o kadar çıldırtıcıdır onun açısından.

İnsan ilişkinin içinde maruz kaldığı ve gözlemlediği küçük hataları küçümsememeli. Sevgilinin aşağılayıcı lafları, küçümseyici konuşmaları, sözüne sadık olmaması, sözlerini tutmaması, yalana yatkınlığı, saygısızlığı... Bunların hiçbiri görmezden gelinecek meseleler değil.

Küçük ipuçları, yaklaşmakta olan fırtınanın habercileridir. Uyanık olmakta fayda vardır. Yoksa iş işten geçer. Kapanması zor yaralar açar narsisin kurbanında. Ama kurban, kurban olduğunu çabuk fark eder ve ilişkinin başındaki küçük meseleleri bilinçle fark ederse kendini kurtarabilir.

Yılanın başını küçükken ezmek lafını her ne kadar sevmesem de, yılanın değil de yalanın başını küçükken kesmek lazım geldiğine inanırım. Çünkü küçük bir yalan, ileride söylenecek büyük yalanların habercisidir. Küçük diye tepki göstermediğinizde, ileride büyük yalanların karşısında büyük hayal kırıklıkları yaşamanız işten bile değildir.

"Freud, bencil kişinin sevgiyi başkalarından alıp kendisine yönlendirdiği için narsis olduğunu söyler.

Bencil kişilerin başkalarını sevemediği doğrudur fakat onlar kendilerini de sevme yetisinden yoksundurlar."

– *Sevme Sanatı*, Erich Fromm

-VIII-

“Hayırdır sen bu saatte uyanır mıydın Aleyna Hanım? Bir solistin ancak yatağına yeni girdiği saatler bunlar...”

“Geyik yapmak için aramadım Arkın, bir işim var herhalde!”

“Muhakkak... Neymiş mesele?” diye sordu Arkın. Aksi halde neden arardı ki Aleyna? Hal hatır sormak için mi? Elbette işle ilgili bir sıkıntısı olmalıydı ve bunu da yine her zamanki gibi yıllardır ekipten atılacaklar listesinde ilk sırada yer almaya devam eden Arkın halledebilirdi.

“Akşam program var mı?” diye sordu Aleyna.

“Akşam program var mı?” diye tekrarladı Arkın anlamamış gibi... Ne demekti bu şimdi, solist kendi programının olup olmadığını tonmaistere mi soruyordu sabah sabah?

Arkın kafasının içinde soruyu anlamlandırmaya çalışırken ikisi arasında uzayan sessizliği Aleyna bozdu.

“Akşamki programla ilgili seni olumsuz arayan oldu mu? İptal mi, var mı?”

“Beni kimse aramadı. Hem neden iptal olsun ki?”

"Aramadı yani kimse?" biraz durup düşündü Aleyna. "O zaman akşam program var..."

"Bana gelmeyin diyen olmadı. Sana da iptal diyen yoksa akşam program var demektir. Sana bu kaygı nereden geldi, sorun ne?"

Evet... Ortada bir sorun olduğu belliydi artık. Ne derse desin Ertan'la bir şeylerin yolunda gitmediğini açık etmişti Aleyna. Ağzıyla kuş tutsa Arkın'ın bu haklı düşüncesini değiştiremezdi artık. Bütün orkestranın da haberi olurdu böylece. Garsonlar zaten öğrenirdi... Aşağılık bir histi bu Aleyna için. Rezillik... Eziklik hatta... Hepsi acıyan gözlerle bakacaklardı ona. Eski havasından eser kalmayacaktı. "Kahretsin!" diye geçirdi içinden. "Fena sıçtık..."

"Sorun yok" dedi ama çok da ikna edici olmadığının kendi de farkındaydı. "Ertan'a ulaşamadım da... Sana sorayım dedim..."

"Nasıl yani?"

Evet... Çok saçma bir açıklamaydı. Çocukça bile değil, aptalca. Bir kadın sevgilisine kaç gündür ulaşamıyor olmalıydı ki işleri başkasına sorup öğrenmek zorunda kalsın?

"Akşam görüşürüz o zaman Arkın. Ben biraz uyuyacağım. Sesimin dinlenmesi lazım..."

"Eyvallah..."

Telefonu kapatıp oflayarak yastığına gömülmüştü ama uyumak ne mümkün? Aklı böylesine karışık, gergin ve mutsuzken... Nasıl olur da Ertan günlerdir aramazdı "sevgilim, aşkım" dediği kadını? Bu işte sahiden de bir gariplik yok muydu? Kendi kendine mi kuruntu yapıyordu Aleyna, aslında hiç sevgili olmamışlar mıydı?

Yok canım! Ertan'ın ailesi dışındaki bütün ahbaplarıyla tanışıyordu. Hepsi onun sevgilisi olduğu özeniyle ilgi gösteriyorlardı ona. Kurgu muydu yani bütün bunlar, yalan mıydı, rüya mıydı?

Ertan'ı arayacaktı kesinlikle. Daha fazla dayanamayacağını düşünüyordu. Annesinin hastanelik olması sayesinde bunca gündür oyalayabilmişti kendini ama bir dakika daha sevgilisinin sesini duymadan, neler olup bittiğini anlamadan böyle durup bekleyemezdi.

"Başlarım senin gururuna Aleyna Hanım..." deyip aldı telefonu eline. "Eziklikse eziklik abi... Dayanamayacağım daha fazla..."

Yatağında biraz daha doğrulup derin bir nefes adı ve arama tuşuna bastı düşünmeden. Sakin ve tatlı bir ses tonu ayarlayıp çalan telefonun açılmasını bekledi ama açılmadı. Çaldırdı, çaldırdı, çaldırdı...

Cevap yok!

Hay aksi!

Açmayacağı ihtimalini düşünmemişti. Bir daha mı arasaydı acaba? Bu daha da büyük bir eziklik olmaz mıydı? "Bir kere arayıp ezilmekle iki kere arayıp daha da ezilmek arasında ne fark var ki?" diye düşündü sonra. "Karizmayı çizdirdik zaten arayarak. İki kere arasam ne olur, üç kere arasam ne olur şu saatten sonra?"

Bir kez daha bastı arama tuşuna.

Çaldırdı, çaldırdı, çaldırdı...

Cevap yok!

"Allah kahretsin! Trip atalım derken adamı tamamen kaybettim..." diye söylendi kendi kendine. "Göz göre göre gitti. Elimle başkalarının kucağına bıraktım resmen. Neyin tribi bu Aleyna?

Sanki adamın beş yıllık büyük aşkısın da sert triplere girmeye cesaret ediyorsun. Böyle sap gibi kalırsın işte ortada..."

Çaresizce telefonun ekranına bakıyordu ama cevapsız çağrılarına geri dönen de yoktu işte. Oysa ne güzeldi Ertan'la olmak. Romantik, kibar, esprili, eğlenceli, düşünceli, bonkör, yakışıklı... Bir dediğini iki etmezdi. Taksilerle uğraşmasın diye özel şoförünü yollardı sevgilisine, hediyeler alırdı, otelde her türlü konforu sağlardı ona, en iyi yemekleri yedirirdi, ihtiyaçlarını karşılardı, çantasını bile taşıtmaz peşine hemen bir görevli takardı.

Düşündükçe gözleri doluyordu Aleyna'nın... Onunla ne kadar mutluydu, kendini dünyanın en değerli insanı gibi hissediyordu. Müzik çalışmalarında da şahane bir ekip kurmuştu, en iyi isimlerle tanıştırmıştı onu, en iyi klip yönetmenleri, en iyi dansçılar, en iyi stüdyolar, en iyi müzisyenler... Benim diyen starın böyle bir konforu yoktu... Oysa Aleyna hepsine kavuşmuştu Ertan sayesinde. El üzerinde tutuluyordu. Etrafında bir sürü personel dolanıyordu isteklerini karşılamak için...

Peki ne olmuştu da yok olmuştu şimdi birdenbire? Asu'ya mı gitmişti yani, ona âşık olduğuna mı karar vermişti, bu yüzden mi yoktu yani şimdi ortada? Eğer öyleyse bunun hesabını vermek zorundaydı. Öyle elini kolunu sallayarak çekip gidemezdi bu ilişkiden.

Aleyna yine kendi kendini dolduruyordu bir güzel. Yatakta dönüp dururken öfkeyle dolmuştu Ertan'a karşı. Nefret ediyordu şu an ondan. Asu'yla aşk yaşadığına ikna etmişti kendini.

"Yok öyle yağma!" diyerek fırladı yataktan. Keşke gurur yaparak Ertan'ın aramasını beklemeseydi bunca zaman. Çoktan sorun çıkarıp ekşiseydi başlarına. Dünyayı yıksaydı da huzur vermeseydi onlara.

Bir kez daha aradı Ertan'ı... Artık hiçbir önemi yoktu kaç kere arayıp eziklik ettiğinin... Ezikliğin ne olduğunu görecekti onlar.

Çaldırdı, çaldırdı, çaldırdı...

Cevap yok yine...

"Öyle mi? Hayhay..."

Bunun üzerine cuma akşamları onu otele götürmek için gelen şoförü aradı. Neyse ki çabuk açtı o telefonunu.

"Akşam beni bir saat daha erken almanızı istiyorum..." dedi. "Erken yerleşeceğim odama. İşlerim var."

"Maalesef bu hafta için talimat almadım" dedi şoför.

"O da ne demek?"

"Bana her hafta talimat verilir yapacağım işlerle ilgili. Sizi alacağım yok talimatlar arasında."

Başından aşağı kaynar sular dökülmüştü Aleyna'nın. Ertan emrine verdiği şoförü de mi geri almıştı yani? Madem o bu kadar ucuzlaşabiliyordu da Aleyna niye gurur yapıp ezik görünmemek için bir telefon açmaktan bile imtina etmişti koca hafta? Meğer Ertan çoktan hak etmiş kavgayı gürültüyü...

"Beni almayacaksınız bu akşam yani öyle mi?"

"Çok üzgünüm..."

"Ertan Bey'e sorun isterseniz, hatırlatın bakalım. Cuma günleri Aleyna Hanım alınıyordu gideyim mi deyin..."

"Maalesef..."

Belli ki bu soruyu patronuna zaten sormuş adamcağız, cevabını da almış. Fakat bunu Aleyna'ya kibarca açıklamakta zorlanıyordu işte... Kem küm ederek ilerlemeye çalışıyordu. Telefonu bir an evvel kapatmak istiyordu.

"Taksiyle mi geleyim yani?" diye çıkıştı Aleyna. Bu öfkenin şoförle hiçbir ilgisi yoktu tabii, mühim olan Ertan'ın bu sesi duymasıydı. Aleyna'nın canı yanan bir panter gibi üzerine saldıracağından haberi olsundu.

"Siz nasıl isterseniz..." diye karşılık verdi şoför.

"O halde söyleyin ben bu gece sahneye çıkmıyorum. Ertan Bey'e selamlarımı iletin, bu gece program iptal. Aleyna Hanım taksi bulamamış, o yüzden gelememiş dersiniz."

Şoförün cevap vermesini beklemeden pat diye yüzüne kapattı telefonu. Sinirden elleri titriyordu. Saçı başı darmadağın, yataktan yeni çıkmış bu haliyle öfkeli bir korkuluğa benziyordu.

Küfürler savurarak dolaşıyordu odanın içinde.

"Allah cezanı versin Ertan! O kevaşenin de Allah belasını versin! Salak yerine koydunuz demek beni, göstereceğim ben size merak etmeyin... Gitmiyorum akşam otele, hadi bakalım eşek gibi arayacak mısın beni aramayacak mısın?"

On gün kalmıştı klibin galasına da... Şimdiye kadar çoktan basılıp postalanmış olmalıydı özel olarak tasarlanan davetiyeler. Büyük bir reklam ve organizasyon ajansıyla anlaşılmıştı. İlk defa bir klip için gala organizasyonu düzenlenecekti sahne aldığı otelde. Şarkıcılar, oyuncular, fenomenler, basın mensupları gelecekti... Önce klip gösterilecekti perdede, sonra Aleyna sahneye çıkacaktı. Çok ama çok önemli bir gece olacaktı bu onun için... Kendi imkânlarıyla katiyen üstesinden gelemeyeceği kadar büyük bir çalışma gerektiriyordu bu süreç. Gala için de arayan soran olmadığına göre muhtemelen o proje de iptal olmuştu. Ajansı arayıp sorsa mıydı acaba? Gerek kalmamıştı aslında. Ortada davetiye bile yokken hangi organizasyonu soracaktı şimdi, saçmalık...

Dudaklarını ısırarak ağlamaya başladı Aleyna. Makyaj masasındaki malzemeleri elinin tersiyle süpürüp indirdi yere, aynadaki görüntüsüne yerden aldığı bir allık fırçasını yapıştırdı ama neyse ki kırılmadı aynada, gardıroba attığı tekme köşeye denk gelince kavalkemiğine aldığı darbe acıyla yere yıktı onu. Bunun üzerine daha da şiddetlendi ağlaması. Hıçkırarak sinir krizi geçirdi.

Telaşla içeri koşan Azize yerde kıvranan kız kardeşini görünce hem korktu hem kendine bile itiraf edemeyeceği tuhaf bir haz duydu.

Yere çöküp tuttu kolundan.

"Bir şey mi oldu, neden ağlıyorsun böyle?"

"Bırak beni!" diye çıkıştı Aleyna. "Bıktım artık bıktım."

"Neden bıktın, ne oldu ki?"

Aleyna yüzünü yırtar gibi silip kızgınlıkla baktı Azize'nin yüzüne.

"Neden mi bıktım? Yalandan bıktım Azize Hanım, illüzyondan bıktım anlıyor musun? Bütün işler sihirbazlık işi... Herkes David Copperfield anasını satayım. Herkes sihirbaz. Yalancı, oynak... Her şey hep kandırmaca... Pinpon topu gibi bir var bir yok anlıyor musun? Madeni para adamın ağzından giriyor mesela kıçından çıkıyor. Her şey hep bir aldatmaca... Biz de mal gibi bakıyoruz işte. Ben bu aldatmacadan çok bıktım artık. Bu kandırmacadan yoruldum, yıldım. Hayatındaki insanlar var mı yok mu belli değil, sahte mi gerçek mi anlaşılmıyor. Sen var sanıyorsun, o hop hokkabaz şapkasının içine girmiş bile. Sen elinde tuttun sanıyorsun ama o başkasının ellerine geçmiş çoktan... İğrenç değil mi? Yeterince boktan bence..."

Kolunu Azize'nin pençelerinden sertçe çekip kurtaran Aleyna bacağının acısına rağmen bir başına kalkıp yatağın ucuna oturdu. Artık ağlamıyordu ama sırılsıklamdı yüzü hâlâ. Saçları alnına yapışmış.

Kardeşinin bu yaralı hali etkilemişti Azize'yi. Sımsıkı sarılıp teselli etmek isterdi onu ama Aleyna bu... Kollarını boynundan söküp geri püskürtebilirdi onu... Gözünün yaşına bakmazdı...

"Hayırdır Azize Hanım?" derdi mesela. "Ablam olduğunuzu yeni mi hatırladınız, bu şefkat oyununa ihtiyacım yok benim. Başkasına illüzyon yapın siz..."

Tam Aleyna'ya göre bir çıkış... Der miydi, derdi.

Kardeşine sarılma arzusunu kalbine gömüp yanına oturdu sessizce.

"Haklısın" dedi Azize. Anlayışlı ve olgun bir tavırla... Sesinin gerisinde küstahça bir ima da seziliyordu ama rahatsız edici değildi. Azize'den beklenmeyecek bir özgüvendi bu. "Her şey bir illüzyon" diye devam etti. "Herkes bir aldatmacanın içinde... Hangisi gerçek hangisi değil anlaşılmıyor. Ama sen de bunun bir parçasısın Aleyna. Neyi dövüp yerdiğine dikkat et. Başkasında dövdüğün şey de sensin. Şikâyet ettiklerini kendin de sahneliyorsun. Sen de bir sihirbazsın. Tıpkı herkes gibi..."

"O ne demekmiş?" dedi Aleyna, biraz küçümser, biraz da onunla konuşmak istemediğini belirtircesine itici bir tutumla.

"Sen ne kadar gerçeksin ki başkalarının gerçekliğini sorguluyorsun? Sen de iyi bir illüzyonistsin. Sen de başkalarını aldatıyorsun. Sosyal medyan yalan, Ertan'la ilişkin yalan, şarkıcılığın yalan, Youtube'un yalan, arkadaşlıkların yalan, mutluluğun yalan, takipçilerin yalan. Sen de birilerinin hayatında bir varsın bir yoksun. Kimseye güven vermiyorsun, dostluğunu adamıyorsun, aşkın bile gerçek değil... Ertan sadece hayatını kolaylaştırıyor senin. Hayalindeki lüksü veriyor. Ertan'a ilgi duymak kolay... Ertan bu haliyle, bu yakışıklılığıyla sıradan bir insan olsaydı, ne bileyim bir öğrenci olsaydı mesela, âşık olur muydun ona? Katiyen olmazdın. Farkına bile varmazdın. Sen gerçek değilsin ki başkaları gerçek olsun."

"Annemle ilgilensene sen!" dedi Aleyna ablasını geri püskürterek. "Doktor yalnız bırakmayın demedi mi, intihar eğilimi oluşabilir dikkat edin demedi mi? Sırası mı şimdi başkalarından duyduğun felsefe derslerini bana satmanın. Git sen bunları sevgiline sat. Çetin ne kadar gerçek acaba tatlım? Sen ona kendini bu kadar yedirmesen, seni bir saat yanında tutar mı? Farkında mısın, bana anlattığın illüzyonun diğer tarafında duruyorsun sen de. Aynı oyunun içinde başka cephedesin sadece, uyanık! Sen de gerçek değilsin Azize. Sen de kendinden vererek satın almaya çalışıyorsun sevgiyi, ilgiyi, güveni... Sen ne kadar sevgilisin ki sevgi bekliyorsun? Bir şey verip karşılığında bir şey satın almaya çalışıyorsun. Bu da başka bir aldatmaca, bu da başka bir yalan işte..."

Azize'nin gözleri yaşla, yüreği de öfkeyle dolup patlamaya hazırlanıyordu ki "Öldürürüm kendimi!" diye çınlayan bir sesle sallandı evin duvarları. "Gidersen öldürürüm kendimi!"

"Anne!" dedi Azize. "Annem bağırıyor, bir şey oldu, bir şey oldu!"

İkisi de fırlayıp çıktılar odadan. Salonda vazolar patlıyordu mermer sehpaların üzerinde, kül tablaları havalarda uçuyor, sandalyeler devriliyordu.

Kocasının kollarına yapışmış yüzü sarı renkli irinler kusan bir kadın "Gidersen öldürürüm kendimi!" diye haykırıyordu.

Fikret karısını sakinleştirip kollarını arkasından kilitlemeye çalışırken Azize yapıştı annesine.

"Sakin ol anne" dedi. "Neden böyle yapıyorsun?"

Aleyna da diğer tarafa geçip sarıldı annesine. İki kız geri çekip kanepeye oturtmayı başarmışlardı Melike'yi.

"Sakin olman lazım ama senin anne" dedi Aleyna. "Böyle yüzünü gererek ağlarsan yaraların hiç iyileşmez, bak kıpkırmızı oldun."

"Boşanıyor benden" dedi kadın. "Babanız beni boşuyor."

"Zaten yıllardır aynı yatakta bile yatmıyordunuz. İki mektup arkadaşı gibi yaşayıp durdunuz bunca zaman. Neden evli kalacaksınız ki?" demek geliyordu Aleyna'nın içinden ama "Belki daha hayırlıdır" dedi. "Belki bu sana da ona da daha iyi gelir. Beklemek tutsak ediyor seni."

"Haklı" dedi Azize. İlk kez kız kardeşinin bir sözünü onaylıyordu. "Hem de çok haklı... Beklemek tutsak ediyor seni. Kurtul zincirlerinden. Kendini kesip biçmene de gerek kalmayacak o zaman. Kimseye benzemek zorunda kalmayacaksın. Kurtulacaksın hepsinden. Aynalarla barışacaksın. Kendini seveceksin. Kendi yaşını, kendi güzelliğini seveceksin. Mahvetti bu hayat seni. Bizi de mahvetti..."

"Haklısınız" dedi bunun üzerine Fikret. "Hepiniz çok haklısınız. Bu hayat hepimizi mahvetti. Herkes için başka tutsaklıklara, başka eziyetlere neden oldu. Sizler için elimden geleni yapmaya devam edeceğim ama benim için aile böyle bir şey değil... Kan bağı var diye birbirimize hayat boyu bir muhtaçlık ve bağlılık duygusu içinde kalma zorunluluğunu mantıklı bulmuyorum..."

Üç kadın da suspus olmuş, şaşkınlıkla bakıyorlardı Fikret'in yüzüne.

Ne demişti şimdi bu?

Kan bağı var diye birbirimize hayat boyu muhtaçlıkla bağlı kalma zorunluluğunu mantıklı bulmuyorum mu dedi? Tam olarak böyle söylemese de buna benzer bir şey demişti ama... Kan bağına inanmadığı anlaşılmıştı neyse ki...

"Nasıl yani?" dedi Azize.

"Hepinizi çok seviyorum, çok kıymetlisiniz benim için ama biz hiç ama hiçbir zaman aile olmadık" dedi Fikret. "Aile olmak başka bir şey benim için. İnsanların birbirine iyi gelmesi, desteklemesi ve yükseltmesidir aile olmak. Birbirlerine iyi davranmaları, hassas ve düşünceli olmalarıdır. Burada kimse kimseye iyi gelmiyor. Hiçbir zaman da gelmedi zaten. Ben annenizle de hiç aile olmadım. Benim başka bir ailem var. Başka anlayışta, kültürde, yapıda insanlar... Bana iyi geliyorlar. Ben de onlara iyi gelmek için elimden geleni yapıyorum. Kan bağı aile tarifimin içinde yok... Birini sadece kan bağım var diye zorla sevemem, üzgünüm. Öyle insanlar var ki kardeşinin yapmadığı iyiliği yapar sana, kardeşten ötedir o vakit. Bazı kardeşler de var ki hiçbir caninin yapmayacağı kötülüğü yapar sana. Ne anlamı kalır kan bağının? O yüzden biten tek şey bu benim için... Bir yalan, bir aldatmacaya son veriyorum aslında. Ama hayat boyu dostunuzum, arkadaşınızım... Hiçbir babadan göremeyeceğiniz anlayışı ve desteği bulabilirsiniz bende... Ama beni burada zorla baba olarak tutmaya kalkarsanız hiçbir babanın veremeyeceği kadar derin yaralar açabilirim sizde istemeyerek. Beni anlamaya çalışın olur mu? Ben bu kandırmacanın içinde on altı yıl daha sürüklenmek istemiyorum..."

"Hiç öyle zorla tutmadık ki seni" dedi Azize. "Şimdi niye tutalım? Zaten yoktun, yine uzaklarda tatlı bir dost olabilirsin bizim için sakınca yok. Bence anneme daha iyi gelecek bu. Şimdi üzülüyor belki ama yarın öbür gün geçer..."

Kızlarının kolları arasından sıyrılarak kocasının üzerine yürümeye kalkmıştı yine Melike. "Öldürürüm kendimi gidersen. Bin pişman olursun. Hayat boyu bu vicdan azabıyla yaşarsın..."

"Saçmalama anne" dedi Aleyna. "Vicdan öyle bir şey değil, yanlış anlamışsın sen onu... İstemeden kötü bir sonuca yol açtığında vicdan azabı duyulur. Her şeyin apaçık ve dürüstçe ortaya serildiği bir durumda kendini öldürürsen enayi olursun sadece... Kimse de vicdan azabı çekmez. Aptallığına üzülür arkandan..."

"Bugün otele yerleşiyorum ben" dedi Fikret. "Haftaya dönüyorum Rusya'ya... İşler yoluna girmedi ama orada şimdilik orta halli yeni bir hayat kurabileceğim. Her şey düzeldiğinde size yine destek olacağım. İstediğiniz zaman uğrayın otele. Ayrılırken haber vereceğim, vedalaşırız..."

"Öldürürüm bak kendimi, öldürürüm!" diye bağırıyordu hâlâ Melike kocasının arkasından. Fikret kapıyı çekip çıktığı halde bile dövünüp yerlerde yuvarlanmaya devam etti.

Annesinin bu zavallı, kişiliksiz, iradesiz hali sanki midesini bulandırmıştı Azize'nin. Çok sevdiği annesiyle ilgili hayatında ilk kez bu kadar güçlü bir tiksinti duyduğunu hissetti. Güzel bir kadındı, bir başına ayakta kalır, çalışır, çocuklarına bakar, yeni bir hayat kurar, âşık olur, mutlulukla, özgürce devam edebilirdi hayatına. Oysa hastalıklı bir insana dönüşmüştü. Yüzü sahiden de bulantı yaratıyordu görende. Abuk sabuk yerlerde kocaman şişlikler, bazı şişliklerin içinden akan sarı sular, kızarıklıklar, kan toplamış gözler, kılcal damarları saydamlaşmış bir deri, suda beklemişçesine buruşmuş iki yanak... Ne içindi bütün bunlar? Kocasının beğendiği Rus kadınlara benzemek için mi? Daha çok sevilmek, âşık olduğu adamı geri kazanmak için mi?

Utanç verici!

Annesinin yaptıklarını fazlasıyla onur kırıcı buldu Azize. Babasının böylesine âciz, düşkün, zayıf ve kişiliksiz bir kadına âşık olmasını beklemek haksızlık olurdu sahiden. Onun da aynı tiksintiyle evden kaçıp gittiğini düşündü. Kim böyle bir kadınla hayat sürdürmek isterdi ki? Güzelliğin hiçbir önemi yoktu burada. Bütün mesele karakterde, özgüvende, özsaygıda, öz bütünlükteydi... Dünyanın en güzel kadını bile olsa başkasının peşinden "Gidersen kendimi öldürürüm" diye ağlayacak âcizliğe düştüyse ve kendine inancını yitirdiyse kimseyi ama hiç kimseyi hayatında kalmaya ikna edemezdi. Annesinin de aslında bir illüzyon içinde olduğunu düşündü o an. O da başka bir sahnenin kandırmacasını canlandırıyordu. Gerçek aşkın, kusursuz güzellikle ilgili olduğuna inandığı için, kocasını güzel bir kadın olmadığı için kaybettiğini düşünüyordu. Oysa kendi özsaygısını, öz bütünlüğünü gözden çıkarıp aşağıladığı için etrafındaki insanları da kaybettiğinin farkında değildi. Azize bile bundan sonra annesiyle bir arada olmak istemeyebileceğini geçirdi içinden o an. Bu kadın iyi gelmeyecekti ona. Aile olmak için babasının dediği gibi birinin diğerine iyi gelmesi gerekiyorsa, bu ev muhtemelen kimse için doğru adres değildi.

Çetin'in gözünden kendine baktığında, aşağılık bir his peyda oldu içinde. Tıpkı annesi gibi âciz ve kişiliksiz değil miydi sanki kendi de? Çetin de tiksiniyordu belki kendini ölesiye feda eden âciz bir kadınla aynı yatakta uyumaktan...

Başı dönmüştü Azize'nin. İyi hissetmediğini söyledi kanepenin bir köşesine otururken. Dövünüp duran annesine "Sen de bir sakin olsana artık" dedi. "Bak bir şey soracağım sana, dürüst cevap ver ama tamam mı?"

Aleyna da durup kaldı öylece. Bembeyaz olmuştu ablasının yüzü. Dikkatle ve merakla bekledi ne diyeceğini.

"Sen olsan, sana âşık olur muydun?"

Hepsi suspus olmuştu bir anda. Merakla baktılar Azize'nin yüzüne. Ciddiydi soruyu sorarken evet.

Cevap bekliyordu annesinden.

"Sen olsan, sana âşık olur muydun?"

Melike cevabını bulmuştu sanki sorunun ama susuyordu. Uzayıp giden derin bir sessizliğin ardından, tek söz bile etmeden dağılıp gitti herkes. Melike yüzüne süreceği ilaçlarla yatak odasına, Azize mutfağa, Aleyna odasına...

Ertan geri dönmemişti cevapsız çağrılara... Bir daha aramaya lüzum yoktu artık. Telefonun açılmayacağı belliydi.

Akşama doğru işletmeci Kerem Bey'in aradığını görünce heyecanlandı Aleyna. Karşı cephede bir hareketin belirmiş olması hoşuna gitti.

DURUM DEĞERLENDİRMESİ

Beklentiler, büyük hayal kırıklıklarının, hüsranın ve mutsuzluğun tohumlarıdırlar. Beklentiler ne kadar artarsa hayal kırıklıklarının da, hüsranın da, mutsuzluğun da şiddeti o denli artar.

Başkalarından hiçbir beklentiniz yokmuş gibi görünseniz de hayal kırıklıklarınız, hüsranınız ve mutsuzluğunuz varsa sadece kendinize yalan söylemişsinizdir aslında. Beklentisiz görünüp beklentilere kapılmışsınızdır.

Dışarıdan gelecek dinamiklere bağlı kalmak ya da bu dış dinamiklere odaklı yaşamak içsel olarak büyük çözümsüzlüklere yol açar.

Dışarıdan onay ve kabul beklemek, sevilmeyi ummak, takdir edilmeyi istemek başlı başına bir öz değer yıkımı olsa da bunların üzerine "Şöyle davranırsa iyi hissederim, böyle yaparsa daha mutlu olurum, gitmezse değerli hissederim, şöyle söylerse keyfim yerine gelir, böyle hareket ederse neşelenirim" gibi başkalarının kişisel alanından birtakım beklentilere girmek hayatı çok daha zorlaştırır. Bu da bir nevi kontrolcülükle ilgilidir aslında. Kimsenin tepkilerini, düşüncelerini, sözlerini, seçimlerini kontrol edemeyiz. Bunlarla ilgili beklentilere girmemiz de yersizdir. Çünkü her biri kişinin kendiyle ilgilidir.

Kişi kendiyle ilgili cevaplarını aradığı soruları başkalarına sormamalıdır.

Bu başkalarına karşı da haksızlıktır ve yersizdir.

Azize'nin sorusu bu açıdan çok çözümcü, iyileştirici ve işlevsel bir soru:

Sen olsan sana âşık olur muydun?

Bu sorunun cevabını aşk beklentisine girdiği kişiden aramak yerine rotayı kendine çevirmesi, büyük resmi daha net görmesine yardımcı olacaktır.

Dolayısıyla çok etkili ve güçlü bir bakış açısıyla karşı karşıya olduğumuzu söyleyebiliriz hikâyenin bu bölümünde.

Başkalarına yönelttiğiniz bütün soruları bu kez kendinize yöneltin ki eğer cevaplar konusunda samimiyseniz, boş yere vakit kaybetmemiş olursunuz.

Sen olsan sana âşık olur muydun?

Sen olsan sana güvenir miydin?

Sen olsan seninle bir yola çıkar mıydın?

Sen olsan seninle arkadaş olur muydun?

Sen olsan seninle iş yapar mıydın?

Sen olsan seninle dost olur muydun?

İşte size hayatınızın akışının baştan aşağı değiştirebilecek devrim niteliğinde sorular...

-IX-

"Otele henüz intikal etmemişsiniz Aleyna Hanım" dedi Kerem Bey. "Programın başlamasına bir saat var. Hazır mı geleceksiniz yoksa?"

"Hayır" dedi Aleyna. "Dışarıda hazırlanıp gelmeyeceğim."

"Burada hazırlanırsanız yetişemezsiniz ama. Saç, makyaj, kostüm... Hiç vaktiniz kalmadı aslında..."

"Kimse almaya gelmedi bugün beni... Ben de program iptal diye düşündüm."

"Orkestranız geldi ama... Sound check alıyorlar."

"Onlar çalsın o zaman bu gece... Yemek müziği yaparlar. Ben gelemiyorum. Araç almadı beni."

Kerem Bey'in giderek gerildiğini fark etmiş ve bundan da gizli bir keyif almıştı Aleyna.

"Bakın..." dedi adam nazik ama tehditkâr bir sesle. "Bir saat sonra sahnede olmanız gerekiyor Aleyna Hanım. İstediğiniz yerde hazırlanın fark etmez. Neyle gelip gittiğiniz de önemli değil. Önemli olan program... Yasal olarak işletmeye verdiğiniz taahhütler var. Bu işler kimsenin keyfine göre olmuyor. Her şeyin bir disiplini ve yaptırımı var. İyi akşamlar..."

Tamam adamın gerginliği Aleyna'ya iyi gelmişti belki ama tehditleri de yabana atılacak şeyler değildi. Bu kadar trip yeterdi tabii... Günün sonunda en büyük zararı kendine verecekmiş gibi görünüyordu. Bir taksi çağırıp kostümlerini, ayakkabısını ve eşyalarını alıp çıktı hemen.

Otele vardığında yarım saati kalmıştı hazırlanmak için... Kuaförün ve makyözün hemen odaya gelmesini söyledi resepsiyona ama bugünlük böyle bir hizmet verilemiyordu o odaya.

"Nasıl yani? Sahneye çıkacağım ben, saçım makyajım olmadan mı?"

"Sizin oda için kuaför ve makyöz randevusu oluşturulmamış bugün, üzgünüm" dedi resepsiyonist.

Kot pantolonu, beyaz tişörtü ve spor ayakkabılarıyla odadan fırlayan Aleyna soluğu Kerem Bey'in yanında aldı. Tepesi atmıştı iyice.

"Ertan Bey nerede?" diye sordu. "Onunla görüşmem lazım hemen."

Aleyna'nın olay çıkarmaya hazır, ucuz ve saldırgan bir tavır içinde olduğunu, şu saatten sonra geri adım atmayacağını anlamıştı hemen. Başka önlemler almak ve duruma başka türlü müdahale etmek zorunda kalabileceğinin farkındaydı. Bu duygusal krizi doğru yönetmesi gerekecekti. Aksi halde işletme olarak rezil olmaları an meselesiydi.

"Ertan Bey burada değil" dedi adam kibarlığı elden bırakmadan.

"Neredeyse bulup buraya getirin lütfen."

"Otel dışında olabilir."

"Nerede olduğu önemli değil. Her neredeyse atlayıp gelsin."

"Ertan Bey'e böyle bir şey söyleyemem ben, yetkim yok" dedi Kerem Bey konuyu profesyonelce idare etme arzusuyla.

"Ertan Bey buraya gelmezse ve benim çalışma koşullarım her zamanki düzenine getirilmezse sahneye çıkmıyorum."

"Yasal olarak bunu yapmaya..."

"Başlarım şimdi yasal haklarınıza Kerem Bey. Mekâna intikal ettim, otele giriş yaptım, bunlar hep kanıt ama değil mi? Sahneden önce kendimi çok rahatsız hissettim, bilinmeyen bir sebeple odamda bayıldım ve sahneye çıkamadım işte... Yasalarınız tam da burada taze taze bitti. İşinin başında hastalanmış bir soliste hiçbir yasa hesap sormaz. İlle rapor mu istiyorsunuz, midem bulanıyor başım dönüyor diye arayabilirim ambulansı. Sabaha kadar test yaparlar sebebini bulmak için..."

Evet... Kız raydan çıkmıştı artık, belliydi bundan sonra neler olabileceği. Sabır taşı çatlamış, ok yaydan fırlamıştı bir kere... Aleyna'yı durdurup yerine oturtabilene aşkolsun bundan sonra. Bir hafta boyunca belirsizlikler içinde çektiği ıstırap yetmemiş üstüne şimdi saygısızlıkla ve tehditlerle mi geliyorlardı yani? O kadar da değil...

Adam çaresizce kızın dediğini yaptı ve aradı Ertan'ı. Yanından biraz uzaklaşarak ve eliyle ağzını kapatarak gözlerini kaçıra kaçıra konuştu. Geri döndüğünde konu kapanmış gibiydi.

"Aleyna Hanım siz odanıza gidin, Ertan Bey geliyor."

İşte bu!

Tam da istediği şey...

"Hah şöyle yola gelin bakalım" dercesine üstten bir bakış atarak odasına dönüp beklemeye başladı. Ertan gelene kadar yüzüne bir fondöten, göz altlarına hafif bir kapatıcı sürdü ve kirpiklerine maskara çekti. Günler sonra solgun ve bakımsız görünmek istemezdi.

Birkaç dakika sonra kapı çaldığında yüreği ağzına geldi Aleyna'nın. Heyecandan eli ayağına dolaştı. Ne yapacağını bilemedi.

Hem çok heyecanlıydı Ertan'ı göreceği için hem de çok kızgındı ona yaptıklarından dolayı. Sert ve mesafeli mi olmalıydı yoksa ılımlı ve yaralı bir kadın mı olmalıydı karşısında? Kapıyı açana kadar karar vermeliydi buna ama yapamadı.

Karşısında Ertan'ı görünce dizlerinin bağı çözüldü. Nasıl da şık ve havalıydı yine. Sanki sahneye çıkacak olan oydu. O büyülü, baştan çıkarıcı kokusu bütün odayı sarmıştı. Tıraşlı pürüzsüz yüzü ışıl ışıldı. Gözleri canlı, çakmak çakmak... Saçları özenle taranmış sola düşürülerek... Özel tasarım bileklikleri çok şık. Düşük belli marka kotu tam oturmuş bedenine. Taş renkli slimfit gömleği nefisti... Nefesinin kesildiğini hissetti Aleyna bir an.

Hesap sormaya, kavga etmeye başlasa anlamsızdı çünkü karşısındaki adam gayet pozitif ve coşku dolu... Hiç kavga edecek gibi bir hali yok. Hatta bunca zaman sonra sevgilisini gördüğüne memnunmuş gibi de tatlı bakıyordu.

"Nasılsın?" diye sordu. "Her şey yolunda mı?"

Dalga mı geçiyordu bu adam, ne demek nasılsın?

"Ertan?" dedi Aleyna. Şaşkınlıkla gülümsedi. "Ne demek nasılsın? Sence iyi miyim?"

"İyi görünüyorsun" dedi Ertan. Sarılıp öptü saçlarından. "Seni çok özledim Aleyna."

Ah nasıl da iyi gelmişti Ertan'ın kolları arasında olmak. Yeniden o huzurlu, güvenli ve konforlu mabede sığınmak. Bu koku, bu sıcaklık, bu yakınlık, bu temas... Bu anın sürüp gitmesi için neler vermezdi Aleyna. Hemen teslim olabilirdi. Dünyanın bütün günahlarını üstlenip temizleyebilirdi Ertan'ı. Onun hiçbir suçu, günahı olamazdı hiçbir işte... Ortada bir sıkıntı, bir terslik ya da problem varsa başkalarının aptallığı yüzünden olmuştur kesin.

Ertan'ın hata yapması mümkün değil. Onun bulunduğu yerde sıkıntı olamazdı katiyen. Şimdi de her şeyi çözecekti. Hayat hemen kolaylaşacaktı. Dünya bir anda cennete dönecekti.

"Beni çok mu özledin sahiden?" diye içtenlikle sordu Aleyna. Küçük bir kız çocuğu kadar savunmasız ve masum... "Niye aramadın o halde? Geçen hafta aradım, döneceğini söyledin. Başka sorunlar var şu an dedin ama dönmedin. Bugün de kaç kez aradım..."

Aleyna'nın ellerini avuçlarının içine alarak yatağın ucuna oturttu ve tekerlekli siyah sandalyeyi de karşısına çekti Ertan. Üstten bakarak uzun uzun izledi onu... Karşısında ondan merhamet dilenen küçük bir çocuk vardı sanki. Aşağılamadan ama kesinlikle ezip küçülterek, oturuş pozisyonuyla bile güçlü bir üstünlük kuruyordu Aleyna'nın karşısında. Yüzüne yapışıp kalmış o küstah ama tatlı gülümsemesi bile kafasını da duygularını da karıştırıyordu genç kızın. Sevdiği adamın karşısında kim olarak ve ne şekilde durması gerektiğine hâlâ karar vermemişti aslında.

"Beni aramanı bekledim" dedi sadece. "Neden aramadın?"

"Çünkü sen aramamaya karar verdin. Aramamaya karar vermiş tatlı şımarık sevgilimin kararını değiştirip beni yeniden aramaya karar vermesini bekledim. Yani her şeyi sen yaptın, her şeye sen karar verdin, şimdi bana mı hesap soruyorsun? Hadi ama Aleyna, senin gibi akıllı bir kıza yakışıyor mu böyle saçmalıklar? Senin gibi karizmatik bir kadın böyle ergen triplerine girer mi? Neden karizmanı çizdiriyorsun böyle ezikmişsin gibi davranarak?"

Yerin dibine girmiş gibi hissediyordu kendini Aleyna. Sahiden de karizmasını çizdirmişti aslında, küçük düşürmüştü kendini, ne dese haklıydı Ertan. "Aptal kafam!" diye geçirdi içinden. "Neden daha karizmatik bir kadın gibi hareket etmedim sanki? Daha soğukkanlı ve sakin olabilirdim. Hayranlık uyandırabilirdim. Daha özgüvenli davranabilirdim. Kıskançlık triplerine girmeseydim keşke. Sevgilimin yaptığı açıklamalara güvenip hayatımıza kaldığımız yerden devam edebilirdim. Şimdiye kadar klip galasının davetiyeleri dağıtılırdı, ilerlemeye devam ederdim. Hiçbir şey umurumda değil, hiç kimse bu adamı benden alamaz algısı yaratabilirdim etrafta. Salağım ben salak... Gerçek bir salak..."

"Ama o kadınla haberini görünce... Sen de..."

Ertan'ın karşısında can çekişiyor, boğulmamak için şuursuzca kulaç atıyor gibi görünüyordu Aleyna.

"O kadın meselesiyle ilgili sana gerekli bütün açıklamayı yaptım konu kapandı. Kendimi savunmayacağım, meseleyi uzatmayacağım dedim çünkü ortada kendimi savunmak zorunda kaldığım bir hata yok. Neden sürekli ifade vereyim? Ben öyle bir adam değilim Aleyna... Ben ne diyorsam o doğrudur. Yalan benim tenezzül ettiğim bir şey değil... Yorulurum çünkü... Yorucudur yalan, arkasını hep takip etmen gerekir. Ben kendine güvenen bir adamım... Şeffafım... Her şeyim açık, dürüst ve nettir. Bende trip olmaz. Tavır olmaz. Bende kararlar vardır sadece... Seninle ilgili kararım da sana zaman tanımak oldu sadece... İstediğin şeyi düşünebilirsin, istediğine inanabilirsin, inandığın şeye göre de istediğin kararı verebilirsin değil mi? Sen özgür ve akıllı bir kadınsın. Ben kiminle sevgili oldum söylesene? Özgür ve akıllı bir kadınla mı; özgüvensiz, kıskanç, hep triplerde bir kadınla mı?"

Ertan konuştukça kendinden nefret ediyordu Aleyna. Bu adamı sahiden çok akıllı, karakterli, kişilik sahibi ve güçlü bulduğuna karar verdi. "Keşke ben de biraz böyle olabilseydim" diye düşündü.

"Kıskanç değilim ben" dedi.

"Bana güvenmiyorsun o halde."

"Hayır öyle değil... Sana güvenmemek değil ama bana söylemedin o kadınla karşılaştığını, o gece neler olduğunu anlatmadın, konuşmadık hiç..."

"Yirmi dört saat başıma ne geldiğini anlatmam mı gerekiyor sana? Bu özgüvensizliktir işte... Özgüvensiz biri karşısındaki insana da güvenmez. Güvenmediğin biriyle işin ne Aleyna? Hiç durma öyle bir yerde, hiç vakit kaybetme."

Rest mi çekiyordu şimdi? Ayrılık kararı çıkabilir miydi bu konuşmadan? Aslında çıkabilirdi. Çok tehlikeli sularda yüzüyorlardı şu an. Aleyna bir an önce ilişkisini daha güvenli bir alana çekip kaldıkları yerden devam etmek istiyordu hayatına. Gerisi hiç ama hiç umurunda değildi. Yeter ki barışsınlar artık, eskisi gibi olsunlar.

"Ben düşündüm de sen haklısın aşkım" dedi Aleyna. "Sen sıradan biri değilsin. Kaliteli, kültürlü, terbiyeli bir adamsın. Tabii ki benim düşündüğüm gibi ucuz kaçamaklara tenezzül etmezsin. Hayatında bir kadın varken başkalarıyla kendini aşağılamazsın. Ben seni kaybetmekten korkmuş olabilirim. Sanırım bu yüzden biraz bocaladım, özür dilerim..."

Ertan'ın yüzünde zafer kazanmış bir komutanın gururlu tebessümü ve memnuniyeti belirdi, Aleyna'nın bundan sonra sevdiği adamla ilgili her koşulu sorgusuzca kabulleneceğini ilan ettiği bu konuşmasının ardından.

"Benim kadınım ucuz mahalle kadınları gibi davranamaz Aleyna" diye devam etti Ertan. "Bir işletmenin müdürünü olay çıkarmakla tehdit edemez, benim kadınım olay çıkarmayı aklına bile getiremez. Böylesi bir bayağılık, böylesi bir vasatlık hayalinde bile canlanmaz, mayasında yoktur. Benim kadınım işleri bozmakla da tehdit edemez kimseyi. Benim kadınım profesyoneldir. İşle aşkı birbirine karıştırmayacak kadar kaliteli bir kadındır. Sevgilisiyle yaşadığı meseleye işini alet etmeyecek kadar niteliklidir, şıktır. Madem öyle işte böyle kafası, benim kadınımın kafası değildir."

İşaretparmağıyla Aleyna'nın kafasına dokunmuştu hafifçe. "Benim kadınımın kafası cool'dur anladın mı?"

"Madem işle aşkı karıştırmıyoruz sen niye şoförümü aldın, makyözümü kuaförümü kestin?" diye sormak istedi ama cesaret edemedi Aleyna. "Muhtemelen Ertan'ın buna da vereceği ikna edici ve haklı bir cevabı vardır." Onunla tartışmaya girmenin anlamı yoktu. O haklı çıkmak konusunda gerçek bir dehaydı.

"Artık kadının değil miyim yani?" diye sordu sadece...

"Sence?" dedi Ertan. "Kadınım mısın, değil misin sen söyle. Ben kadınımı tarif ettim sana..."

Özgüvenli ve mağrur bir kadın gibi görünmeye çalışarak başını kaldırdı ve küllerinden doğmaya çalışarak atağa geçti Aleyna. "Tabii ki kadının benim" dedi. "Ancak şimdi sahnem var benim ve hazırlanmam lazım, bunu sahneden sonra konuşalım olmaz mı?" dedi.

Ertan'ın hoşuna gitmişti bu karşılık... Keyiflenerek güldü. Arzular gibi tatlı bir makas aldı Aleyna'nın yanağından.

"Hemen hazırlan o halde" dedi. "Çıkıyorum ben..."

"Saçlarım..." diye başladığı cümleyi hemen bıraktı Aleyna. Kısıtlanan hizmetleri hatırlattığı an bozulurdu bu güzel yakınlaşma. "Hemen hazırlanıyorum" dedi. "Beş dakika sonra sahnedeyim."

"O zaman sana iyi sahneler" dedi Ertan sevgilisini çenesinden kaldırıp tutkulu bir öpücük kondurarak. "İzleyeceğim seni..."

Tam kapıdan çıkarken dönüp "Ha!" dedi bir şey unutmuşçasına. Elini başına koydu. "İyi ama şoför geldi mi sana akşam?"

"Hayır" dedi Aleyna. "Taksiyle geldim."

"Sen söylemeyince ben onları tamamen unuttum biliyorsun. Bugünün cuma olduğunun bile farkında değilim ben. Niye söylemedin? Ama sen tripteydin tabii değil mi?"

"Olur mu canım aradım bu sabah, sen dönmedin."

"Gördüm, gördüm çağrını... Toplantıdan sonra arayacağım dedim ama unuttum. Yazsaydın keşke, ya da arasaydın yine... Bana hatırlatman lazım biliyorsun, kafam bir sürü şeyle meşgul. Kocaman bir otelle uğraşıyorum ben."

"Haklısın" dedi Aleyna. İçinde kopan fırtınaları dindirmişti çoktan. Uzatmanın, sitem etmenin hiç ama hiç anlamı yoktu. "Sen nasıl unutursun beni aramayı, sen nasıl unutursun benim programımı?" diye yakınmak hiçbir şey kazandırmaz bilakis kaybettirirdi. Taksiye binip gelmişti işte, sorun yoktu. Saçını makyajını da kendi hallederdi olur biterdi, ne var yani? Bir dahakine arayıp hatırlatırdı, her şey yoluna girerdi. Hazır kavuşmuşken, her şey yolundayken yeniden uçuruma yuvarlanmanın anlamı var mıydı?

Yoktu...

Apar topar sahneye çıkan Aleyna, bir haftanın sonunda sevdiği adamın yanında mışıl mışıl uyurken hissettiği sonsuz rahatlığı, huzuru ve güveni kaybetmemek için elinden geleni yapacaktı. Bundan sonra katiyen tribe girmeyecekti, kıskançlık krizlerine kapılmayacaktı ve ilişkisine sahip çıkacaktı.

"Çok şükür" dedi Ertan'ın göğsüne başını yaslayarak. "Çok şükür sevgilim yanımda ve söylediği her şeyde haklı... Çünkü o akıllı ve kaliteli bir adam..."

Hayatının en güzel günlerini yaşamaya başlamıştı işte yeniden. Günlerdir her şey eskisinden bile güzeldi. Ertan hayatındaydı. Her şey yolundaydı. Müzikle ilgili projeler yine masadaydı. Toplantılar yapılıyordu, fikirler geliştiriliyordu. Kliple ilgili düşünülen gala organizasyonuna da tam gaz çalışılıyordu. Gecikmelerin sebebi olarak başka büyük organizasyonlar gösterilmişti. Sahada onlar varken kliple ilgili gürültü koparmak zor olabileceği için tarihleri ertelediklerini izah etti organizatörler. Aleyna da bütün stratejileri yerinde bulmuştu. Kostümü de yetişmezdi zaten daha erken olsaydı. İki hafta sonraya kalmasının hiçbir sakıncası yoktu. Yeter ki amaçlanan hedefe başarıyla ulaşılabilsin. Ertan kesenin ağzını açmıştı iyice. Ne yapılması gerekiyorsa yapılacaktı, Aleyna'nın galası çok iyi geçecekti, bütün ünlüler galaya katılacaktı, şarkıcılar, oyuncular, fenomenler o gece hep birlikte aynı saatte Aleyna'nın şarkısını paylaşacaklardı ve Youtube'da kliplerinin birkaç saat içinde en az iki milyon izleyiciye ulaşmasını ve trendlerde bir numara olmasını sağlayacaklardı. Ertesi gün herkesin Aleyna'dan söz ediyor olması lazımdı. Bunun bedeli neyse her şeyi yapmaya ve ödemeye hazırdı Ertan. Onun bu ilgisi ve hırsı Aleyna'nın çok hoşuna da gitse açıklayamadığı bir şekilde kendini huzursuz ve mutsuz hissediyordu.

Neydi bu tarifsiz huzursuzluğunun sebebi?

Hayatında onun için her şeyi yapmaya hazır bir adam vardı, her şey kusursuz denecek kadar güzeldi, neden bu kadar kaygılı ve gergin hissediyordu kendini, neden huzursuz, neden sanki bir şeyler hep eksik gibiydi? Anlamıyordu. Bilmiyordu.

Bu soruların cevabı yoktu şimdilik...

DURUM DEĞERLENDİRMESİ

Hep Haklı, Daima Haklı

Narsisler her zaman haklıdır, daima haklıdır. Onlar her zaman doğrusunu bilir, doğrusunu söyler, doğrusunu yapar. Bir narsisle tartışmaya girmek her babayiğidin harcı değildir.

Narsis çocukça ve şımarıkça savunmalara girip inatlaşmaz, zekâsıyla maniple eder ve haklı çıkmanın bir yolunu mutlaka bulur.

Narsise sitem etmek de öyle kolay değildir. Ondan özür dilemesini beklerken birden kendinizi ondan özür dilerken bulabilirsiniz.

Narsis karşısındakini haksız çıkarmak konusunda sahiden de dehadır. Zekâsıyla olayların örgüsünü baştan sona yeniden inşa eder, bambaşka şekilde yeniden örüntüler. Bakış açısıyla, değerlendirme biçimiyle olan bitene yeni ve farklı bir akış kazandırır.

Narsisin karşısında haklıyken haksız duruma düşmek an meselesidir.

Narsis bu becerisi sayesinde karşısındakini kontrolü altında tutar, bunu yapabildiğini gördükçe tatmin bulur.

Aleyna, Ertan'ın nasılsa haklı çıkmanın bir yolunu bulacağını düşündüğü için sormak istediği soruları bile dile getirmemeyi tercih ederek, konunun uzamasına engel olmak istiyor. Nasılsa Ertan, haksız bile olsa haklı çıkmayı başaracağı için onunla tartışmaya girmenin ya da onu sorgulamaya kalkmanın hiç ama hiçbir anlamı yok.

Hal böyle olunca narsisin hâkimiyet alanı genişlemeye, kontrol gücü artmaya başlar. Aleyna, maniple edilmemek için Ertan'ın mantıklı ya da mantıksız görünen bütün açıklamalarını hiç sorgulamadan kabul ederek ona güçlü bir hâkimiyet alanı yaratırken kendi kişilik alanını ise iyice daraltıyor. Aralarındaki ilişki, efendi-köle ilişkisine dönüşüyor. Oysa bir cellatla kurbanı arasında aşk filizlenmez. Çünkü biri zaten ölüme mahkûmdur.

-X-

Kostüm provasından sonra Orçun'un evine, barbekü partisine götürdü Ertan o gün sevgilisini...

Küçük meyve ağaçlarıyla dolu yemyeşil bahçede hoş bir kalabalık toplanmıştı. Burada olmaktan memnundu Aleyna. Sevgilisiyle toplum içinde görünmek, başka bir üstünlük hissettiriyordu ona. Netflix'te yayınlanan bir Türk dizisinde severek izlediği kadın oyuncuyla da tanışmış, ayaküstü sohbet etmişlerdi biraz. Aleyna'nın iki lafından biri gala gecesi ve Ertan'dı. Varsa yoksa Ertan'la yaşadığı mükemmel ilişki, her şeyin yolunda olduğu Ertan'ın ona tutkusu, düşkünlüğü, aşkı, kariyeri için harcadığı paralar, sonsuz desteği ve müzik... Bu konuşmalarıyla karşısındaki kişi için kısa sürede sıkıcı bir hal almaya başladığının farkında bile değildi. Birkaç dakika sonra uzaklaşmaya başlıyordu insanlar yanından. Aynı şeylerin tekrarlanıp durması çok da eğlenceli ve nitelikli gelmiyordu iş ve sanat camiasından bu insanlara... İçten içe "görgüsüz" buluyorlardı sanki Aleyna'yı. Ertan'ın ne işi olurdu böyle bir kızla? Annesine inat yapıyor olmalıydı. Ayhan Hanım'ı delirtmek için oynadığı oyunlardan biriydi bu da kesin. Kendince despot annesini cezalandırıyor olabilirdi.

Ertan'ın etrafı insanlarla dolup taşarken, kendisi tek başına bir ağacın altına oturmuş sucuk ekmek yiyordu hava karardığında. Canı sıkılmaya başlamıştı ama en azından barbekü partisinde tanıştığı herkesi davet etmişti galaya ki bu iyi bir şey sayılırdı sonuçta.

Hepsi gelse ne güzel olurdu. Çoğunun takipçi sayısı kendininkinden çok yüksekti. Onlar da aynı gün, aynı saatte, aynı anda klibi paylaşırlarsa bir dalga daha yükselebilirdi hedefledikleri izlenme sonucu...

Yalnız da kalsa burada olmaktan memnundu Aleyna. Sevdiği adamla birlikteydi işte, daha ne olsun?

Birkaç dakika sonra elinde iki kola ve sucuk ekmekle genç bir adam geldi ve hemen karşısındaki ağacın dibine oturdu. Kibarca tebessüm ederek selamladı Aleyna'yı. Küçük kola şişelerini yere koyup sırtını yasladı ağaca. İştahla ısırdı ekmeğini. Nasıl da zevk alıyordu çiğnediği her lokmadan. Bazen gözlerini kapıyor, havayı kokluyor, bazen ağaçları izliyor, insanlara bakıyor, derin nefesler çekip yeni bir ısırık alıyordu ekmeğinden. Kalabalığın içinde bir başına ayin yapıyor gibi görünmesini çok komik bulmuştu Aleyna. Ayıp olmayacağını bilse sesli gülerdi ama içinden kıkırdayıp durdu.

Genç kızın bakışlarını sıklıkla üzerinde hisseden adam "Birini verebilirim" dedi henüz içmediği ikinci şişeyi işaret ederek. "Siz içecek almamışsınız, zor olur öyle kuru ekmek..."

Beklemediği bu teklif karşısında önce şaşırdı Aleyna, ne diyeceğini bilemedi. Ama laf uzasın da istemiyordu tabii... Kola içmek iyi bir fikir olsa da şişeyi kabul ettiği an sohbet başlayabilir, uzadıkça da uzardı.

"Teşekkür ederim" dedi. "İstemem, alırım ben..."

"Siz bilirsiniz."

Israrcı olmaması ne güzel olmuştu. Konuşmaya da can atmıyordu açıkçası. "İyi bari" diye geçirdi içinden. Bir gözü cıvıl cıvıl kalabalığın gözdesi haline gelmiş Ertan'daydı hep. Nasıl da etkiliyor, büyülüyordu etrafındaki herkesi. Tam bir cazibe merkeziydi o. Ne kadar şanslı olduğunu geçiriyordu içinden Aleyna. Bu eşsiz adam, onun sevgilisiydi. Ertan'la birlikte olmak için can atan kaç kişi vardı kim bilir... Şu barbekü partisinde kendilerini ona fark ettirmek için ne yapacağını şaşıran kadınları izlerken gururlanıyordu. En iyisi onu daha fazla yalnız bırakmamaktı. Ekmeğini bir an evvel bitirip sevgilisinin kolunun altına girse iyi ederdi. Yeme hızını artırınca tıkanmıştı birden. Boğazına takılan lokma fena zorluyordu. Ciğerleri patlayacakmış gibi öksürmeye başladı birden. Karşısındaki genç adam atıldı hemen. Önce sırtına vurdu, rahat nefes almaya başladığını görünce bir yudum da kola içirdi. Neyse ki her şey yolundaydı şimdi. Toparlamıştı Aleyna...

"İçecek olmadan kuru ekmek yemek zordur demiştim ama ben size" dedi genç adam.

"Haklısınız" dedi Aleyna gülümseyerek. "Az kalsın boğuluyordum. Teşekkür ederim."

"Ooo! Sesiniz fena olmuş. Ses tellerinize zarar vermiş olabilirsiniz. Fazla zorlamayın. Birkaç saat hiç konuşmayın bence."

"Doktor musunuz?"

"Hayır, müzisyenim. Ben de ses tellerimle ilgili geçmişte çok sorun yaşadım. Boğazımda tümör vardı. Birkaç sene önce ameliyat oldum. Sesimi tamamen kaybedebileceğimi söylemişti doktorlar. Bir daha şarkı söyleyemeyeceğimi, hatta belki konuşma sesimin bile etkilenebileceğini söylediler. Tümörlerden biri boğazımda unutuldu. Hâlâ taşıyorum yani. İkinci ameliyat riskli olduğu için kendisi hâlâ bende ikamet ediyor. Her altı ayda bir tümörümü kontrol ettiriyorum. Ses, en hassas olduğum konulardan biri bu yüzden..."

Adamla konuşmaya hiç niyeti olmamasına rağmen bu hikâye dikkatini çekmişti Aleyna'nın. Kalkıp sevgilisinin yanına gitmek istiyordu ama bu adamın gösterdiği duyarlılığa ve yardımlarına karşı saygısızlık etmek de olmazdı.

"Artık şarkı söyleyemiyor musunuz yani?"

Gülümsedi adam. Başını salladı.

"Tabii ki söylüyorum" dedi. "Doktorlar her zaman haklı çıkmaz. Ameliyattan iki ay sonra stüdyodaydım."

Etkilenmişti Aleyna. "Sevindim" dedi. "Bir müzisyen için sesini kaybetmekten daha kötü ne olabilir ki?"

"Haklısınız. Ressamın kör olması, balerinin bacaklarının kırılması gibi... İşitme kaybı yaşayan Beethoven'in ıstırabını hayal edebiliyor musunuz?"

"Evet, duymuştum Beethoven'in hayat hikâyesini ama birçok hikâye gibi uydurulmuş olduğunu düşündüm. Gerçek midir?"

"Elbette gerçek" dedi adam. "Beethoven sağır olmasına rağmen besteledi son eserini. İnsanlığa armağan ettiği son senfonisinde enstrümanlara ilk kez şarkı sözleri de eşlik etti. Orkestra, hayatının son bestesini çalarken Beethoven insanların da esere eşlik edebilmesini sağladı.

Babası sert ve duygusuz bir adamdı, alkol bağımlısıydı. Sekiz kardeşi vardı Beethoven'in. Kardeşlerinin bazısında işitme zorluğu vardı, bazısında başka engeller...

Yıllar içinde Beethoven de işitme sorunları yaşayacaktı. Çok önemsediği *9. Senfoni*'yi bestelemeye başladığında artık hiçbir şey duymuyordu.

Bir müzisyenin sesleri işitemiyor olması ne büyük bir acı ama değil mi? Yine de müzikten vazgeçmedi ama... *9. Senfoni*'yi tamamladı.

Tarihler 1824 yılını gösterdiğinde Viyana'da Kärntnertortheater'da Beethoven 300 kişiden oluşan orkestrasıyla 10 bin kişinin karşısına çıktı ve sağırdı. Beethoven, artık hiç duymuyordu. Önünde duran nota defterini açıp orkestrasını yönetmeye başladı. Her şey kusursuzdu... Eser hatasız şekilde icra edildikten sonra seyirciler ayağa fırladılar. Salonda büyük bir alkış tufanı koptu. Beethoven'in yüzü orkestraya dönük olduğu için alkışlayanları göremiyordu. Hiçbir şey duymuyordu.

Arkasını döndüğünde 10 bin kişinin onu ayakta alkışladığını görünce gözyaşlarını tutamadı. Ne çok sevdiği eserini dinleyebilmişti ne de aldığı alkışları duyabilmişti."

"Müzik aşkı dedikleri şey bu olsa gerek" diye düşündü Aleyna. Dinlediği hikâye kadar, hikâye anlatıcısının özgüveni, bilgisi, kültürü, yumuşak sesi ve karizması da son derece büyüleyiciydi.

Etrafı giderek daha da kalabalıklaşan Ertan'a kayıyordu Aleyna'nın bakışları ister istemez ama bu genç adamın anlattıkları da karşı konulamaz biçimde ilginç ve çekici geliyordu ona. Bir yanı tanımak istiyordu onu. Müzisyen olması ilgisini daha da çekiyordu. Daha önce gördüğünü hiç sanmıyordu. Yeni çıkanların neler yaptığını öğrenmek için herkesi dinlemeye gayret etmesine rağmen bu adama bir yerde rastladığını sanmıyordu.

"İsminiz nedir?" diye sordu sonra. "Şarkılarınız var mı, kayıtlarınız, albümleriniz falan?"

"Selim" dedi genç adam. "Kendimi bildim bileli müzik yapıyorum. Şarkılarım var, kayıtlarım var, albümlerim var. Mavi Gölgeli Adam'ı duydunuz mu hiç?"

Gözleri büyümüştü Aleyna'nın...

"Duymaz mıyım hiç? Bayılırım, çok da severim. Bir ekoldür ama o. Efsanedir. Kendi şarkılarını söyler sadece. Müthiş bir şairdir aynı zamanda. Özel bir tarzı vardır. Duyar duymaz tanırsınız onun müziğini. Yüzünü de göstermez öyle. Mavi bir adam gölgesi vardır kliplerinde... Youtube'da takip ediyorum. Son klibinde boş bir sokakta caddeye düşen mavi gölgesinin üzerinden sokak kedileri geçiyordu. Çok etkilendim. Yine müthiş bir hikâye anlatmış... Ee? Yani siz onun ekibinden misiniz?"

"Ben oyum" dedi Selim. "Mavi Gölgeli Adam benim..."

İnanamıyor gibi bakıyordu Aleyna. Nasıl yani? Elinde yarım ekmekle kocaman bir sucuk parçasını kemiren, üzerine iki şişe kola hazır edip ağacın altında piknikçiler gibi takılan bu kıvırcık saçlı, beyaz tenli, kısa pantolonlu, sandaletli, üstelik ince telli yuvarlak gözlüğüyle ara sıra John Lennon'un gençliğini anımsatan garip adam Mavi Gölgeli Adam olabilir miydi sahiden? Hem hayal kırıklığı yaşıyordu Aleyna hem de çok memnundu bir efsanenin böylesine sıradan, mütevazı ve zarif olmasından. Duyguları karmakarışıktı şimdi.

"Hayal ettiğiniz gibi değilim, anladım" dedi Selim.

"Hayır hayır" diye atıldı Aleyna. "Öyle bir şey değil bu... Şaşkınım sadece. Tabii ki kafamda bir imaj vardı ama bu yanlış bir imajla karşılaştım anlamına gelmiyor."

"Sizin kafanızdaki neydi?"

Cevap vermekte zorlanıyordu Aleyna. Ne dese kırıcı olacaktı.

"Anladım, anladım" dedi Selim. "Böyle düşünen siz değilsiniz sadece. Doğal olarak daha büyük, gösterişli, yanına ulaşılamayan, sırlarla dolu, gizemli bir star hatta bir ikon arıyorsunuz..."

"Aslında evet" dedi Aleyna. "Ben Mavi Gölgeli Adam'ın çok iyi korunan çok büyük bir proje olduğunu düşünmüştüm. Hakkında hiçbir şey bilmiyoruz çünkü... Bir dolu şehir efsanesi var... Gizemlerle dolu biri..."

"Size bir şey söyleyeyim mi? Hiçbiriyle ilgim yok. İnsanlar bu hikâyeleri kendileri uydurdular ve kendi uydurdukları hikâyelere inanıp bağlandılar, kendilerine gizemlerle dolu bir ikon yarattılar ve öyle daha mutlu oldular, bunu her zaman hep yaparlar."

"Ama bu durum sizin de hoşunuza gitmiş belli ki. Onların inandığı hikâyeyi bozmuyorsunuz hatta siz de onların inandığı imajı beslemeye devam ediyorsunuz bir yerde..."

"İşte orası doğru değil küçükhanım" dedi Selim. "Ben yirmi yıldır Mavi Gölgeli Adam'ım... Yirmi yıl önce de mavi gölgeli şarkılarım, şiirlerim, fotoğraflarım, videolarım vardı. Yirmi yıldır aynı şehirde aynı evde oturuyorum. Yirmi yıldır aynı gitarı çalıyorum. Yirmi yıldır aynı dostlarla beraberim. Gerisi insanların işi... Onlar aldı, onlar dağıttı, onlar hikâyelerle besledi, onlar yaydı, onlar sevdi, onlar abarttı, onlar büyüttü."

"O zaman bir gün onlar sonlandırabilir Mavi Gölgeli Adam'ı..."

"Bu mümkün değil" dedi Selim. "Ben yirmi yıldır yaptığım şeyi yapmaya devam ediyorum sadece, ölene kadar da yapacağım. Bu sırada insanlar Mavi Gölgeli Adam'la ilgili ne yaşarlar, ne yaşamazlar bilemem. Orası beni ilgilendirmiyor. Herkes kendi hikâyesinden sorumlu. Ben kendi hikâyemi yaşıyorum. Birileri benim hakkımda hikâyeler yazıp çiziyorsa sonra o hikâyeleri yırtıp atacaklarsa Mavi Gölgeli Adam'a bir şey yapmış olmazlar. Anlatabiliyor muyum?"

Anlamıyordu Aleyna. Bu adamı anlamak mümkün değildi ama yine de çok etkileyiciydi. Kendinin de müzisyen olduğundan bahsetti bir çırpıda. Youtube'da şarkısı patlayacaktı yakında. Çok para harcandığından, büyük bir yatırım yapıldığından söz etti. Klibi için bir gala yapılacağını, bunun için bir reklam ajansının harıl harıl çalıştığını da ekledi. Birçok ünlüyle anlaşılmıştı. Gala günü hepsi aynı saatte Aleyna'nın şarkısını kendi sosyal medya hesaplarından paylaşacaklar ve izleyicileri Youtube'a yönlendireceklerdi. Bir gecede iki milyonun üzerinde izlenme almayı hedefliyorlardı.

Selim, heyecanla uzun uzun konuşan genç kadını lafını hiç kesmeden dinlemişti ama anlattıklarından çok da etkilenmiş görünmüyordu. Onaylıyor gibi bir tavrı da yoktu. Aleyna'nın adamla ilgili hisleri birden negatifleşmişti.

"Sizce de şahane bir proje değil mi bu?"

"Çok büyük bir yatırım evet" dedi Selim. "Bu dediklerin olursa, yani memleketin bütün ünlüleri aynı dakikada şarkını paylaşıp yayarlarsa bir gecede iki milyondan bile fazla izleyiciye ulaşabilirsin. Bence bir sakıncası yok."

"Sizin yirmi milyon, otuz milyon izlenmeleriniz var tabii... Bunlar hiçbir şey sizin için, anlıyorum."

"Hayır, hayır" dedi Selim. Belli ki bu sohbetin sonlanmasını istiyordu artık o da. Konuşurken bir yandan toparlanmaya başlamıştı. "Ben izlenme oranları hesaplayarak hiçbir şey üretmedim.

Ticaretten hem anlamam hem hayatım boyunca da hiç uğraşmadığım bir alan. Ben on beş yaşından beri şiir yazıyorum, beste yapıyorum, gitar çalışıyorum. Bunun dışında hiç ama hiçbir şey yapmadım. Hepsini başkaları yaptı dedim ya... Milyonlarca izlensin diye para harcamadım, birilerinden ricacı olmadım, halkın piyasasına göre şarkı bestelemedim. Sen müzik mi yapmak istiyorsun, ünlü mü olmak istiyorsun? Bundan çok emin olmalısın bence. Aksi halde büyük bir çöküntü ve yıkım yaşayabilirsin."

"Ben müzik yaparak ünlü olmak istiyorum" dedi Aleyna. Selim'in bu konuşması çokbilmişlik taslıyor gibi gelmişti ona.

Gülmeye başladı Selim...

"Gerçekten müzik yapmak istiyorsan, gerçekten müzik yaparsın o halde. İzlenmediğinde üzülmezsin. Şarkın paylaşılmadığında başarısız hissetmezsin kendini. Müzik için yaşayıp yaşamadığını rakamlar seni yaralamadığında anlarsın."

"Siz hiç bakmıyorsunuz yani rakamlara?" dedi Aleyna. "Sosyetik barbekü partileri de aslında bir kafa dağıtma yöntemi değil mi?"

Bu efsanevi sanatçıya imalı sözlerle iğnelemeler yaptığına inanamıyordu ama bir yerde bunu hak ettiğini de düşünüyordu. Neymiş o ruhani lider gibi takılıp sağa sola nasihat vermek? "Ego işte..." dedi Aleyna içinden. "Bal gibi ego ama sözde Nirvana'dan sesleniyor."

"Orçun çocukluk arkadaşımdır benim" dedi Selim. "Muğla'da birlikte büyüdük. İstanbul'a her geldiğimde mutlaka onda kalırım, otelde kalmama izin vermez. Burası onun evi. Klibimi paylaştırabileceğim ünlülerle konuşmak için gelmedim yani. Hem birazdan yola çıkıyorum. Muğla'da bir köyde yaşıyorum ben. Doğduğum evde yaşıyorum hâlâ aslında... İTÜ Konservatuvar'da okurken burada Orçun'un ailesiyle yaşadım beş yıl. Sonra yine Muğla... Yolunuz düşerse beklerim. Oralarda Mavi Adam derler ama bana. Öyle sorun, hemen gösterirler."

"Yolumun Muğla'ya düşeceğini sanmıyorum" dedi Aleyna. "İstanbul'da işler çok. Tanıştığımıza memnun oldum ama bir şeyi itiraf edeyim lütfen. Motivasyon ve ilham vermek yerine insanları aşağı çekmeniz pek iyi gelmiyor. Başarılı olan sadece kendinizin yarattığı ya da kendi kendine doğduğunu söylediğiniz imajınız. Bu bir şans, tamamen tesadüf... Kendinizi başarılı ve mutlu olduğunuza inandırmışsınız ama... Oysa sizinki gibi bir şöhrete sahip olan genç ve yakışıklı bir adam Muğla'nın bir köyüne hapsolmaz. Yani demek istediğim Selim hiçbir şey başaramadı aslında, Mavi Gölgeli Adam başardı ve onu da Selim değil başkaları efsaneleştirdi."

"Oh be!" dedi Aleyna içinden. Ne güzel de koymuştu lafı. "Çakma Nirvana! Müzik mi yapmak istiyormuşum, şöhret mi olmak istiyormuşum, devenin nalı..."

Hiç kızmamıştı ama Selim. Sırt çantasını omzuna atıp kalktı ayağa. Boş kola şişelerini en yakın servis masasının üzerine bırakıp elini uzattı.

"Çok memnun oldum" dedi. "Ama siz de şunu söylememe izin verin o halde. Sanırım başarmak ya da başarılı ve mutlu olmak meselesini pek doğru anlamamışsınız. Haddimi aşmadan küçük bir hikâye bırakmak isterim size. Kıssadan hisse..."

Aleyna yine morali bozulacak diye bir yandan dinlemek istemiyor ama bir yandan da merak ediyordu Selim'in anlatacağı hikâyeyi.

"Bu hikâyenin kökeni Nobel ödüllü Heinrich Böll'e dayandırılır. Zaman içinde muhakkak değişmiştir ama vermek istediği mesaj hep aynı kalmış. Küçük bir sahil köyünde yaşayan yetenekli bir balıkçı adam varmış. Her sabah erkenden kalkar, öğlene kadar balığını avlar, tuttuğu beş altı parça balığı teknesinde temizleyip tuzlayıp birtakım özel işlemlerden geçirir, müşterilerine verirmiş. Adamın hazırladığı balıklar köyün en lezzetli balıklarıymış. Onun beş altı parça balığından biraz alabilmek için sıraya girermiş köylüler. Balıklarını birkaç dakika içinde satan adam öğleden sonra uzanırmış teknesine, alırmış ağzına bir kürdan, indirirmiş şapkasını yüzüne, dalgaların sesini dinleyerek şarkılar mırıldanırmış kendi kendine keyifle...

Sonra bir gün lüks bir tekne yanaşmış köyün küçük limanına. Zengin mi zengin bir işadamı ziyaret etmiş köyü. Karnı acıktığında bizim balıkçıyı önermişler ona. Balıklarının lezzetini övmüşler. Adam da merak etmiş. Gitmiş balıkçının teknesine. Tuttuğu beş balığın hepsine talip olmuş işadamı. Parmaklarını yemiş, yemiş yine de doymamış. Biraz daha istemiş ama yok. Günde en fazla bu kadar balık tuttuğunu söylemiş balıkçı. İyi ama neden?

'Biraz daha erken kalksan, biraz daha uzun saatler avlanıp daha çok balık tutsan ne güzel olurdu' demiş işadamı.

'O zaman ne olacak ki?' diye sormuş balıkçı.

'Ne demek ne olacak? Daha çok balık daha çok müşteri, daha çok kazanç demek... Daha çok kazanınca işi büyütürsün. Yanına bir de çırak alırsın. Tekneyi de büyütürsün böylece.'

'O zaman ne olacak ki?' diye sormuş balıkçı yine.

'Ne demek ne olacak? İşler büyüyünce kendine daha çok tekne alırsın, daha çok personelin olur, böylece civar kasabalardaki restoranlara da balık vermeye başlarsın.'

'O zaman ne olacak ki?' diye sormuş balıkçı.

'Ne demek ne olacak? Buraların en ünlü balıkçısı sen olursun, namın giderek yayılır, hatta başka şehirlere, başka ülkelere bile ulaşır balıklarının lezzeti... Dünyanın dört bir yanından insanlar gelir balıklarının tadına bakmak için.'

'O zaman ne olacak ki?' diye sormuş balıkçı.

İşadamının sabrı tükenmiş artık bu konuşmadan. Sesini yükselterek çıkışmış balıkçıya sonunda.

'Yeter be!' demiş. 'Ne olacak ki, ne olacak ki?... Ne biçim adamsın sen yahu! Hayatının fırsatı olabilecek bir fikir verdim sana. Sonunda kendi teknende, kendi istediğin saatte, istediğin kadar yatıp uzanıp hayatın keyfini sürersin gönlünce...'

Gülümsemiş balıkçı.

'Sizce ben şu an ne yapıyorum?'

Başarmak ve mutlu olmak her zaman sayılarla tarif edebileceğimiz bir şey değil Aleyna Hanım. Sizinle tanıştığıma memnun oldum. İyi akşamlar, eğlenceniz bol olsun."

"İyi hikâyeydi" diye düşündü Aleyna. Ama Selim, ismini hiç sormamıştı ki şu ana kadar. Tanıyor gibi de davranmamıştı. Nasıl şimdi ismiyle hitap etmişti?

"İsmimi söylememiştim size" dedi arkasından.

Selim dönüp gülümsedi.

"Bütün gece şarkı paylaşımınızla ilgili yaptığınız konuşmalara ben de dahil herkes hâkim. Ağaçlar bile hangi gün hangi saatte kimin şarkısının paylaşılması gerektiğini biliyor artık. Bence umduğunuzdan fazla izleneceksiniz. Kutlarım. Tadını çıkarın. Kendinizi huzursuz hissettiğiniz bir an ama küçücük bir an bile olursa bilin ki orada bir terslik var. Duygularımız sinyallerdir.

Küçücük olumsuz bir his bile, size çok şey anlatmak istiyor olabilir. Aldığınız ikazın ne olduğunu anlamaya başladığınızda gerçek müziğin sesini de duymaya başlayacaksınız."

Hayır... Bu adamla ilgili ufacık bile olsa olumsuz bir his yoktu içinde. Tepkilerinin, çıkışlarının nedeni Selim'le ilgili olumsuz hisleri değil kendiyle ilgili çözemediği kavgalarıydı. Kendinden yana yaşadığı memnuniyetsizlikleriydi. Haksızlık etmişti farkında olmadan. Yine de durup bunları düşünecek değildi tabii.

Ertan'ın etrafı kadınlar tarafından kuşatılmıştı. Kendinden emin ve soğukkanlı bir kadın gibi görünmeye çalışarak ağır adımlarla sevgilisine sokularak kolunun altına girdi ve beline dolanarak selamladı herkesi.

"Çok şanslı bir kadınsın" dedi Aleyna'ya, yaşı diğerlerinden daha büyük görünen olgun bir sosyete güzeli... "Böyle adamları elde tutmak zordur ama her zaman mükemmel olmak zorundasın tatlım."

Ertan çok keyiflenmişti bu iltifat üzerine ama Aleyna'nın hiç hoşuna gitmemiş, alevden şimşekler çakan bakışlarıyla yemeye başlamıştı kadını.

"Tabii ki mükemmeldir benim sevgilim" dedi Ertan. "Benim kadınım mükemmel olmak zorundadır. Herkes onu konuşmalı, ona imrenmeli, onun yerinde olmak istemeli..."

"Öyle değil mi ama zaten?" dedi sarhoş olmaya başlamış genç bir kadın oyuncu. "Memleketi ayağa kaldırdın Ertancığım. Bir şarkı için yaptığın yatırımı, verdiğin onca emeği kim verir? Şarkı bir gecede dinlenecek diye acayip bir organizasyon yaptın yahu. Cumartesi gecesi herkes saat yirmi ikide şarkıyı paylaştığında kıyamet kopacak. Herkes bu işi konuşacak. Ne iki milyonu, on milyon izlenme bile alırsınız bu gidişle. Paylaşacak olan insanlar çok büyük kitlelere sahip. Çok ama çok zor bir iş başarıyorsun Ertancığım ne diyeyim?"

Aleyna'nın canı çok sıkkın, sinirleri de fazlasıyla bozuktu artık. Konuşmalar uzadıkça delirecek gibi oluyordu. Her ne yapılıyorsa ve sonucu her ne olacaksa bu tamamen Ertan'ın başarısı olacaktı aslında. Bütün alkışı ve övgüyü o kazanacaktı. Kimsenin Aleyna'yı kutladığı yoktu.

"Gidelim artık..." dedi Aleyna. "Annem iyi değilmiş, Azize eve çağırıyor beni."

Sahiden de birkaç dakika önce mesaj atmıştı Azize. Annesinin iyi olmadığını, kendine zarar vermesinden korktuğunu yazmıştı.

Ertan, neşesi gayet yerinde ayrılmıştı evden. Birlikte şoförlü siyah bir cipin arka koltuğuna yerleşerek uzaklaştılar. Sahilde birkaç magazin muhabirine denk gelmişlerdi ama fotoğraf çekmeye yetişememişlerdi maalesef. Ertan'ın çevikliği müthişti bu kez. Muhabirler makinelerini kaldırmaya bile fırsat bulamamışlardı.

Duruma hayli üzülmüştü Aleyna ama belli etmedi. "Bu geri zekâlılar da bir türlü bizi çekmeyi beceremediler..." diye geçirdi içinden. "Ne şanssızlık."

Ertan'ın sessizdeki telefonunun ekranında Asu isminin yanıp söndüğünü görünce neye uğradığını şaşırdı Aleyna. "Yok artık, bu kadın hâlâ mı arıyor?" diye mırıldandı kendi kendine ama görmezden geldi. Kendi cebini çıkarıp Azize'yle yazıştı hemen.

Eve gitmek istemediğini söyledi Ertan'a. "Annem iyiymiş..." dedi. "Azize idare edebilir durumu. Biz otele gidelim, odamızda olalım lütfen. Bu gece de yanında kalayım, çok özlüyorum seni..."

Çok heyecanlanmasa da itiraz etmedi Ertan. "Olur tabii..." dedi. "Nasıl istersen."

Oysa Azize ağzına gelen küfrü yazıyordu sorumsuz, ihmalkâr kardeşine. Annesini hastayken bile düşünmediği, kendi işinin derdine düştüğü için veryansın ediyordu.

Her ne kadar annesinden yana derin kaygılar duysa da bu gece halletmesi gereken bir işi vardı Aleyna'nın. Vicdanı annesinden yana huzursuz ve mutsuzdu belki ama bu gece bir şekilde Asu'nun numarasını alması gerekiyordu sevgilisinin telefonundan. Bu da ancak Ertan derin uykuya daldığında mümkün olacaktı. Neyse ki çok da zor olmadı planını uygulamak. Sabaha doğru Ertan sızdığında sevgilisinin telefonunu alıp tuvalete girdi Aleyna. Şifresini açarken yaptığı parmak hareketi ezberindeydi nasılsa. Zorlanmadı bile. İlk denemesinde açtı telefonu. Önce Whatsapp'ı taradı, Asu yoktu listede ama başkaları vardı üst sıralarda. Akşam barbekü partisinde gördüğü bazı kızlar çıplak fotoğraflarını atmışlar, bir dolu kışkırtıcı sözler yazmışlardı ama neyse ki Ertan cevap vermemiş hiçbirine. Kızların çıplak fotoğraflarını kendine yolladı hemen Aleyna... Canını çok sıkarlarsa gerilla bir hesaptan ortalığa dökerdi hepsini. Bir daha da onun bunun sevgilisine çıplak fotoğraf atarken iki kere düşünürlerdi. Asu'yla hiç yazışmamış olmaları ilginç geliyordu Aleyna'ya, halbuki en çok o çarpıyordu gözüne. Kız madem bu kadar taciz ediyordu Ertan'ı, neden bir satır bile yazmıyor, derdinin ne olduğunu anlatmıyordu ? Garip... "Neyse" dedi. Bunun ne anlama geldiğini nasılsa öğrenirdi.

Ertan'ın telefonunu kapatıp yerine koyduktan sonra hazırlanıp çıktı hemen. Aklı annesinde kalmıştı çünkü. Azize de bütün gece kadının başucunda nöbet tutmaktan uykusuz kalmış, bitap düşmüş olmalıydı. Taksiye atlamadan evvel otelin bahçesinde Asu'yu araması gerekiyordu ama... Bu konuşmayı takside ya da evde yapamazdı.

Hiç tereddüt etmeden tuşladı numarayı. Çaldırdı...

Uykulu bir kadın sesi açtı telefonu.

"Asu sen misin?" dedi Aleyna.

"Kimsiniz?"

"Asu sensin değil mi?"

"Sen kimsin?"

"Peşini bir türlü bırakmadığın adamın sevgilisiyim. Biz senden yıldık ama biliyor musun, usandık canımızdan!" diye açtı ağzını yumdu gözünü. Aklına geleni sayıp döktü. Kızın tek kelime etmesine izin vermedi. "Sürekli arıyorsun, adamın karşısına çıkıyorsun, bizi bunaltıyorsun. Tacizlerinden rahatsız oluyoruz. Düş artık yakamızdan. Aramaya devam edersen bunu herkese söyleyeceğim. Ertan'ın telefonunda ismini gördüğüm an canlı yayın açıp göstereceğim, 'Bakın hâlâ arıyor işte' diyeceğim. Açıp sesini dinleteceğim insanlara. Ertan'ın telefonu nasılsa hep bende, nasılsa her an hep beraberiz, aradığın an açacağım canlı yayını..."

Asu'nun sessizce durup beklediğini çok sonra fark etti Aleyna. Konuşması bitince susup karşı tarafın bir şey söylemesini bekledi ama belli ki çirkefleşme, inat etme, küfürler ve hakaretler uçuşmayacaktı havada. Kızın sustuğundan emin olduktan sonra "Bitti mi?" diye sordu Asu.

"Ben diyeceğimi dedim, gerisini sen bilirsin artık."

"Asıl tacize uğrayan kişi benim" dedi Asu. "Ertan sürekli arıyor beni. Telefonunu açmıyorum. Bunun üzerine sürekli yazıyor.

Evime sürekli pahalı hediyeler geliyor, bazen kendi geliyor... Binlerce kez özür diliyor, sürprizler yapıyor. Ben istemedikçe onun ısrarları daha da artıyor. Ona hiçbir şey yazmıyorum. Aramıyorum da... Dün akşam evime bir cep telefonu yolladı. İki gece önce geldiğinde sinirlenip telefonumu fırlatmıştım ona, ekranı çatlamıştı. Hediyeyi istemedim. Ama ne yaparsam yapayım şoför geri almadı paketi, elimde kaldı. Derhal bu paketin benden alınmasını istemek için aradım açmadı. Sonra bir dolu ses mesajları geldi. İçiyordu. Sarhoştu. Şarkılar söyledi. Asıl kurtulmak isteyen kişi benim, ben..."

Bedeni buz kesmişti Aleyna'nın. Kızın anlattığı şeylerin bir satırına bile inanmıyordu. Mümkün olamazdı anlattıkları. İftira atıyor olmalıydı. Maniple etmek istiyordu. Aleyna'yı sinirlendirip salacaktı Ertan'ın üzerine. Bu şekilde bozacaktı ikisinin arasını.

"İnanmıyorum sana..." dedi Aleyna. "Yalan söylediğini biliyorum. Ertan'ın hep yanındayım. Dün bütün gün beraberdik, hatta sabaha kadar bütün gece..."

"Dün içmedi mi yani, tuvalete girip şarkılar söylemedi mi, konuşmadı mı, şoför bütün akşam kapıda mı bekledi sizi, hiç mi ayrılmadı oradan?"

Dün akşam otelde odada sarhoş olmuştu Ertan evet ama kimseyi aramamıştı ki... Hem sevgilisi yanındayken başkasını nasıl arayacaktı? Tuvalete girip çıkmıştı sürekli doğru. Şarkılar söyledi içeride. Şiir okur gibi konuştu kendi kendine. Ama bütün bunları bir sarhoşluk eğlencesi gibi algılamıştı Aleyna. Kendi kendine keyiflenmiş şarkı söyleyen, şiir okuyan, konuşan sarhoş bir adam işte... Şoförün kapıda bekleyip beklemediğini bilemezdi tabii... Orası muamma...

"Dünyanın en güzel özür dileyen adamı Ertan... Daha romantik, daha çekici, daha ikna edici bir aşk ilanı olamaz... Çünkü o bir narsis. Onu kimse reddedemez. Yeni bir kurban buluncaya dek elindekini asla ama asla bırakmaz. Terapistim olmasa çıkamazdım bu ilişkiden biliyorum. Hatta kapıma hediyelerle gelip özür dilediği ilk akşam bile affedebilirdim onu. Çoktan teslim olabilirdim. Her şeyi bildiğim halde Ertan'ı reddederken çok zorlanıyorum. Çünkü gerçekten mükemmel bir âşık olduğuna ikna ediyor insanı. Terapistim sayesinde direniyorum. Çok zor günler geçirdim ben Ertan yüzünden. Bir daha tekrarlanmasına izin veremem. Kariyerimi, ailemi, hayatımı, geleceğimi düşünmek zorundayım. Kendine yeni bir kurban bulduğunda ancak vazgeçecek benden biliyorum. Yeni kurban sensin diye düşünüyorum ama anlaşılan henüz ona layık değilsin. Ertan'ın ünlü, güçlü, güzel, herkesin arzuladığı, tanıdığı kadın olduğunda, onu beslemeye başladığında özgürleşeceğim ben, biliyorum."

Aleyna bu konuşmaları daha fazla dinleyemeyecekti. Yıkılmış hissediyordu kendini. Bir korku filminin içine hapsolmuştu adeta. Nasıl bir kurgu bu? Nasıl bir saçmalık? Hepsi hayal ürünü... Hiçbirinin gerçek olma ihtimali yok.

Hayır ağlamayacaktı tabii ki.

Tribe girip sevgilisinden uzaklaşacak hali de yoktu. O hatayı bir kere yapmıştı zaten, neler olduğunu görmüştü sonra. Hiç dolduruşa gelmeyecekti. Çocuk gibi duygusal tepkiler göstermeyecekti. Bu süreci soğukkanlılıkla yönetecekti. Onun da bir kariyeri vardı, ailesi vardı, hayatı vardı. İşlerinin bozulmasına, planlarının ertelenmesine bir daha asla göz yumamazdı. Kimsenin yalanları yüzünden gecikemezdi projeleri... Hayır, bu kez değil, kesinlikle değil...

Derin bir nefes alıp duyduklarının âşık ve histerik bir kadının uydurması olduğunu kabullenip bindi taksiye. Azize'nin çağrılarına dönse iyi ederdi artık. Kendi hayatına önem verecekti bundan sonra. Sahip olduğu şeyleri korumayı öğrenecekti. Ertan'ı kimseye kaptıramazdı. Mutsuz bir kadın olmayacaktı.

"Yoldayım Azize, geliyorum" diye aradı ablasını.

"Evde değiliz" dedi Azize. "Hastaneye gel..."

Sesi sönmüş, çatallaşmıştı iyice.

"Ne oldu, ne hastanesi?"

"Annem intihar etti."

***

"Modern kapitalist toplum sadece narsisizmi önemli hale getirmekle kalmaz, narsis karakteri herkeste ortaya çıkarır ve pekiştirir."

– *İmkânsız Devlet,* Wael B. Hallaq

***

Ayağın kırıldı diye üzülme!
Allah senden aldığı ayak yerine belki sana kanat verecek.
Kuyu dibinde kaldın diye üzülme!
Yusuf kuyudan çıktı da Mısır'a sultan oldu, unutma!
İstediğin bir şey; olursa bir hayır, olmazsa bin hayır ara...

– Mevlana

-XI-

Üç ay sonra...

"Üç milyon" dedi Arkın. "Bir gecede tam üç milyon izlendi klip inanabiliyor musun? Üç ayda yirmi beş milyon... Yirmi beş... Bu bir rekor... Çok büyük bir iş başardın sen farkında mısın Aleyna? Ertan'a ne kadar teşekkür etsen az. Sakın onun hakkında böyle saçma sapan düşüncelere kapılma bir daha rica ediyorum senden. Bindiğin dalı kesme, işleri mahvetme..."

"Onun eseriymişim gibi davranıyor bana sürekli" dedi Aleyna. Yüzü solgun, iyice zayıflamış, ışığı sönmüş halde kahve içiyordu Arkın'ın stüdyosunda. "İkinci şarkı daha iyi olabilirdi dedi mesela. Daha iyi okuyabilirdin diyor, neden eğitim almıyorsun, neden geliştirmiyorsun kendini diyor. İyi bir solist olmadığımı ima ediyor her fırsatta ve herkesin içinde... Dün akşam oteldeki resepsiyonu biliyorsun. Bir sürü insan vardı. Herkes beni tanıyor, gazeteciler fotoğraf çekiyor, röportaj yapıyorum, etraf kalabalık..."

"Eh ne güzel işte... Hep hayalin değil miydi? Sevgilin yanında, ünlü bir şarkıcısın, artık magazin muhabirleri seni tanıyor tamam mı? Magazincilerin radarında olman başardığın anlamına gelir Aleyna, kurcalama artık bir şeyleri..."

"Olay o değil ama" dedi Aleyna. "Bir gazeteci ikinci klip on milyon izlendi, daha yüksek bir izlenme beklemiyor muydunuz diye sorunca Ertan girdi araya, bir vokal koçuyla çalışmasını söylüyorum ben de ona hep dedi. Ayrıca solfej eğitimi alması için de ısrar ediyorum ama hiç dinlemiyor beni dedi. İyi bir solist olmadığım için şarkılarımın beklenen başarıya ulaşmadığını söyledi yani herkese... Bütün magazinlerde bu açıklama dönüp duruyor inanabiliyor musun? Benim kötü bir şarkıcı olduğumu memlekete ilan etti sevgilim. Hem de benim sevgilim yani, düşmanım da değil..."

"Ne solfej dersi yahu?" dedi Arkın. "Ne alakası var? Ama vokal koçu olabilir tabii ki neden olmasın? Sevgilinin bütün imkânlarını kullan işte. Madem bunu seve seve sunuyor sana al kabul et. Adam kötü niyetli değil ki her zaman arkanda, hep destekliyor seni ve hep daha iyisini başarmanı istiyor."

"Sence başarmadım mı?" dedi Aleyna yaşla dolmuş bakışlarını çaresizlik içinde Arkın'ın yüzünde gezdirirken. "Başarmadım mı hâlâ?"

"Başardın tabii!" dedi Arkın telaşlanarak. Aleyna'nın neden böyle ağlamaklı olduğunu anlamamıştı hiç. "İlk şarkı yirmi beş milyon izlendi, ikinci şarkı on milyon. Daha dur. Üç hafta oldu ikinci şarkı çıkalı. Elli milyona kadar yolu var onun...

"O zaman niye başaramamışım gibi hissediyorum ben?" diye ağlamaya başladı Aleyna. "Niye hâlâ başaramamışım gibi geliyor bana?"

Aylar önce barbeküde tanıştığı *Mavi Gölgeli Adam*'ın sözleri geliyordu Aleyna'nın aklına. Zaten son zamanlarda en çok o sözler dolanıyordu kafasının içinde, ne yapsa kurtaramıyordu kendini.

"Başarmak ve mutlu olmak her zaman sayılarla tarif edebileceğimiz bir şey değil... Gerçekten müzik yapmak istiyorsan gerçekten müzik yaparsın o halde. İzlenmediğinde üzülmezsin. Şarkın paylaşılmadığında başarısız hissetmezsin kendini. Müzik için yaşayıp yaşamadığını, rakamlar seni yaralamadığında anlarsın. Kendinizi huzursuz hissettiğiniz bir an ama küçücük bir an bile olursa bilin ki orada bir terslik var. Duygularımız sinyal verir. Küçücük olumsuz bir his bile, size çok şey anlatmak istiyor olabilir. İşte o zaman gerçek müziğin sesini duymaya başlayacaksınız."

Bu mutsuzluğunun sebebini bir türlü anlayamıyordu Aleyna. Dışarıdan bakınca her şey yolundaydı. Ünlüydü, tanınıyordu, seviliyordu, bir dolu konser teklifleri alıyordu, artık bir otelin barında şarkı söylemek zorunda değildi, kabalalık konser salonlarını doldurabiliyordu, yaptığı her şarkı milyonlarca dinleniyor, beğeniliyordu da neden hep bir şeyler eksik gibi geliyordu ona?

Ertan'ın sözde iyi niyetli gibi görünen, kibar ama öldürücü eleştirilerinin zaman içinde bir giyotine dönüştüğünün farkında bile değildi. Ertan sözde her şeyi Aleyna'nın iyiliği için yapıyor, varını yoğunu ona adıyor, sevdiği kadını destekliyordu ama şimdiye kadar başardığı hiçbir şeyden memnun değildi o da. Sanki Aleyna bütün yatırımlarını boşa çıkarıyordu sevdiği adamın. Ölü bir yatırım, boş bir çabaydı... Ertan her şeyin hep daha fazlasını bekleyerek Aleyna'yı motive etmiyor, tam tersine onun gücünden, inancından, özgüveninden çalıyordu.

İşin daha da acıklı yanı Aleyna'nın bütün bunları konuşup dertleşebileceği bir can dostunun bile olmamasıydı... Artık kimseyle konuşmazsa öleceğini hissettiği noktada gelip tonmaisterinin yanında soluğu aldığına kendi de inanamıyor, haline acıyordu içten içe. Azize'yle de paylaşamazdı ki bütün bunları. Son zamanlarda çok daha öfkeliydi Azize kız kardeşine karşı. Bulsa bir kaşık suda boğardı onu. Yüzünü şeytan görsündü.

Annesinin intihar girişiminden sonra Aleyna'yla aynı evde yaşamak istemediğini açıkça söylemişti Azize. "Yardıma gelmeni beklemekten yoruldum" demişti. "Hiç değilse başka bir eve git de nasılsa bizimle değil, gelmese de olur diye düşüneyim. Böylesi çok kötü... Sürekli bizimlesin ama hiçbir sorunumuzla ilgilenmiyorsun. Böyle olmaz. Aynı evde yaşayamayız seninle..."

Aleyna'ya çok da kötü gelmemişti bu fikir. Öylesine yoğun bir iş hayatı vardı ki müzik ve Ertan dışında kimsenin sorunlarına ayıracak ne zamanı vardı ne de enerjisi... Ailesiyle ilgili her sorun hayatın ona büyük bir haksızlığı gibi geliyordu zaten artık. İkisinin de bitmek bilmeyen dertleri yüzünden yaşamak istediği hayata geciktiğini, hatta bazen bu yüzden yetersiz ve güçsüz düştüğünü bile düşünüyordu. Onlar olmasa sanki her şey daha hızlı ve daha kolay olacaktı. Uzaklaşmak, kesinlikle iyi gelecekti ona. İşleri de ilişkisi de huzur bulacaktı.

Ertan bir hafta içinde çözmüştü ev işini. Ulus'ta küçük, şirin bir daire tutmuştu sevgilisine... Haftanın birkaç günü kendi de gelip kalıyordu. Hayatın herkes için tatlı tatlı akıp gidiyor olması gerekirdi bu durumda. Oysa kimse mutlu değildi hâlâ...

Ne Azize, ne Aleyna, ne annesi...

Kocasının Rusya'ya döndüğünü öğrendiği akşam bir kutu ilaç içmişti zavallı kadın. Neyse ki Azize apar topar hastaneye yetiştirmişti de kontrol altına alınmıştı durumu. Annesine bakıcılık ederek yaşamaya mahkûm edilen Azize'nin Çetin'le bir sorun yaşayacağını zaten hep tahmin ediyordu Aleyna. Çetin'in yemeklerini sürekli dışarıda yemesinden, arkadaşlarıyla birlikte olduğunu söylemesinden, para dışında Azize'nin kadınsı hizmetlerine artık ihtiyaç duymamasından belliydi hayatında başka biri olduğu... Azize yağıp gürlemiş, mangalda kül bırakmamış, tası tarağı toplayıp terk etmişti onu ama aradan bir hafta bile geçmemişti ki adamın kapısına dayanıp "Beni bırakırsan ölürüm" diye ağlamaya başlamış, bağışlanmayı dilemişti annesi gibi... Çetin barışmayı kabul etmişti ama taksitlerin bitmesini beklediğini düşünüyordu Aleyna. Bankadan çektiği otuz bin liranın aylık taksitlerini de Azize'ye ödetiyordu hâlâ. Üstelik Rusya'daki babadan artık sağlam bir maddi destek gelmiyorken zavallı Azize'nin bütün bunlarla baş etmesi hiç de kolay olmuyordu. Neyse ki Aleyna ortak hesaba Rusya'dan gelmiş gibi para yatırmaya devam ediyordu hâlâ düzenli olarak.

"Ben kalkayım artık" dedi Aleyna. "Eve gitmem lazım, menajer gelecek. Cumartesi günkü konserin avansı yatmış. İş okeylendi yani. Senin de bilgin olsun. Gerçi menajer bilgilendirir ama neyse işte... Kahve için teşekkürler..."

Kahve fincanını sehpaya bırakıp kalktı Aleyna. Aylar önce şarkı kaydı için orkestrayla buluştukları günü hatırladı Arkın. Aleyna yine aynı küçük sırt çantası ve spor şapkasıyla bu şekilde duruyordu karşısında. Sarı saçları yine atkuyruğu, şapkanın arkasında sallanıyor. Yeniyetme bir şarkıcıydı o zamanlar. Bir başına kendi imkânlarıyla tırmalayıp duruyordu ama gerçek bir stardan farksızdı egosu. Burnu havada, küstah, mesafeli tavırlarıyla orkestrayı bile canından bezdirmişti. Kimseye eyvallah etmiyordu.

Ağzından kerpetenle bile bir teşekkür almak mümkün değildi. Bir fincan filtre kahve için teşekkür eden bir Aleyna görmek Arkın'a da tuhaf geliyordu elbette. Hiçbir şeyden memnun olmayan kişi kendisiyken şimdi sevgilisinin memnuniyetsizliğinden yakınıyordu. Kovmak için aylardır fırsat kolladığı Arkın'la sanki hayatında hiç dostu kalmamış gibi bütün özel sorunlarını anlatıp dertleşme noktasına gelmesi, sahiden de işlerin pek yolunda gitmediği anlamına gelebilirdi.

"Takma kafana bir şey" dedi Arkın solistini uğurlarken. "Başardığın şeyin tadını çıkar..."

Tamam der gibi başını salladı Aleyna. Çok da içten olduğuna inanmıyordu Arkın'ın. Ne de olsa her hafta konser veren, şarkı üreten, klip çeken bir şarkıcıyla düzenli ve sorunsuz çalışıyor, güzel de para kazanıyordu. Üstelik artık Aleyna'nın orkestrası olmak prestij de kazandırıyordu müzisyenlere... Bütün bu tatlı düzenin Aleyna'nın saçma sapan buhranları yüzünden bozulmasını istemiyor olabilirdi pekâlâ.

Ulus'taki yeni evine bir türlü alışamamıştı Aleyna. Taksiye her bindiğinde Maslak diyordu hâlâ... Eve geldiğinde menajerin çoktan laptopu açıp ofis ortamını kurduğunu gördü. Hizmetli kadın çay ve kek de ikram etmişti ona. Herkes işinin başındaydı işte ne güzel.

Başka ünlü solistlerle de çalışıyordu Tolga... İyi çocuktu... Çalışkandı, dürüsttü, hızlıydı ve en önemlisi iş bitiriciydi. O da Ertan sayesinde girmişti hayatına. Tolga da sağ olsun her fırsatta dile getirirdi bunu.

"Ertan Abi söyleyince hiç düşünmeden kabul ettim, solistin kim olduğunu bile sormadım" der. "Ama sonra bir de baktım ki şahane bir kadın çıktı karşıma. Tabii canım. Ertan Abi şahane olmayan bir insanla ne yapsın, niye vakit harcasın ona?"

Tolga, Aleyna'yı uzaktan atılmış bir öpücükle karşılayıp telefon görüşmesini sürdürürken Aleyna da ablasını araması gerektiğini söyleyip izin istedi. Azize artık önemli bir şey olmadığında katiyen aramazdı. Çağrı bıraktığına göre belli ki bu telefonu açmaya mecburdu. Bekletmeden geri dönmek istedi hemen.

"Her şey yolunda mı, annem iyi mi?" diye sordu.

"İyi" dedi Azize, duygusuz bir sesle. Üzgün mü, kızgın mı, sakin mi belli değildi ama mutsuz olduğu aşikârdı.

"Sen iyi misin, bir şeye ihtiyacın var mı?"

"Yok."

"Anladım, tamam."

"Bir şey sormam lazım benim. Çok önemli. Ne yaparsam yapayım vazgeçiremedim. Çetin ısrar ediyor ille. Yardım edebilir misin bana? Bu çok önemli gerçekten..."

Şaşırmıştı Aleyna. Çetin'in ne işi olurdu onunla?

"Nedir sorun?"

"Çetin'in işleri iyi değil. Müzik dersi alan kaç kişi var ki memlekette? Meyhanelerde şarkı söyleyecek hali de yok. Yani olmaz. Sen acaba bir sanatçının vokalisti olarak bir ekibe alabilir misin onu? Birinin vokal koçu da olabilir. Gerçi o, seninle çalışmak istiyor ama..."

"Sen istemiyorsun ama değil mi?" dedi Aleyna. Kendi de az kıskanç sayılmazdı ama Azize'nin erkek arkadaşını kız kardeşine tanıştırmaktan bu kadar çekinmesi hiç de normal değildi. Sokakta görse Çetin'i tanımazdı Aleyna. Öylesine uzak tutulmuşlardı birbirlerinden. Birkaç Instagram fotosu dışında adamın nasıl göründüğü hakkında fikri yoktu ama kim olduğundan iyice emindi. Asalak böcek...

"Çetin'e iş bulabilir misin?"

"Bulamam" dedi Aleyna. "Bana ulaşmak için seni kullanıyor çünkü."

"Biliyordum böyle diyeceğini... Sormadım varsay, tamam."

"Azize, adam bununla baskı yapıyor sana değil mi? Biliyorum, tahmin ediyorum. Hâlâ barışmadınız aslında. Süründürüyor seni. Üç aydır elini bile tutmadığından eminim. Gidip yalvarıyorsun ona beni terk etme diye. O da süründürüyor işte. Borçları ödetiyor sana. Şimdi yeni bir iş kapısı da istiyor, şöhretler dünyasına dikmiş gözünü belli..."

"Çalışmak istiyor sadece. Bana baskı yapmıyor. Birbirimize çok emek verdik biz. Öyle bir kalemde silip atmak istemedim iki yılı... O da silip atamıyor. Yoksa görüşmezdi benimle" dedi Azize.

Annesinin bir kopyasına dönüştüğünün bal gibi de farkındaydı ama çaresizdi yine de. Üç ay önceki o intihar girişimi daha da çaresizleştirmişti Azize'yi. Yalnız kalmaktan ölesiye korkuyordu. Annesinin intihara kalkışması aslında Azize'yi de sevmediği anlamını doğurmuştu zavallı kızın zihninde. Çetin'den başka kimsesi kalmamış gibi geliyordu. Gerekirse ayaklarına bile kapanırdı terk edilmemek için. Çetin de yoksa kimse kalmıyordu çünkü geriye... Kimin yanında yaşlanacaktı bundan sonra, Aleyna'nın mı?

"Gelsin tamam, gelsin" dedi Aleyna. "Benim eve yolla bugün akşamüzeri, saat dörtten sonra gelsin Ulus'a... Bir konuşayım, ne yapabilir ne yapamaz bir bakayım."

"Senin eve mi?"

"Evet canım benim eve... Ertan da burada olacak. O da görsün çocuğu. Ondan bir halt olur mu olmaz mı anlar. Ona göre ne yapacağını daha iyi bilir."

"Tamam" dedi Azize. Teşekkür etmeden kapattı telefonu.

Sonrasında Tolga'yla baş başa verip konser için çalışmaya başladılar birlikte. Konserin repertuvarı oluşturuldu, orkestraya bilgi geçildi, mekânın ses düzenini kontrol etmesi için Arkın'la görüşüldü, kostüm provası ayarlandı, sahne konsepti çalışıldı, telefonlar açıldı derken kapı çaldı.

Ertan'ın geldiğini düşündü Aleyna ama hizmetli kadın, Çetin adında birinin kapıda onu beklediğini söyledi.

"Saat dört oldu mu yahu?" dedi Aleyna. "Hay Allah, tamam al içeri."

"Ben de kaçıyorum artık" dedi Tolga. "İşler çok."

Çetin salona elinde bir buket çiçekle girince saçma bir gülme peyda oldu Aleyna'nın içinde. Bu nasıl bir görgüsüzlüktü böyle? İş görüşmesine kucağında çiçekle mi gelir bir erkek? Sanki sevgilisiyle buluşmaya gidiyor... Azize'ye hiç almış mıydı acaba bu çiçeklerden?

"Selam" dedi Çetin. "Nihayet tanışabildik sevgili baldız. Sizi tanımak çok güzel..."

Hizmetli kadına çiçekleri almasını söyledi Aleyna. "Sen de şöyle geç" diyerek az önce Tolga'nın kalktığı sandalyeyi işaret etti Çetin'e.

Genç adamın daha sıcak bir karşılama beklediği belliydi. Yüzü düşmüştü birden. Aleyna'nın sohbet etmeyeceğini anlamıştı.

Sorduğu sorulara kısa cevaplar vererek nasıl bir iş yapabileceğini açıkladı hemen.

"Tamam" dedi Aleyna. "Seni bizim stüdyoya yönlendireceğim. Arkın'la görüşeceksin orada. Dinleyecek seni. Bana vokal yapıp yapamayacağına karar verecek. Okeylerse cumartesi günkü konserle başlarsın, deneriz. Provalarını da Arkın'la yaparsın. Şarkı trafiklerimizi o biliyor."

Çok şaşkındı Çetin. Çok heyecanlanmıştı. Utanmasa boynuna atlayacaktı Aleyna'nın. Memleketin şu sıralar en popüler şarkıcısının vokalisti mi oluyordu yani? Of ne havası olacaktı bundan sonra... Kimse tutamazdı artık onu. Bambaşka yerlere yürürdü buradan.

"Çok teşekkür ederim" dedi. "Sizi utandırmayacağım."

"Daha kesin bir şey yok. Arkın'la konuş önce. Bakarız."

"Hayhay" dedi Çetin. Elini uzatıp tokalaştı Aleyna'yla. "Sahiden de çok güçlü bir karizmanız var" dedi sonra. "Çok etkili bir enerjiniz var. Tam bir star enerjisi... Kimseye benzemediğinizi tahmin ediyordum. Çok özelsiniz."

"Azize daha karizmatiktir bizim ailede" dedi Aleyna imalı bir sesle döver gibi. "Asıl o çok özeldir."

"Tabii ki" dedi Çetin yanlış anlaşılmaya mahal vermemeye çalışarak. "Onun başka bir karizması var. Fedakâr bir kadın... Mücadeleci... Ama siz bir yıldızsınız. Büyük bir enerji gerekir bunun için..."

Neyse ki tam vaktinde gelmişti Ertan. Bu sevimsiz iltifatlara, dalkavukluğa daha fazla dayanamayacaktı, içi şişmişti iyice. Bu adama mı yalvarıyordu zavallı Azize terk edilmemek için? Yazık...

"Sevgilim" diyerek içeri girdi Ertan. Aleyna'nın dudaklarına tutkulu bir öpücük kondurdu. "Hazırlanmamışsın, bir saate çıkmamız lazım."

"Çetin'i geçireyim hazırlanıyorum hemen" dedi Aleyna. "Azize'nin erkek arkadaşı..."

Ertan sanki Çetin'i ilk kez fark ediyormuş gibi üstten bir selamlamayla uğurladı. Tanışmak için elini bile uzatmadan göndermişti adamı. Bir dakikasını dahi feda etmeye layık bulmamıştı belli ki... "Görür görmez kimin ne olduğunu anlıyor sahiden" diye geçirdi içinden Aleyna.

"Gecenin en güzel kadını olmanı istiyorum" dedi Ertan sevgilisinin beline sarılıp boynundan öperken. "Arkadaşımızın nişanını kutlayacağız bu gece..."

"Merak etme" dedi Aleyna. "Senin kadınınım ben. Herkes beni arzulayacak bu gece. Herkesin gözü üzerimde olacak..."

"İşte bu bebeğim, işte bu!"

"Aslında Orçun'un nişanına da davetli olmak isterdim" diye lafı yapıştırıverdi o sırada Aleyna. "Hani ailelerin bir araya geldiği, annenle babanın da katıldığı, çekirdek kadroların buluştuğu nişanda olmayı tercih ederdim, dışarıda bir barda nişanın kutlamasını yapmak yerine..."

"O da olur aşkım" dedi Ertan, parmakları sevgilisinin sarı saçlarında şehvetle dolaşırken. "Ailemle tanışırsın bir gün... Neden olmasın?"

"Ne zaman tanışırım sence? Yani şarkım kaç milyon dinlenince buna layık olurum, kaç milyon insan daha beni tanıyıp beğenince?"

"Hoppala, arıza çıkıyor!" diyerek şımarıkça bir tavırla Aleyna'dan uzaklaştı Ertan. "Senin muayyen gününe mi denk geldi yoksa bu nişan kutlaması? Tüh!"

"Dalga geçme Ertan. Neden ciddiye almıyorsun söylediklerimi? Hiç mi umurunda değil kendimi nasıl hissettiğim?"

"Olmaz olur mu sevgilim?" dedi Ertan. Elinden tutup kanepeye oturttu sevgilisini. "Ailemle tanışmak istediğini biliyorum, bunu ben de istiyorum ama her şeyin bir yeri ve zamanı var. Sıradan bir aile bizimkiler. İlişkiler farklı, prensipler, değerler farklı... Hem daha biz çok yeniyiz. Birlikte başarmamız gereken çok şey yok mu sence de? Nedir senin bu gelin hanım olma kompleksin? Evimizin kadını, çocuklarımızın anası mı olmak istiyorsun yani hemen? Ne kadar kıro bir beklenti bu böyle aşkım, şaka mısın sen ciddi misin? Ne oldu star Aleyna'ya? Derdin evlenip çocuk doğurmaksa bu işlere niye bulaştın?"

Böyle düşününce ne kadar da haklıydı Ertan. Daha kaç aydır birlikteydiler ki? Neden görgüsüz cahil kızlar gibi hemen aileyle tanışma telaşına kapılmıştı ki? Ertan'ın dediği gibi tam bir kıroluktu bu... Ah çok utanıyordu şimdi. Keşke hiç söylemeseydi o lafı. Bir daha asla aileyle tanışmayı beklediğini ima etmeyecekti hatta beklemeyecekti bile.

"Haklısın" dedi Aleyna. "Gelin hanım olmak değil de senin gibi mükemmel bir evladı yetiştiren aileyi tanımaktı aslında isteğim. Bunun da acelesi yok tabii..."

"Yalnız artık çıkmamız lazım aşkım" dedi Ertan. "Ben daha duş alacağım."

"Ben de hemen giyiniyorum" dedi Aleyna. Yine kendinin haksız çıkacağı bir konuşmanın daha yılan hikâyesine dönüp sinir kriziyle sonlanmasına dayanamayacaktı. Koşar adım giyinme odasına gidip akşamki kutlama için bir kıyafet beğendi kendine. Sade ama şık... İddialı bir dekoltesi vardı ki gece boyunca konuşulmaya yeterdi, bu da Ertan'ı fazlasıyla tatmin ederdi.

Kulübe geldiklerinde yemek başlamış, eğlenceli bir sohbet dönüyordu gençler arasında. Yeni nişanlı çiftin etrafını sarmıştı hepsi. Ertan'la Aleyna'nın içeri girmesi bütün havasını değiştirmişti gecenin. İkisinin olduğu yerde başkalarıyla ilgilenmek mümkün değildi artık.

Aleyna'ya edilen iltifatların günün sonunda Ertan'ın çok kıymetli çabalarına bağlanması artık bağışıklık kazandığı bir hastalık gibiydi Aleyna için. Bedenine sızıyor fakat semptom göstermiyordu eskisi gibi.

Bir ara şoför Ertan yanına gelip siyah bir paket vererek çıkmıştı hemen. Asu bu kez hediyelerden birini geri yollamayı başarmış diye düşündü Aleyna. Sinirden eli ayağı titremeye başladı. "Nedir o?" diye sordu kulağına Ertan'ın. "Geri yollamayı başardı mı yani sonunda?"

"Kim?" dedi Ertan fısıldayarak. Anlamamıştı söyleneni.

"Hediyeyi diyorum?"

"Evet, ben aldım. Orçun'un nişanlısı için..."

"Asu Hanım'a yolladın ama aslında değil mi? Geri geldi."

"O ne demek Aleyna, ne biçim bir tavır bu ucuz ucuz hareketler?"

Gerildikleri kutlama masasında hemen fark edileceği için sakin görünmeye çalışarak tartışıyorlardı ama Aleyna'nın canının sıkkın olduğu anlaşılıyordu her halinden. Ertan'ın zoraki tebessümleri bile durumu kurtarmaya yetmiyordu.

"Şu hediye yollama işine bir son versen diyorum artık. Şoför de kapı kapı dolaşıp kadınlara paket taşımaktan yorulmuştur."

"Aklını kaçırmışsın sen, iyi değilsin, hastasın sen, hastasın gerçekten..."

"Asu'ya cep telefonu yollamadın mı yani hiç, kapılarına gidip yalvarmadın mı?"

"Yok artık burada daha fazla kalmanı istemiyorum Aleyna. Şoför seni evine bıraksın, hemen kalkıp gidiyorsun, hemen."

Ertan, masadakilerden özür dileyerek Aleyna'nın karnının ağrıdığını, eve gidip dinlenmesi gerektiğini söyleyerek kalktı. Kolundan kuvvetlice tutup çekiştirdiği kızı kapıda şoföre bırakıp evine götürmesini söyledi. Tam bırakacağı sırada kulağına eğilip tehditkâr bir sesle fısıldadı:

"Sakın iyileşmeden beni arama... O hastalıklı beyninden kurtul, haddini bil öyle çık karşıma. Sen daha kiminle birlikte olduğunun farkında değilsin, senin haddine değil beni böyle varoş ağızlarla sorgulamak. Hadsiz!"

Neye uğradığını anlamamıştı Aleyna, kapıdaki gazetecilere yalnız yakalanmış olmasına da sinirlendi. Herkes Ertan'ı soruyordu doğal olarak. Neden geceyi erken terk ediyordu?

"Biraz rahatsızlandım" dedi sevimli ve mutlu bir kadın gibi görünmeye çalışarak. "Ertan dostlarımızla birlikte... Nişan kutlaması var. Ben maalesef biraz dinlenmek zorundayım, midem kötü. Onun dışında her şey yolunda merak etmeyin."

"Kavga mı ettiniz acaba?" diye sordu içlerinden biri.

Yapmacık bir kahkaha patlattı Aleyna.

"Ne kavgası çocuklar, aşkolsun yapmayın böyle şeyler. Sevgilimle geldim, şimdi onun arabasıyla evimize dönüyorum, arkamdan o da gelecek. Ne kavgası? Saçma sapan şeyler yazmayın rica ederim."

"Evlilik var mı peki?"

Aleyna gitmesi gerektiğini söyleyip başka hiçbir soruya cevap vermeden atladı arabaya. Sinirleri çok bozuktu. Eve gidene kadar ağlamamak için zor tuttu kendini. Şoföre rezil olmak istemiyordu daha fazla. Yine de aylardır içini kemiren şeyi sormadan edemedi:

"Asu'ya cep telefonu götürdün mü sen hiç?" dedi. "Doğru söyle."

"Ne diyorsunuz Aleyna Hanım?" dedi şoför. "Beni zor durumda bırakıyorsunuz."

"Asu'nun evini biliyorsun ama değil mi?"

"Ertan Bey nereye derse oraya giderim, işim bu benim. Kimsenin ismini bilmem."

"Bilirsin bilirsin..." dedi Aleyna. "Daha neler biliyorsun ama söylemiyorsun."

Şoför sağ salim Aleyna'yı aşağı indirdikten sonra arkasına bile bakmadan basıp gitti. Hepsini anlatacaktı Ertan'a muhtemelen. İş iyice bozulacaktı biliyordu ama yaptığı bu çıkışa da engel olamıyordu işte. Sanki kendi değil de başkası yapıyordu her şeyi. İçindeki ölmek üzere olan kadının çıkışlarıydı bunlar ya da içinde can çekişen kız çocuğunun... Canının acısıyla ağzına geleni söylüyor, yaralarını iyileştirecek bir şeyler arıyordu etrafta ama bulamıyordu. Aleyna da içindeki yaralı kızın yaptıklarını izliyor, sonuçlarının neler olabileceğini tahmin edebiliyordu.

Ertan delirmiştir muhtemelen. Bunun bedelini ağır ödetirdi Aleyna'ya. Aylarca süründürürdü belki, aramazdı, konuşmazdı, başkalarıyla olurdu, yardım etmezdi, işlerini bozardı, görüşmezdi... Ertan bu... Yalvartana kadar zorlardı insanı...

Neyse ki masadan kalkarken Ertan'ın cep telefonunu kaçırmayı başarmıştı fark ettirmeden. Bütün gece kimlerle neler yaptığını öğrenecek, nerede doğruydu, nerede yalancıydı anlayacaktı. Telefonunu almak için mutlaka gelecekti nasılsa. O gelene kadar soysal medya hesaplarına bile tek tek bakacak, kimlerle ne yazıştığını okuyacaktı.

İçinden bir ses bunun doğru olmadığını bağırarak söylüyordu ama kulakları tıkalıydı Aleyna'nın. Görüp bulacağı şeyleri kaldıramayabilir, sonrası çok daha zorlu ve travmatik bir süreç olabilirdi. Eğer Ertan'dan kopmak istiyorsa kendine travmalar arayıp bulmak zorunda değildi. Başkalarıyla yazışmalarını okuması, kimlerle ne düzeyde ilişkiler kurduğunu öğrenmesi gerekmiyordu. Ona güvenmiyorsa hemen şimdi sonlandırabilirdi her şeyi. Neden saçma sapan şeylerle boş yere kirletecekti ki beynini?

Salonda bir kanepeye oturup açtı telefonu. Önce Whatsapp'a girdi sonra, fotoğraf arşivine, sonra Instagram ve Facebook mesajlarına... Saatlerce dikkatle inceledi, araştırdı her şeyi... Aramaları da kontrol etti, telefon rehberini de... Bir temiz elden geçirmişti Ertan'ın günlük hayatındaki hareketlerini...

Gece yarısından sonra Ertan geldiğinde sehpanın üzerinde kapalı duruyordu telefon... Aleyna hâlâ aynı yerde oturuyor, dışarıyı izliyordu.

Telefonunu alıp ceketinin içcebine yerleştirdi Ertan konuşmadan. Hiçbir şey söylemedi. Sinirli gibi de görünmüyordu. Sadece bunun bir bedeli olduğunu tebliğ etmeye gelmiş olmalıydı. Evde kalmayacağını tahmin ediyordu Aleyna. Bundan sonra uzun zaman gelmeyebilirdi hatta. Sürüm sürüm süründürürdü onu. Kan kustururdu.

"Ne buldun peki?" dedi Ertan acıyan bakışlarla Aleyna'yı izlerken. "Zavallı küçük kız... Ne buldun bakayım bu telefonda söyle?"

"Hiç..." dedi Aleyna. "Hiçbir şey."

"Ben sizin mahallenin adamlarından değilim küçük kız. Ne yaparsam yapayım bana layık bir kadın olamayacaksın. Seni Türkiye'nin en ünlü kadını yapmaya gücüm yetiyor ama zekâ başka bir şey tabii... Salaklığın beni aşıyor. Salak kadın sevmem ben."

Haklıydı... Asu'nun sözlerini aklından çıkarmaması gerekirdi Aleyna'nın... O bir narsisti. Ertan'ın ona yazan kadınlara cevap vereceğini düşünmesi bile hataydı. Sosyal medyadan yazan ucuz kadınlara, Whatsapp'tan asılan tanıdıklara karşılık verip onlarla birlikte olmaya tenezzül eder miydi hiç? Ertan'ı hiç tanımamış gibi davranıyordu Aleyna. Hayatı daha da zorlaştırıyordu kendine.

Ama garip bir şekilde kötü de hissetmiyordu bu gece kendini. Ertan'ın kapıyı çekip gitmesi çok da korktuğu gibi sarsıcı bir sinir krizine yol açmamıştı. Tarif edemediği bir iyilik hali vardı ama yine de korkuyordu onu özlemekten, arayıp da bulamamaktan, onu başkalarıyla görmekten...

O garip adamın sözleri geliyordu yine aklına. Selim'in sözleri... Hislerin bir sinyal olduğundan söz etmişti. Birer uyarıcıydı hisler... Şu anki hisleri ne konuda uyarıyordu peki onu? Anlamıyordu.

Bir yanı Ertan'a tutkuyla bağlı gibiydi diğer yanı onsuzken özgür ve mutlu... Bu ikisini aynı anda hissediyor olmak ürpertiyordu içini. Aklı karışıyordu daha çok. Acaba bütün bunlar hiç mi olmasaydı? Ne gerek vardı? Mutlu bir ilişkiyi mahvetmişti durup dururken. Ertan'ın da canını sıkmıştı. Üstelik hiçbir kadına karşılık vermemiş vicdanı rahat, aklı temiz bir adamdı o... Neden yapmıştı bunu neden? Ne güzel eğlenip döneceklerdi eve, birlikte uyuyup uyanacaklardı, konser provasına gideceklerdi, Ertan ünlü bir aranjörle tanıştıracaktı hem onu...

Yine de bir şeyden emin olabilirdi artık. Asu aylar önce Ertan yeni bir kurban bulduğunda özgür kalacağından söz etmişti Aleyna'ya. Aylardır Asu'dan ses seda çıkmadığına göre Ertan'ın bir kurbanı vardı demek artık. Kendi eliyle kendi kurbanını yaratmayı başarmıştı yine. Yenisini buluncaya kadar tutsaktı artık Aleyna... Asu gibi kaçmaya cesaret edene kadar hem de...

"Ah benim aptal kafam ah..."

Sehpanın üzerindeki tabletinde Youtube'u açıp Mavi Gölgeli Adam'ı buldu elleri titreyerek... Şarkılarını dinledi bir süre... Sonra bir şiir çalındı kulağına... Mavi Gölgeli Adam'ın yumuşacık, duygulu sesiyle okuduğu bir Mevlana şiiri...

Tüyleri diken diken olmuştu Aleyna'nın. İçi ürpermiş, gözleri dolmuştu.

Özgürleşmek hiç bu kadar kederli bir arzu olarak yankılanmamıştı içinde.

Özgürleşmek...

Ama sahiden özgürleşmek...

Kendi görece özgürlüğünün aslında bir tür tutsaklık olduğunu düşündü uzun uzadıya.

"Özgürleşmek..." diye heceledi içinden yavaşça. Her istediğini yapabilmek demek değildi özgürleşmek, ne istediğinden emin olmaktı önce... Emin olduğunu gerçekleştirebilmekti sonra...

Neden bu kadar dokunmuş, bu denli içini acıtmıştı ki şimdi bu şiir, anlamadı. Bütün gece defalarca dinleyip ağladı.

Olduğum gibi kim görebilir beni
Ne rengim var benim ne nişanım
Benim de bildiğim sırlar var diyeceksin ama
Hem o sırlarım ben hem de o sırları saklayanım.
Bu gönül ne vakit durulacak bilmem
Ama şu anda hiç kımıldamadan da duran benim
Yürüyüp giden de ben.
Ben bir denizim kendi varlığı içinde taşan
Uçsuz bucaksız, alabildiğine geniş, kıyısız, hür bir deniz.
İki dünya da yok oldu gitti bende
Artık ne bu dünyadan sorsunlar beni, ne o dünyadan.
Sen bizim aynımızsın dedim ey can!
Amma yaptın dedi, o da ne demek?
Şu gördüklerin hep benim.
Yoksa dedim sen O musun?
"Hey, kendine gel! Sus!" dedi.
"Benim ne olduğum dile gelmez..."
Öyleyse dedim sana işte dilsiz, dudaksız konuşan biri.
Yoklukta ayaksız yürümedeyim, gökteki ay gibi.

İşte sana elsiz ayaksız durmadan koşan biri.
"Böyle koşup durmak" dedi bir ses. "Senin nene gerek?"
Bak bana, apaçık ortadayım da gene gizliyim
Sen beni gör asıl beni!
Eşi bulunmaz bir gizli maden olmuşum
Eşi bulunmaz bir deniz olmuşum ben
Tebrizli Şems'i gördüm göreli.

– Mevlana

***

"Narsisizm psikolojik bir terimdir fakat tek bir psikoloji dersi bile almamış insanlar dahi, bir narsis görünce tanırlar. Narsisizmin diğer yaygın isimleri arasında; kibirlilik, kendini beğenmişlik, azamet, gösterişçilik ve benmerkezcilik bulunur. Narsis kendini çok önemser, mağrurdur, kendini metheder, çok konuşur ya da kendi hayalinde bir efsanedir. Birçok kendini düşünen aptal narsistir ama çok sayıda (ne yazık ki sonradan benmerkezci ve yalancı olduğu ortaya çıkan) hoş, görünüşte çekici ve karizmatik insan da öyledir. O popüler posterdeki kendini aslan olarak gören kedi yavrusu gibi, narsisin de kendi yetenekleri hakkında abartılı bir kanısı vardır. Narsisler yalnızca kendilerine güvenmekle kalmazlar, aynı zamanda kendilerine aşırı güvenirler. Kısacası narsisler kendilerine aşırı hayrandırlar."

– *Asrın Vebası: Narsisizm İlleti,* Jean M. Twenge

-XII-

Kollarını iki yana açmış, gürül gürül üzerine yağan coşku dolu alkışları göğsünün ortasında toplayarak bekledi epey bir süre... Çığlıklar atarak "Bravo!" diye bağırdıkça kendi içinde deniz gibi kabarıp sönen kalabalığı izledi. Gözleri doluyordu bu sahneyi izlerken. Hepsi onun için gelmişlerdi. Hepsi bir ağızdan eşlik etmişti şarkılarına ve avuçları patlayıncaya kadar alkışlamışlardı. Hayalindekinden bile daha güzeldi aslında... Böylesini kendi de düşlememişti.

Üç haftada üç konser... İstanbul, Ankara, sonra yine İstanbul...

"Teşekkür ederim!" dedi içtenlikle. "Burada olduğunuz için ve benimle şarkı söylediğiniz için teşekkür ederim."

Sahneden seri adımlarla ayrılıp kendini kulise attığında kan ter içindeydi. Saçlarından yağmur damlaları süzülüyordu yüzüne adeta. Kontrol edemeyeceği kadar hızlıydı soluğu. Kalbi hiç olmadığı kadar aceleci ve gürültülü atıyordu.

"Tebrikler!"

"Tebrikler!"

"Yine çok iyiydin Aleyna!"

"Süper bir konserdi bravo!"

"Tebrikler Aleyna!"

"Muhteşemdin!"

"Yine olay bir konser, yine!"

"Tebrikler Aleyna geçmiş olsun!"

Orkestra arkadaşları, vokalleri, makyözü, kuaförü, kostümcüsü, menajeri, yardımcısı, organizatörleri hepsi birer ikişer kulisten başlarını uzatarak kutluyorlardı Aleyna'yı... Bütün yabancılar, sonradan hayatına dahil olanlar, yolu birlikte yürümediği, birlikte hayal kurmadığı bütün insanlar hepsi tebrik edip ne kadar başarılı bir iş çıkardığını, ne şahane bir solist olduğunu söyleyip gittiler. Birkaç dakika sonra kuliste yapayalnız, yorgun ve sırılsıklamdı. Ne Ertan vardı konserde, ne annesi, ne babası...

Azize sahnede vokal yapan sevgilisini yalnız bırakmamak için ilk kez gelmişti kardeşinin konserine. Hâlâ yoktu ortada... Muhtemelen Çetin'i alıp çıkmıştır diye düşündü Aleyna.

Üzerini çıkarıp terini çekmesi için beyaz bir bornoz geçirdi üzerine. Aynanın karşısına geçip makyajını silmeye başladı sonra. Kulis ikramlarından bir şişe açıp kendine kocaman bir kadeh kırmızı şarap doldurdu. Bir iki tane de kuruyemiş attı ağzına. Kalbinin hızı eski seyrine dönüyordu yavaş yavaş, teri kuruyor, soluğu düzenleniyordu nihayet.

Birkaç dakika sonra kapısı çalınınca gerildi. Keşke bir süre daha yalnız kalabilseydi burada. Kimseyle konuşacak hali yoktu. "Girin" sesini beklemeden içeri fütursuzca dalan kişinin Çetin olduğunu görünce sinirlendi.

"Girin demedim ki daha!" diye çıkıştı. "Burası kulis, babanın odası değil."

"Ah özür dilerim!" dedi Çetin boş bulunmuş gibi. "Çaldım ama şey yapmadım bekletiyorum diye. Azize gelmedi mi yanına, onu arıyordum da cebini de açmıyor. Kuliste buluşuruz nasılsa diye düşündüm."

"Gelmedi" dedi Aleyna. "Eve gitmiştir."

Dönüp makyajını temizlemeye devam etti sonra. Bu Çetin'e de çıkması gerektiğiyle ilgili bir mesajdı aynı zamanda ama Çetin kapıyı kapatıp makyaj masasının yanındaki sandalyeye oturup Aleyna'yı izlemeye başladı hayranlıkla.

Çetin'in bu haddini aşan tavrı çok rahatsız ediciydi.

"Ne yapıyorsun sen?" diye sordu Aleyna, izlenmekten hoşlanmadığını açıkça belli ederek. "Kulis burası, buraya böyle giremezsin. Vokallerin odasına gider misin lütfen?"

"Çok güzelsin" dedi Çetin, söylenenleri umursamayarak. "Üç konserde de müthiştin. Seni sahneden izlerken büyüleniyor insan. Ayrıca bana verdiğin bu fırsat hayat boyu unutulmaz. Ne kadar teşekkür etsem az. Ömrümce göremeyeceğim bir ortamın içindeyim. Sahnedeyim, şarkı söylüyorum. Bir günde değiştirdin hayatımı. Bambaşka bir dünya sundun bana."

Aleyna temizleme pamuğunu masaya fırlatıp sinirle kalktı yerinden. Bornozunun kuşağını biraz daha sıkarak yakasını örttü gayriihtiyari.

Çetin'in üzerindeki şehvetli bakışları fark edilmeyecek gibi değildi. Sarhoştu sanki...

"Sen sahneye sarhoş mu çıktın?" diye sordu bir adım geri kaçarak. Çetin'in yavaşça üzerine doğru yürümesi tedirgin ediyordu.

"Kuliste ikramlardan aldım bir iki kadeh. Çok değil."

"Vokaller sahneye sarhoş çıkamaz, yasak. Orkestra da sarhoş olamaz... Hepiniz ayık olacaksınız. Buraya parti yapmaya gelmiyoruz. İş yapıyoruz. Sahne yapıyoruz."

"İçmesem bile sahneye çıktığımda seni gördüğüm an sarhoş oluyorum ki ben..."

"Kovuldun Çetin!" dedi Aleyna. "Buraya kadar. Bize uygun değilsin sen, Tolga'dan bugünkü sahne ücretini al ve git."

Başını sallayarak "Hayır!" dedi Çetin. Sarhoşluğun verdiği saçma bir özgüvenle Aleyna'yı arzulayarak üzerine yürümeye devam ediyordu. "Azize çok üzülür ama..."

Kuvvetli ve hızlı bir hareketle Aleyna'nın bornozunun kuşağını çekip aldı. Küçücük bir el hareketiyle Aleyna'nın üzeri açılıvermişti.

"Allah seni kahretsin!" dedi Aleyna. "Defol çabuk!"

Bornozuyla bedenini kapatmaya çalıştığı sırada öpmek için üzerine abanmıştı Çetin. Kapıyı çalmadan giren Azize'nin duyduğu tek şey Çetin'in "Azize çok üzülür ama" sözleri oldu.

"Allah belanızı versin ikinizin de!" dedi Azize sesi titreyerek. "Azize hiç üzülmez merak etmeyin. Asıl siz yanın kendi halinize. Ahlaksızlar, adi insanlar, edepsizler."

"Saçmalama salak!" dedi Aleyna üzerini toparlayıp. "Adam öküzün teki dedim sana. Böyle pis, aşağılık, rezil işte... Hadsizin teki. Ahıra girer gibi kulise girip üzerime yürüdü."

"Sen çağırmadın mı kulise?" dedi Çetin.

"Yok artık! Sen sahiden çok tehlikeli bir adamsın. Defol git buradan! Kovuldun!"

"Sana Azize çok üzülür dedim ama..."

Okkalı bir tokat patlatmıştı Aleyna bu fütursuz adamın suratına ama hâlâ gülümsemeye devam ediyor, kendince eğleniyordu sanki bu durumla.

"Bundan sonra siz üzüleceksiniz ben değil!" diye bağırdı Azize. "Görün bakın neler yapacağım size. Yanınıza kâr kalmayacak merak etmeyin."

Ablasının bu duyguyla kulisi terk etmesi büyük bir yıkım yaramıştı Aleyna'da. İkisi arasında kavganın her türlüsü yaşanabilirdi ama birinin âşık olduğu adamla diğerinin yakınlaşması yüzünden katiyen ama katiyen bir sorun çıkmazdı, çıkamazdı. Bu konuda öylesine terbiyeli, öylesine hassas iki kardeşti onlar. Kıskançlıktan gözleri dönse bile başkasının sevdiğine değil duygu beslemek, onunla dostluk kurmaktan bile imtina ederlerdi. Bu sessiz ama soylu erdem, kristal bir vazo gibi yere düşüp tuzla buz olmuştu şimdi. Hem de değersiz, anlamsız, bomboş bir adam yüzünden.

Çetin de Azize'nin peşinden çıkmasaydı eğer onu meyve bıçağıyla doğramaya hazırlanıyordu Aleyna. Kuliste hareketsiz, cansız bir halde donup kalmıştı. Neden her şey bu kadar kötüye gidiyordu? Neden hayallerinin gerçekleşmesi hayatının elinden kayıp gitmesine neden oluyordu? Neden mutlu değildi? Üstelik ne dışarıdaki alkışların bir anlamı vardı ne de peş peşe sıralanan iltifatların. Hepsi yalan, hepsi geçici... Bugün var yarın yok... Şimdi Azize de yoktu, Ertan da... Annesi zaten hiç olmamıştı, babası da keza öyle... Oysa en çok onların alkışlarını duymak, "Başardın işte tebrikler!" dediklerini işitmek isterdi. Zaten bütün bunları da kaybetmekten korktuğu insanlar onu biraz daha sevsin diye yapmamış mıydı? Başarma arzunun temelinde biraz daha sevilmek ihtiyacı yatmıyor muydu?

Eve döndüğünde canlı bir kadavradan farksızdı Aleyna. Sanki o muhteşem konser hiç olmamış, salonu hıncahınç dolduran hayranları onu tezahüratlarla alkışlayıp şarkılarına eşlik etmemiş, sanki basına renkli malzemeler vermemiş, övülmemiş, desteklenmemişti.

Gün doğumuna bir iki saat kalmıştı artık sadece... Caddeler, sokaklar kalabalıklaşmaya başlardı çok geçmeden. Her yer hıncahınç dolardı ama kimseler gelmezdi Aleyna'ya. Ertan haftalardır aramıyordu, telefonlarını açmıyordu, Azize artık yoktu, muhtemelen annesi de görmek istemezdi onu.

Ne olursa olsun, ne kadar aşağılarsa aşağılasın, ne kadar zorlarsa zorlasın Ertan'a çok ama çok ihtiyacı vardı şu an. Göğsüne yaslanıp gözlerini kapasa, gün doğana kadar ağlasa ne iyi gelirdi aslında. Kapıdan kovmasını bile göze alarak hiç beklemeden çıkıp gidecekti ona. Bedeli ne olursa olsun koşacaktı kollarına. Bu yalnızlıkla tek başına çarpışamazdı. Fırlayıp gitti otele. Ertan'ın yaşadığı kral dairesinin anahtarını istedi resepsiyondan ama vermediler. Israrları üzerine Ertan Bey'e haber vermeyi kabul ettiler ama...

Neyse ki geri çevirmedi Ertan. Odasında beklediğini söyleyince içinde büyük bir sevincin ve umudun dalgası doğdu.

İçeride bir başına uyuyan dünyalar güzeli bir adam vardı. Derli topluydu odası, ne içki şişesi, ne kadehler, ne boş bardaklar, ne sağa sola atılmış tabaklar... Başka kimsenin ayak basmadığı belliydi. Yastığında yalnızca onun başının izi...

Odayı dikkatle ağır ağır izleyen Aleyna, dizlerinin üzerine çöküp hüngür hüngür ağlamaya başladı. İlişkisini de yine kendinin mahvettiğini düşünüyordu. Ertan zor bir adam olabilirdi ama şimdiye kadar hep haklı çıkmıştı. Ondan kuşkulanarak, boğarak, baskı yaparak ve en önemlisi de kıskançlığı abartarak haksızlık etmiş, erkeklik onurunu kırmıştı, şimdi de bin pişmandı işte.

Ertan, ayaklarına kapanarak gözyaşı döken sevgilisini tatlı bir gururla izledi bir süre. Bunu hak ettiğini geçiriyordu içinden muhtemelen. Kendi de üzgündü ama bu ceza lazımdı Aleyna'ya yoksa aklı başına gelmezdi hiç.

Neden sonra eğilip omuzlarına, saçlarına dokundu sevgilisinin.

"Tamam..." dedi. "Yeter bu kadar, kalk artık."

Aleyna ayaklarına kapanarak "Senden çok ama çok özür dilerim" dedi. "Beni affedebilecek misin? Seni çok seviyorum Ertan, sana çok ihtiyacım var. Beni bırakırsan öldürürüm kendimi yaşayamam..."

Bu sözler birini hatırlatıyordu ona sanki ama Ertan'ın affından başka hiçbir şey düşünemiyordu o an.

"Bundan böyle sözümden çıkmayacaksın" dedi Ertan. "Ben ne yapıyorsam senin iyiliğin için yapıyorum çünkü... Bir daha saçmalamak yok, tamam mı? Benim kadınım olduğunu unutma..."

"Asla..." dedi Aleyna. "Asla, asla unutmayacağım bunu. Sen ne dersen onu yapacağım. Seni hiç üzmeyeceğim. Boğmayacağım. Saçma sapan kıskançlık krizlerine girmeyeceğim. Başkalarının yanında seni küçük düşürmeyeceğim. Seni her zaman her yerde onaylayacağım. Hiçbir sözüne hiçbir isteğine itiraz etmeyeceğim. Çünkü sen bunların hiçbirini hak etmiyorsun. Sen kusursuzsun, mükemmel bir adam, şahane bir sevgilisin. Sen en büyük şansımsın benim. Hayalimsin... Kahramanımsın..."

Özgüvenini neredeyse tamamen kaybetmiş bu yorgun ve kişiliği iyice silinmiş genç kadını yanına alarak başını göğsüne bastırdı Ertan yavaşça ve şefkatli olmaya gayret ederek.

"Çok şükür" dedi Aleyna iki gözü iki çeşme sevdiği adamın koynunda ağlarken. İhtiyacı olan şey tam da buydu işte. Sevilip kollandığı bu an için hayatını bile gözden çıkarmaya hazırdı.

"Çok şükür... Çok şükür..."

Ağlamaktan yorgun düşen Aleyna'nın sızması çok uzun sürmemişti. Huzur dolu derin bir uykuya dalmıştı ama sabah uyandığında hayatında hiçbir şeyin bir daha eskisi gibi olmayacağından habersizdi...

***

Kahvaltıyı otelin terasında yapmak istemişti Ertan o sabah. Mükellef bir sofra hazırlattı barışmalarının şerefine. Aleyna'nın da yüzü gülüyordu nihayet. Gözlerindeki hüzün perdesi hiç aralanmasa bile sohbet ediyor, dün geceki konseri anlatıyor, Ertan'ı ne çok özlediğini itiraf ediyordu. Çetin'le yaşananları anlatıp dertleşmeye fazlasıyla ihtiyacı vardı ama haftalar sonra yeniden bir arada olmanın tadını kaçıracak hiçbir şeye izin vermek istemediğinden susuyordu şimdilik. Hem o meseleyi önce Azize'yle çözmesi gerekecekti. Ertan'ın da desteğini alırsa her şey daha da kolaylaşırdı nasılsa.

Günlerdir ağzına lokma koymayan, kahve dışında içecek tüketmeyen Aleyna, kahvaltının lezzetini tamamen unuttuğunu fark etti çayından ilk yudumunu aldığında. Ekmekler mis gibiydi, kızarmış. Tereyağı hemen eriyordu ekmeklerin üzerinde. Reçeller meyve kokuyor. Ertan'la her şey ne kadar güzel ve lezzetli geliyordu ona. Bir daha ne olursa olsun onu kaybetmeyecek, ağzını bile açmayacaktı. Ne derse yapacak, her eleştirisinin iyi niyetli olduğunu hatırlatacaktı kendine. Hayır, hayır. Ölürdü de bir daha Ertan'ı kaybedemezdi. Değil üç hafta, üç saat bile ayrı kalmaya dayanamazdı bundan sonra.

Keyifle kahvaltılarını ettikleri sırada bir garson, menajer Tolga'nın yanlarına gelmek istediğini haber verdi.

"Haberin var mıydı aşkım?" diye sordu Ertan. "Bekliyor muydun?"

"Hayır" dedi Aleyna. Şaşırmıştı. "Konserden sonraki gün kimseyi çağırmam ki zaten. Bugün herkes dinleniyor."

Çantasından cep telefonunu çıkardı hemen, kapalıydı. Merak etmişti bu ani ziyaretin sebebini.

"Gelebilir mi lütfen?" diye sordu Aleyna yalvarırcasına. Sevgilisini hiç üzmek istemiyordu artık. "Çok merak ettim. Beş dakika uğrayabilir mi?"

"Tamam uğrasın o halde" dedi Ertan. "Çok kalmasın ama. Kahvaltıda iş toplantısı istemiyorum."

"Uzatmayacağım söz..."

Tolga yüzü düşmüş, panik halde geldi yanlarına.

"Günaydın" dedi soğuk bir sesle. "Olanlardan haberiniz var mı sizin?"

"Ne oldu ki?" diye sordu Ertan. "Sorun mu var?"

"Hem de ne sorun, bakalım nasıl temizleyeceğiz bunu?"

"Anlatsana Tolga" diye çıkıştı Aleyna. "Neler oluyor?"

"Azize!" dedi Tolga.

"Azize mi?"

Cep telefonunu çıkarıp Azize'nin Instagram sayfasındaki canlı yayın kaydını izletmeye başladı. Üç saat önce canlı yayın yapmış, yer gök inliyordu sosyal medyada.

"Pop star Aleyna, bildiğiniz gibi benim tatlı minik kız kardeşim... Çocukluğumuzdan beri her konuda hep didişiriz. Canciğer kuzu sarması olmadık hiç ama birbirimize kazık atmadık. Aldatmadık da. Daha doğrusu ben hiç kazık atmadım. Fakat meşhur pop star Aleyna'nız benim sevgilimi elimden aldı. Evet, evet... Duyun da inanmayın. Akıl alır gibi değil biliyorum ama maalesef o sadece bir pop star değil, aynı zamanda bir kevaşe... Sevdiğim adama gözünü dikti. Onları kuliste yakaladım. Gözlerimle gördüm. Bunu yapabilecek potansiyelde olduğunu hep hissediyordum zaten. Tanıştırmamak için elimden geleni yaptım... Ama maalesef..."

"Kapat şunu!" diye bağırdı Aleyna. Cep telefonunu açıp Azize'yi aradı elleri titreyerek. Engellenmişti numarası. Ne mesajla ne aramayla ulaşabiliyordu ona.

Ertan başını ellerinin arasına almış düşünüyordu kara kara...

"Nasıl bir aile bunlar ya!" diye söyleniyordu kendi kendine. "Neye bulaştım ben böyle? Rezil olacağım!"

"Sen niye rezil oluyorsun?" dedi Aleyna ağlayarak. "Ben rezil oldum işte görmüyor musun? Hâlâ kendini düşünüyorsun inanamıyorum sana!"

"Siz onu bunu bırakın da olayı nasıl kapatacağımızı düşünelim" dedi Tolga.

"Sence kapanır mı bu konu?" diye sordu Aleyna. "Yüz binlerce yorum var baksana..."

"Bu memlekette ne konular kapandı bu da kapanır bir şekilde, ama mühim olan en az zararla kapatmak..."

"Ne yapacağız Tolga?"

"Sonuçta Ertan'la berabersiniz. Bu akşam bir restoranda magazine fotoğraf verirsiniz, o benim canım kardeşim, üzerine gitmeyin dersin basına. Konu abla kıskançlığına bağlanır kapanır. Sana saçma bir iftira atmış gibi olur kıskançlığından, sen de her şeye rağmen onu bağrına basmış olursun yine de... Büyüklük sende kalır ama..."

"Ama ne?" diye sordu Ertan. "Kapat o zaman konuyu bu şekilde ne uğraştırıyorsun?"

Tolga başını sallayarak cep telefonunda yeni bir Instagram sayfası daha açıp izletmeye başladı ikisine.

"Çetin!" dedi Aleyna. Saçını başını yolmak üzereydi.

"Hassiktir!" dedi Ertan. "Bitti... Bu konu kapanmaz artık."

Azize'nin yaptığı canlı yayını fırsat bilen Çetin boş durmamış meğer. Peşinden kendi de bir canlı yayın açarak Aleyna'yla aralarında bir yakınlaşma olduğunu açıklamış.

"Pislik herif!"

"Ben Azize'ye bunu yapmak istemedim, çok direndim ama bir yerde Aleyna'nın ilgisine karşı da koyamadım. Masum değilim kabul ediyorum. Karaktersiz davrandım kabul ediyorum. Aklım karıştı. Çok üzgünüm. Azize'yi üzdüğüm için affetmiyorum kendimi. Aleyna'ya karşı koyamadığım için suçluyum."

"İşte bununla baş etmek kolay değil" dedi Tolga. "Abla kıskançlık krizine girmiş iftira atıyor der kapatırdık konuyu ama sevgilisi de destekleyince, bir de günah çıkarınca, bu işin içinden akça pakça çıkmak imkânsızlaşıyor."

Aleyna yumruğunu masaya geçirip öfkeyle kalktı yerinden. Hem ağlıyor hem volta atıp söyleniyordu.

"Allah'ın belası pislik!" dedi. "Hoşuna gidiyor tabii dikkat çekmek... Konunun ne olduğu hiç önemli değil, şu an herkes onu tanıyor, herkes hakkında konuşuyor ya bu onun için yeterli... Magazinlere de düşer, orada da röportajlar yapar, takipçi sayısı artar, popüler olur, yarın öbür gün başka bir şarkıcının vokalisti olur, hatta kendi bile albüm yapar. Buradan yürür gider artık o."

Ağzını bıçak açmıyordu artık Ertan'ın. Derin düşüncelere dalmış, kaşları çatılmış, canı sıkılmıştı iyice. Tolga'yla Aleyna arasında cereyan eden konuşmaları işitmiyordu artık. Başka bir karar vermesi gerekiyordu sanki bundan sonrası için. İşin rengi değişmişti.

Onun sessizliği diğerlerini de tedirgin etti bir süre sonra.

"Sen ne düşünüyorsun abi?" diye sordu Tolga. "Ne yapacağız?"

Başını sallıyordu Ertan. Olumsuzdu hisleri...

"Bilmiyorum..." dedi. "Yapacak bir şey yok gibi görünüyor."

"Ne diyorsun aşkım?" dedi Aleyna. "Bir şey yapmayacak mıyız yani?"

Hâlâ çok düşünceliydi Ertan.

"Ertan konuşsana ne olur, bir şey yapmayacak mıyız?"

"Sanırım artık ben bir şey yapmayacağım" dedi Ertan.

"O ne demek?"

"Konuşuruz odaya çıkınca..."

Tolga ikisi arasındaki gerginliğin çok da iyi bir yere gitmeyeceğini hissederek izin istedi. Biraz düşünüp birlikte hareket etmeyi teklif ederek çıktı otelden.

Aleyna, çıt çıkarmadan sabırla ağzına bakıyordu Ertan'ın. Ne konuşacağıyla ilgili olumsuz hiçbir şey düşünmek istemiyordu, her şey dünden beri daha yeni yoluna girmişken katiyen yıkıcı bir çatışmanın içine düşmeye dayanamazdı. Elinden geldiğince sabırlı ve anlayışlı olmaya söz veriyordu içinden.

Çayından bir yudum daha alıp derin bir iç geçirdi Ertan. Enine boyuna düşünmüştü kendi içinde belli ki. Net kararlarla geri dönüyor gibi görünüyordu.

"Benden bu kadar..." dedi. Buz gibi bir sesle. "Çok uğraştım, görüyorsun. Elimden geleni yaptım. Benim kadınım her şeyin en iyisine layıktır çünkü ve her şeyin en güzelini hak eder. Sana bir hayat kurdum, hayalindeki dünyayı sundum ayaklarının altına ama olmuyor işte... Olmayınca olmuyor. Seni ünlü ve saygın bir insan yaptım Aleyna. Herkesin beğendiği, hayran olduğu bir sanatçı... Buna hazır olup olmadığını sorgulamadım bile. Görüyorum ki sen böyle bir hayata ve benim gibi bir adama hazır değilsin. Her şey birkaç beden büyük geliyor sana buralarda farkında mısın? Sen buraların insanı değilsin. Burada ayakta kalmanın yolunu bilecektin Aleyna... Sana verdiğim fırsatları korumayı başaracaktın. Bunu da ben yapamam çünkü... Her şeyi ben yapamam. Öyle bir bataklığın içine düşürdün ki hepimizi, çırpındıkça daha çok batacağız. Bu yüzden ben çırpınmayacağım. Benim kadınım ablasının sevgilisini ayartan hafifmeşrep bir kadın olamaz. Bunun söylentisine bile izin vermez benim kadınım. Böyle bir düşüncenin oluşmasına katiyen fırsat tanımaz. Tedbirli, ahlaklı ve dikkatli olur. Terbiyeli olmak zorundadır benim kadınım anlıyor musun? Bu prensipler çok önemli Aleyna. Senin prensiplerin yok. Beni bu prensiplerim sayesinde yıllardır kimse deviremedi piyasada ki ne büyük rakiplerle, ne büyük düşmanlarla uğraşıyorum ben aklın almaz. Oysa sen birkaç ay bile tutunamadın geldiğin yerde. Benden buraya kadar... Seni ait olmadığın bir yere aitmişsin gibi yerleştirmeye zorlarsam ikimize de daha çok zarar veririm."

Gözlerinden yaşlar süzülüyordu Aleyna'nın. Yine yerden göğe haklıydı Ertan... Ne dediyse az bile demişti. "Başaramadım..." diye düşündü Aleyna. "Olmadı."

Yüzlerce insanın üst üste yığıldığı konser salonları, kapılarında bekleyen onlarca magazin muhabiri, milyonlarca izleyici, milyonlarca takipçi, milyonlarca kez dinlenen şarkılara rağmen başaramadığını hissediyordu iliklerine kadar. Alabildiğine mutsuz ve yalnızdı.

"Başarmak ve mutlu olmak her zaman sayılarla tarif edebileceğimiz bir şey değildir Aleyna Hanım" diye geçirdi içinden. Belki de en çok şimdi anlıyordu o Mavi Gölgeli Adam'ı. Ve ilk kez başka bir şarkı yankılanıyordu kalbinin duvarlarında. Daha önce hiç duymadığı, bilmediği, söylemediği bir şarkı... Uzunca bir yol şarkısı...

Hiçbir şeyi düzeltmek için çabalamayacaktı. Bu çok lüzumsuz olurdu çünkü. Hiçbir şeye kendi neden olmamıştı sonuçta, her şeyi başkaları yapmıştı. Şöhretini de bir başkası inşa etmişti, şöhretinin ipini çeken de yine bir başkası oldu.

Bu sözlerinin üzerine tek laf etmeden masadan kalkıp oteli de, Ertan'ı da sonsuza dek terk etti Aleyna.

-XIII-

Gün ağardığında hâlâ kavuşmamıştı gözkapakları birbirine... Uykusuzluk, yorgunluk ya da hastalık değildi bu. Çaresizlik, öfke ve acı da değildi. Yeni bir başlangıcın bilinmezliği, heyecanı, telaşıydı sanki daha çok. Ne olursa olsun yeniden başlamak mümkün olabilmeliydi bir yerden. Sil baştan başlamanın mümkün olduğu bir an ya da bir nokta olmalıydı ama nereden ve nasıl?

Bu soruların cevabı henüz yoktu aklında ama sil baştan başlama arzusu kuvvetle kavrayıp sarmıştı yüreğini...

Keşke bir işaret, bir yardım, bir destek ya da bir rehberlik gösterseydi hayat da nereden ne şekilde başlaması gerektiğine de karar verebilseydi Aleyna.

Ama olsun...

Karamsar ve umutsuz değildi. Güneş açtığında bir çıkış yolu bulmuş olacaktı. Saatler kalmıştı hayata sil baştan başlamak için.

Başına gelenleri düşünüyordu sürekli...

Bütün bunlar nasıl olmuştu, neden olmuştu ve her şey ne kadar da hızla gelişmişti anlamak mümkün değil...

Yıllardır özlemekle unutmak arasında gidip geldiği sevgili babası bir görünüp bir kaybolmuştu hayatından. Ne özgürlüktü geride bıraktığı şey ne esaret... Ne yangın çıkmıştı gelişiyle ne de depremler yarattı gidişi... Bir çocuk masalı gibi önce korkutarak başlamış, sonra da belirsiz bir geleceğe adanan iyi dileklerle bitmişti işte.

Annesi gözlerinin önünde hayatının en büyük savaşını veriyordu kendiyle. Bu kadar mı sevmezdi insan kendini? Bu kadar mı anlaşamazdı aynadaki haliyle? Annesinin biraz daha sevilmiş ve biraz daha saygı görmüş mutlu bir kadın olmasını ne çok isterdi oysa. Evdeki sevgisizliğin, huzursuzluğun ve güvensizliğin karşılıklı oturup konuşarak aşılamayacak kadar derinlerde çatlamış bir fay hattı üzerinde gidip geldiğini kabullenmekten başka ne çaresi vardı ki?

Hayallerinin erkeği, hayatının en karanlık kâbusuna dönüşmüştü bir anda. Tutunduğu dallar kırılmıştı ellerinin arasında. Sonunda korkulan olmuştu işte. Kırılan dallar ellerinin arasında kalmış olanca ağırlığıyla betona çakılmıştı Aleyna. Kırılmadık kemik kalmamıştı bedeninde. Onuru da kırıktı, kalbi de... Hayalleri de kırıktı, umutları da...

Dünya dönmekten yorulmuş olduğu yere çökmüş, Aleyna'nın üzerine devrilip yatmıştı adeta.

Bu kadarı da olmazdı artık.

Onarılıp düzeltilecek yanı kalmamıştı hayatın. Sil baştan başlamak dışında bir çaresi yoktu...

Gün ışığı salonu iyice aydınlattığında derin bir nefes çekerek yerinden kalktı Aleyna.

Vakit gelmişti artık.

Yola çıkmanın vaktiydi.

Hiç düşünmeden ya da belki de bütün gece gözünü bile kırpmadan düşünüp durduktan sonra yanına gitarını ve sırt çantasını alarak ertesi gün sabah ilk uçakta Dalaman Havalimanı'na bir bilet aldı.

Tek yön...

Uzun zamandır içinden bunu yapmak geldiğini bildiği halde kalbinin sesini kısıp durmuştu. Sonunda artık hiçbir bahanesi kalmamıştı yola düşmemek, yüreğinin sesini dinlememek için...

Muğla'ya vardığında Selim'in dediği gibi çok da zor olmadı yaşadığı yeri bulmak. Bir taksici Mavi Gölgeli Adam'ın yaşadığı yere götürdü Aleyna'yı.

Köyün çocuklarından biri gideceği evin kapısına kadar eşlik etti Aleyna'ya.

İki katlı ahşap bir ev duruyordu karşısında... Bahçede mavi örtülü geniş bir kameriye... Mavi boncuklu bir giriş kapısı vardı evin. Pencereleri yine mavi çerçeveli... Kapıya kadar düzenli şekilde sıralanmış mavi taşlardan tatlı mı tatlı bir yol uzanıyor toprak zeminin üzerinde. Begonviller salkım salkım dökülüyor sağdan soldan. Tavuklar koşturuyor etrafta, ördekler küçük havuzda... Küçük mavi kulübenin önünde minicik bir çoban köpeği oynaşıyor civcivlerle... Denizin huzurlu sesi midyeden yapılmış rüzgâr çanlarına şarkılar söyletiyordu.

Burası cennet dedikleri yer olmalıydı.

Davetsiz bir misafir olarak başına neler geleceğini bilmeden ve hayatında ilk kez bunu hiç hesaplamadan adımını attı bahçeye. Ahşap merdivenleri tırmanıp mavi boncuklu kapıya yönelmişti ki elinde çaydanlıkla genç bir adam çıktı dışarı.

Aleyna'yı görünce bir adım geri gitti önce. Ne olduğunu anlamamıştı.

"Aleyna!" dedi şaşkınlıkla. Yüzüne, sırt çantasına, gitarına ve sandaletlerine bakıp durumu anlamaya çalıştı kendince. Kocaman ve içten bir gülüş yayılmıştı yüzüne. "Hoş geldin, nasılsın?"

"Hoş buldum..." dedi Aleyna. "Habersiz geldim ama..."

"Olur mu hiç öyle şey, ben zaten seni bekliyordum" der gibi sıcacıktı Selim'in bakışları.

"Ne iyi ettin de geldin, geç içeri geç" dedi. "Bu saatte bahçede oturulmaz kavrulursun. Salona geç lütfen. Ben çaydanlığı boşaltıp geliyorum hemen..."

Sanki çocukluk arkadaşıydılar da yıllar sonra birbirlerine kavuşmuşlar kadar neşeliydi Selim. Onun bu dost canlısı karşılaması çok iyi gelmişti Aleyna'ya. Sahiden de ne iyi etmişti de çıkıp gelmişti buraya.

Selim demliği bahçedeki çiçeklerin dibine boşaltıp hortumdan akan suyla güzelce çalkaladıktan sonra eve döndü hemen.

Aleyna kocaman salonun ortasında eski bir halıya yalınayak basıyor, ayakta durup etrafı izliyordu dikkatle. Duvarlar kitaplarla dolu uzun uzun raflarla kaplıydı. Köşede beyaz renkli bir piyano... Yanında tabureye yaslanmış bir gitar, bir keman, bir ritim ve bir ney... Koltuklar lacivert renkli deri... Amerikan mutfak küçük bir eğlence kulübü gibi...

"Burası ne hoş bir yer böyle" dedi Aleyna. "Ne kadar zevkli... Hiç köy evi gibi değil..."

Gülüyordu Selim.

"Hayalinde ne vardı bilmiyorum ama üst kattaki stüdyoyu görünce bayılacaksın" dedi. "Yeni tadilat yaptık, yeniledik stüdyoyu... Hem kayıt alabiliyoruz, hem videolarımızı montajlayabiliyoruz... Çok güzel bir sistem kurduk."

"Muhteşem!" dedi Aleyna. "Demek burada müzik yapıyorsun ha?"

Amerikan mutfağın tezgâhı başında üç farklı çayı birbiriyle karıştırarak çaydanlığa koydu Selim. Misafirine özel bir çay demleyeceği belliydi.

"Bu evde doğdum ben" dedi Selim.

"Söylemiştin" dedi Aleyna. "Anlattığından daha güzel her şey..."

"Otursana lütfen, dinlen biraz. Sana nefis bir köy kahvaltısı hazırlayacağım şimdi..."

Selim sahiden de misafirperver, sıcakkanlı bir adamdı. O gün barbekü partisinde yaptıkları konuşmayı hatırlayınca kendini suçlu hissetmeye başladı Aleyna. Nasıl da ters ters konuşmuş, imalı sözler sarf edip canını sıkmaya çalışmıştı. Düşündükçe utanıyordu yaptıklarından. Ne kadar kibar, cana yakın, düşünceli bir adamdı oysa... Hâlâ neden geldiğini bile sormamıştı Aleyna'ya.

"Zahmet etme" dedi Aleyna. "Uçakta yedim bir şeyler..."

"Böylesini hiçbir yerde yemedin küçükhanım. Çayımın demlenmesini bekle hele... Keyfine bak lütfen. Lavaboyu kullanmak istersen şu tarafta..."

Piyanoya yakın bir koltuğa geçip oturdu Aleyna. Kitapları izliyordu hâlâ oturduğu yerden. Kimi yeni kimi çok eski kitaplar...

"Konservatuvar mezunuydun sen değil mi Selim?" diye sordu.

"Evet... İTÜ."

"Kitaplar..."

"Hepsi benim değil tabii... Annemle babamın kütüphanesi de burada... İkisi de filolog..."

"Ne güzel" dedi Aleyna. "Ne güzel bir aileymişsiniz."

"Öyledir. Çok şanslıyım bu konuda. Onları Bodrum'da bir trafik kazasında kaybettiğim güne kadar hep bu evde ve hep bir arada yaşadık. Sevgilerini, ilgilerini, şefkatlerini hep hissettim üzerimde..."

"Ah!" dedi Aleyna. Çok büyük bir yarayı kaşımıştı farkında olmadan. "Özür dilerim, başın sağ olsun."

"Teşekkür ederim" dedi Selim buruk bir tebessümle. "On yıl oldu neredeyse..."

Selim bir yandan anlatıyor, diğer yandan Aleyna'nın önüne çektiği sehpaya nefis yiyecekler taşıyıp duruyordu tezgâhtan. Yarım saat içinde dünyanın en güzel kahvaltısını hazır etmişti misafirine.

Karşılıklı oturup birer çay içtiler önce. Saatlerce sürecek keyifli bir kahvaltı vardı önlerinde.

Aleyna artık neden buraya geldiğini açıklamak zorunda hissediyordu kendini. Bundan sonrası hakkında hiçbir fikri yoktu. Ne yapacaktı, ne olacaktı bilmiyordu. Kocaman bir belirsizlik denizinin içinde çırpındığını nasıl anlatacaktı Selim'e?

"Ben iyi değilim Selim" dedi neden sonra. "Her şey altüst oldu. Kafam çok karışık. Ayrıca kalbim çok kırık. Sanırım aşk acısı da çekiyorum. Ablamla ipler koptu. Annem de sırtını döndü... Kötü kız ilan edildim ben İstanbul'da..."

"Anlatma..." dedi Selim. "Hiçbir şey anlatmak zorunda değilsin. Neler olup bittiğiyle ilgilenmiyorum Aleyna. Bundan sonra ne yapmak istiyorsun ona bak sen. Bir şey anlatmak istiyorsan onu anlat bana. Ne olsun istiyorsun, bundan sonra ne yapacaksın? Hayata nasıl devam edeceksin?"

"Bilmiyorum..." dedi. "Önce iyileşmeyi beklemem gerekiyor galiba. Bu kadar kırgın ve yaralıyken kendime bir gelecek hayal edemiyorum."

"Yanılıyorsun..." dedi Selim. "Asıl şimdi bir gelecek inşa etmeye başlayabilirsin. Çünkü bütün yaralarınla ve bütün kırgınlıklarınla şu an çok güçlüsün. İyileştiğinde tembelleşirsin. Yaralıyken üretken olursun ama daha yaratıcı olursun."

"Hayatım boyunca hiçbir şey üretmedim ben..."

"Ne güzel işte, şahane bir fırsat var önünde. İnsan üretmiyorsa yaşamıyordur Aleyna. Kötü bir canlı taklididir o. Üretmek, anlamdır. Değerdir. Uygulamak başka şey, üretmek başka... Çağımızda insanların çoğu birer uygulayıcı... Her biri görev adamı... Bir nevi icracı... Ama üretmek öyle değil... Üretmek gelişmekle, büyümekle ilgili... Çabayla, mücadeleyle, inançla, sabırla ilgili... Dolayısıyla icra etmekten çok ama çok daha zor..."

Ne güzel konuşuyordu Selim. Kendini giderek daha iyi hissediyordu ama hayatındaki belirsizlikler uzun süre dağılacak gibi görünmüyordu.

"Ben sadece müzik yapmak istiyorum Selim" dedi Aleyna. "Sayıları düşünmeden, kimin ne dediğine bakmadan sadece müzik yapmak istiyorum. Kendi müziğimi... Kendi şarkılarımı söylemek istiyorum. Olmadı ama... Böyle bir lüksüm yok artık. Bir yandan çalışıp para kazanmak zorundayım diğer yandan gücüm ve zamanım kalırsa kendi müziğimi yapmaya çalışacağım."

"İstanbul'a dönmek istemiyorum" dedi Aleyna. "Ama buralarda yaşamanın yolunu da bilmiyorum. Her şey çok zor, çok karışık..."

"Buralarda keyifli bir tatil yapabilirsin ama hayat boyu yaşayamazsın Aleyna" dedi Selim. "Eğri oturup doğru konuşalım. Orada bir hayatın var, düzenin var. Her ne yaşanıyor olursa olsun, senin hayatın orada... Sorunlar çözülür. İlişkiler düzelir. Sen bir şarkıcısın. Ünlüsün. Projelerin, işlerin, anlaşmaların, çalışma arkadaşların, ekibin... Bir dolu insan var sorumluluğunda... Çantanı alıp köye yerleşemezsin. Bu hiç gerçekçi ve mantıklı bir karar değil..."

"Gerçek müziğin sesini duymaktan bahsediyordun hani. Sen hep buradasın ya..."

"Bak Aleyna, sen buraya isteyerek gelmedin. İstanbul'da yaşadıklarından kaçıp sığındın. İkisi aynı şey değil... Yani hayatında her şey yolundayken kalkıp buraya yerleşmeye karar vermek başka şey, acılardan, huzursuzluklardan, sıkıntılardan kaçarak kendine yabancı bir yere sığınıp saklanmak başka şey... Dalgalı denizlerden ürküp sessiz bir liman aramaktan farksız seninki... Bu liman bir süre senin dinlenmene vesile olur ama burası senin uzun süreler yaşayacağın bir yer değil. Ben hep buradaydım ve hep burada kalacağım. Ait olduğum yer burası. Kim olduğumu biliyorum, ne istediğimi biliyorum. Yabancısı değilim yaşadığım hayatın. Burada hiçbir şey sürpriz ya da dayatma değil bana. Ferrari'sini satan bilge olma yoluna düşmüşsün ama o işler öyle değil, inan bana... Kim olduğunu bilmeden, ne istediğinden emin olmadan öyle Ferrari'leri satmak kolay ama keşiş gibi yaşamak zor. Ferrari'lerini satan bütün keşişler arabalarını geri aldılar sonra. İyi düşün. Acele etme. Evet şimdi kaçmak istiyorsun İstanbul'dan. Orada bir sürü kötü şey oldu biliyorum, duydum, gördüm. Çok da üzgünüm inan bana... Kimseyi görmek istemiyorsun, haklısın çünkü çok üzerine geliyorlar, linç ediyorlar, öldürmeye çalışıyorlar seni. Sevgilinden ayrıldın. Ablanla ve annenle sorunun var. Sırf bu yüzden köyde yaşamaya başlayamazsın ama."

"Ya ne yapayım, geri dönüp depresyonumu iyileştirmeye mi çalışayım? Bir terapistim vardı zaten. Boşluğa bak deyip duran. Ona mı gideyim? Sonra yine klipler çekip konserlere devam mı edeyim?"

"Kendini keşfet Aleyna! Kendini keşfet, yeteneklerini keşfet..."

"İyi ama nasıl?" diye çıkıştı Aleyna. "Çaresizim işte görmüyor musun?"

"Yavaşlayarak..."

"Bilmece gibi konuşuyorsun hep, anlamıyorum ki seni. Ne demek yavaşlayarak?"

"Yavaşlamak hiçbir şey yapmamak değildir. Durup beklemek hiç değildir. Gelecekle ilgili kaygılanmaktan, belirsizlikle savaşmaktan geri durmaktır. Gün içinde motora bağlanmış hızlı rutinden çıkmaktır. Böyle anlatınca sanki tatile gitmek gibi geliyor biliyorum ama öyle de değil. İçinde dönüp durduğun çarkın dışına çıkmak, telaş yapmamak, panik içinde olmamak, bir şeyi zorla oldurmaya çalışmamak, zorlamamak..."

"Anlıyorum gibi geliyor ama bunu nasıl yapacağımı bilemiyorum işte..."

"Şöyle yapabiliriz belki..." dedi Selim. "Bak sana bir teklifim var, iyi düşün... Üst katta bir oda var. Sana orayı kiralıyorum. Karşılığında bizim ekipte çalışacaksın. Biz şarkılar yapıyoruz, türküler derliyoruz, kayıt yapıyoruz, video çekiyoruz ve daha bir sürü şey... Görürsün zamanla... Üç aylığına kiralıyorum sana o odayı tamam mı? Üç ay sonra sen zaten ne yapmak istediğine kendin karar vermiş olacaksın. Bütün şartları o zaman tekrar gözden geçirirsin. Kalbini yoklarsın. Sahiden ne yapmak istiyorsun Aleyna? Bu üç ay boyunca sadece bu sorunun cevabını ara kendinde."

***

"Narsis, sizin ona sağladığınız iyiliği zaten fazlasıyla hak ettiğini düşündüğünden, kendini asla size karşı borçlu hissetmez. İşte bu nedenle, ben onunla ne kadar iyi olursam, o da benimle o kadar iyi olur mantığı ile hareket etmekten sakının."

– *Zor Kişiliklerle Yaşamak*, Christophe André

-XIV-

Yedi ay sonra...

"Benim kadınım mükemmel olmak zorundadır. Herkes onu konuşmalı, ona imrenmeli, onun yerinde olmak istemeli..." dedi Ertan. "Bu yüzden herkes gibi davranamazsın sen. Kimseyle tartışamazsın. Kimseyle yüz göz olamazsın para yüzünden. Kıskançlık krizlerine giremezsin. Kıskançlık büyük bir özgüvensizlik... Benim kadınım özgüvenlidir. Güçlüdür. Şahanedir. Anlıyor musun?"

"Anlıyorum" dedi Pelin. "Yerden göğe kadar haklısın. Bundan sonra sen ne dersen odur. Kimse için çizgimi bozmayacağım."

"Hah şöyle" der gibi başını salladı Ertan. Kapıda oda servisini bekliyordu hâlâ. Açıp kahvaltıyı içeri aldı. "Antrede bırak lütfen" dedi servis personeline. "İçerisi uygun değil..."

Pelin yataktan çıplak çıkıp otelin bornozunu geçirdi hemen üzerine. Televizyonu açıp pencerenin önündeki berjer koltuklardan birine oturdu. Ertan'ın servis arabasını önüne çekmesini bekledi.

"Teşekkür ederim aşkım."

"Keyfine bak tatlım, sen başla ben duş alıp geliyorum."

Pelin, dört aydır birlikte olduğu bu adamı artık daha iyi tanımanın ve kendini tamamen ona teslim etmiş olmanın sözde rahatlığıyla kendine bir filtre kahve doldurup sıcak kruvasanlardan bir parça aldı.

Televizyonda magazin programlarından biri açıktı. Yakında kendinin de haberlerinin çıkacağı hayaliyle izliyordu genç kadın oyuncuların akşam yemeklerinde sevgilileriyle görüntülenmelerini. Kendi de genç ve güzel bir oyuncuydu ama henüz başkalarının dikkatini çekebilecek kadar büyük ve başarılı işler yapamamıştı. Ama şahane fikirleri ve girişimleri vardı Ertan'ın. O kadınının her zaman güçlü ve başarılı olmasını isterdi ne de olsa. Bu yüzden desteğini hiç sakınmazdı ondan.

Bir haber, dikkatini çekmişti Ertan'ın.

Muğla'da yaşayan ünlü bir şarkıcıdan söz ediliyordu haberde. Beline bir havlu sarıp ıslak çıktı duştan.

"Açsana şunun sesini" dedi Pelin'e.

"Ne oldu ki?"

"Açsana şunun sesini sen..."

Doğru duymuştu evet... Aleyna diyordu haberde. Muğla'ya yerleşen ünlü şarkıcının yeni şarkısı yayınlanmıştı Youtube'da... Kendi sözleri, kendi bestesiymiş... Kısa zamanda yine çok yüksek bir izlenme almış. Yine bir rekora imza atmış. Yaşanan o kötü olaydan söz eden yoktu artık. Magazinin balık hafızası silinmişti belli ki...

"Rakamlarla ilgilenmiyorum" diye yazmış Aleyna Instagram sayfasından. "Ben sadece kendi şarkımı söylemek istiyorum" demiş. Dönmeyecekmiş İstanbul'a... Mutluymuş. Yeni bir hayat kurmuş orada. Sahte sevgilerden uzak kalmak istiyormuş. Samimiyet, gerçeklik ve üretkenlikmiş onun hayat felsefesi... Magazin muhabirleri ulaşamıyormuş ona. Kimseye röportaj vermiyormuş. O defter tamamen kapanmış artık. Bundan sonra magazin olmayacakmış onun dünyasında.

Aleyna'nın yeni şarkısının üzerine konuşuyordu spiker. Klibin çekildiği mekân çok da yabancı gelmemişti Ertan'a. Sanki gitmişti oraya daha önce. Muğla'da kim vardı ki?

"Tabii ya..." dedi kendi kendine. "Bizim Orçun'un arkadaşı... Selim miydi neydi? Şarkıcı herif... Keşiş..."

Aylardır hakkında bir haber bile alamadığı Aleyna'nın yerini bulmuştu sonunda. "Yakaladım seni" dedi. "Elimle koymuşum gibi bulacağım."

"Neden bu kadar ilgilendin?" diye sordu Pelin. "Hani eski sevgilindi, görüşmüyordunuz, bitmişti hani? Nedir bu ilgi şimdi?"

"Az önce konuştuklarımızı ne çabuk unuttun Pelin Hanım?" dedi Ertan. "Sen önce bugün konuştuklarımızı içine sindir, sonra enine boyuna düşün kararını ver, öyle gel benim karşıma tamam mı?"

"Bu da ne demek şimdi ya?"

"Çıkıyorum ben, sen sakinleşince konuşuruz. Gerginlikten hoşlanmam biliyorsun."

Ertan, bir iki gün içinde işlerini organize edip soluğu Muğla'da aldı bir şekilde. Aleyna'nın tutkusunu, bağlılığını, gelgitlerini, ihtirasını çok özlüyordu son zamanlarda. Çok emek vermişti ona. Kendi için ideal olan kadını bir heykeltıraş gibi özenle çalışarak mermerin içinden kendi elleriyle çıkarmıştı ne de olsa. Sonra bir fevri kararla kaçırmıştı onu. Parmaklarının arasından kayıp gitmişti. Kimse Aleyna'nın yerini tutamıyordu. Ne Pelin ne başkası... Hepsi sıradan, şımarık, aptal kadınlardı. Aleyna'daki ihtiras hiçbirinde yoktu. Ne olursa olsun büyük emeklerle yarattığı kadınını alıp geri getirecekti İstanbul'a. Onsuz bir hayat ne kadar sıkıcı ve renksizdi. Aylardır ne tadı vardı ne tuzu...

Selim'in Muğla'daki evini bulmak zor olmadı. Aleyna'yı da herkes tanıyordu oralarda. Köylüler her ihtiyaçlarıyla yakından ilgileniyordu çalgıcıların. Muğla'nın Bremen mızıkacıları gibi olmuşlardı adeta. Bir meydana heykellerinin dikilmesi an meselesi gibi görünüyordu...

"Geldik Ertan Bey..." dedi şoför. "Şu ev."

Başını kaldırıp gösterilen eve baktı Ertan. Bahçede genç bir kadın vardı. Uzun saçlı, minyon... Yanında da uzun saçlı genç bir adam... Adam gitar çalıyor, bir şeyler mırıldanıyor, kadın da hayranlıkla dinleyip meyve soyuyordu kucağında.

Ertan uzaktan da olsa çıkarmıştı kızın kim olduğunu.

"Azize."

Yanındaki adamı tanımıyordu ama... Selim değildi kesinlikle... Başkası... Çok geçmeden içi reçel kavanozlarıyla dolu kocaman bir tepsiyle sarışın bir kadın çıktı evden. Kameriyeye taşıdığı reçel kavanozlarını kapatıp fiyonklu kemerler geçiriyordu bellerine.

Araçtan inip yürüdü bahçeye... Siyah gözlükleri gözünde...

Azize görür görmez tanımıştı yaklaşmakta olan adamı. Yüzü düşmüş de olsa sakince kalktı yerinden.

"Hayırdır?" dedi. "Nereden çıktın sen?"

"Merhaba" dedi Ertan, gülümseyerek. "Nasılsın Azize? Çok oldu görüşmeyeli. O olaydan sonra kardeşini silip attın diye düşünmüştüm ben ama..."

Ertan'ın o çirkin olayı tazeleyip anlatmasına dayanamayacaktı Azize. Sözünü kesip bu konuyu her yerde uluorta konuşamayacağını ima edercesine yanındaki erkeği takdim etti Ertan'a.

"Nişanlım Barbaros..."

"Ha öyle mi?" dedi Ertan, az önce boşboğazlık ettiğini kabul ederek. "Çok memnun oldum."

"Ben de" dedi Barbaros. İkisi arasındaki gerginliğe anlam veremediğinden kendi de misafire nasıl davranması gerektiğini bilemedi.

"Hoş geldiniz, buyurun" dedi Barbaros. "Selim'i mi aramıştınız siz?"

"Ben Aleyna'yı arıyorum aslında" dedi Ertan. "Çok uzun zaman oldu. Neler değişmiş, ne yaralar iyileşmiş meğer..."

"Hiç kolay olmadı" diye araya girdi Azize. "Herkes çok ağır bedeller ödedi. Artık çok geç Ertan. Keşke gelmeseydin."

Kameriyede reçellerle uğraşan kadına bakıyordu o sırada. Azize'yi dinlemiyor gibiydi.

"Annen mi?"

"Evet" dedi Azize.

"O da iyileşmiş maşallah. Sihirli bir değnek dokunmuş sanki size..."

Aleyna ve Selim, ellerinde oltalarla, kovalarla sarmaş dolaş gülüşerek balıktan dönüyorlardı eve o sırada.

Ertan ikisinin neşe dolu hallerini büyük bir kıskançlıkla dudaklarını ısırarak izledi. Şakalaşıyorlar, gülüşüyorlar, birbirlerine sarılıyorlar hatta Selim ara sıra tatlı öpücükler bile konduruyordu Aleyna'nın yüzüne rasgele...

Ertan'ı gördüklerinde ne neşeleri kaçmıştı, ne canları sıkılmıştı. Gülmekten yorulmuş nefes nefese çıktılar merdivenleri.

"Hoş geldin Ertan" dedi Selim. "Niye ayaktasın otursana..."

"Gerek yok" dedi Ertan. "Uzun kalmayacağım."

Gözleri Aleyna'daydı sadece. Saçının telinden tırnağının ucuna kadar dikkatle bakıyordu ona. Ne olmuştu bu kıza böyle? Ne kadar değişmiş, bambaşka bir kadın olmuştu. Bu tanıdığı Aleyna değildi sanki. Başka bir kadındı. Mutluydu, yüzü gülüyordu, neşeliydi, rahattı, kaygısızdı...

"Anne!" diye seslendi kameriyeye Aleyna. "Geldik biz. Balıklar burada."

"Kendiniz temizleyin ama!" diye karşılık verdi Melike. "Benim işim var."

"Tamam!" dedi Aleyna. "Selim'e yıkarım o işi..."

Oltaları ve kovayı Selim'e verip Ertan'a uzattı elini. Aralarında ne kırgınlık, ne küslük kalmıştı sanki.

"Hoş geldin" dedi. "İşin mi vardı buralarda?"

"Aleyna" dedi Ertan sayıklar gibi. Hâlâ inceleyip duruyordu kızı. Yedi ay önce otelin terasında kahvaltı masasında son kez gördüğü gözü yaşlı, mutsuz ve çaresiz kız mıydı yani şimdi bu gözlerine baktığı güçlü kadın? Taze, canlı, sağlıklı, güzel biri vardı karşısında. O yorgun, cılız, yaşam ışığı sönmüş, sinir krizleri içinde yaşayan, mutsuz çocuk nereye gitmişti peki?

Üstelik ne nefret kırıntısı vardı Aleyna'nın bakışlarında, ne öfke, ne kırgınlık, ne hesaplaşma arzusu... Sakin, huzurlu, sabırlı ve ne kadar da tatlıydı bu hali...

"Aleyna seninle konuşmaya geldim ben..." dedi Ertan. "Çok önemli."

"Konuşalım tabii..." dedi Aleyna. "Kameriyeye gidelim o zaman. Annem bize izin verir. Selim'in içeride mutfakta işi var şimdi rahatsız etmeyelim."

Kameriyeye birlikte yürürlerken Aleyna'nın bir daha devrilmeyecek kadar yere sağlam bastığını görüyordu Ertan.

"Anne bize biraz izin verir misin, bir şey konuşacağız. İstanbul'dan geliyor Ertan."

"Merhaba" dedi Melike elini uzatarak. "Hoş geldiniz. Biliyorum ben sizi... Aleyna doğru biliyorum değil mi?"

"Evet anne evet. Ertan."

Kadının yüzünde eski yara izlerine benzeyen siyah dalgalar olsa bile genç ve bakımlı görünüyordu hâlâ. Reçellerine düşkün olduğu da her halinden belli... Kavanozları oyuncak kız bebekler gibi süslemişti.

"Tamam ben gidiyorum, bunları alayım ama..." dedi. "Devirirsiniz falan, yazık olur, o kadar uğraştım."

Gülüyordu Aleyna. "Annem buraların en kral reçelcisidir. Envai çeşit reçel yapıyor. Muğla'nın bütün reçel ihtiyacını karşılıyor desem çok abartmış olmam."

Ailenin mutluluğu canını sıkıyordu Ertan'ın. Şaka mıydı bütün bunlar, bir tiyatro mu oynanıyordu burada? Bu kadın intihara kalkışmamış mıydı, insan içine çıkamıyordu hani, şimdi köyün reçelci bacısı mı olmuştu, neydi bu Ayşecik filmi mi?

Ya Azize'nin hali... Bu kız "Sevgilimi kardeşim elimden aldı" diye bas bas bağırmadı mı sosyal medyada? Aleyna'nın üstünü çizmedi mi? Abla kardeş ilişkileri bitmedi mi? Yaşadığı travmayı atlatması şöyle dursun kız Selim'in müzisyenlerinden biriyle nişanlanmış bile...

Melike kavanozlarıyla birlikte uzaklaşırken Aleyna oturması için yer gösterdi Ertan'a.

"Bir şey içmek ister misin?" diye sordu. "Çay, kahve, ayran..."

"Kahve olsun o zaman" dedi Ertan.

"Azize! Bize iki kahve yapsana ne olur. Sade!"

"Tamam" dedi Azize.

"Hâlâ sade içiyorsun değil mi?"

"Evet" dedi Ertan. "Unutmamışsın."

"Niye unutayım ki?"

"Bilmem... Yüzümü bile görmek istemeyeceğini düşünüyordum."

"Bunun için bir sebep yok. Ne yaşandıysa yaşandı, bitti."

Hiçbir şey söylemeden öylece durup Aleyna'yı izlemeye başladı yine Ertan. Bu kadını geri istiyordu kesinlikle. Hem de bu mükemmel yeni haliyle... Onsuz dönmek istemiyordu İstanbul'a. Kusursuz bir kadındı bu... Kusursuz...

"Şoför beklemesin arabada" dedi Aleyna. "Lütfen bir şey yesin, bir şey içsin. Azize ağırlar onu."

"Beklesin" dedi Ertan.

"Sen nasılsın, iyi misin, her şey yolunda mı?" diye sordu Aleyna.

"İyi değilim" dedi Ertan. "Seni çok özledim. Sensiz yapamıyorum ben. Yedi aydır her yerde seni aradım. Telefonların kapalı... Sosyal medyana yazdım ama görmedin bile..."

"Numaram değişti. Sosyal medya kullanmıyorum eskisi gibi. Ancak şarkı yaptığımızda falan... Ya da bir şiir yazdığımızda, belki bir hikâye anlatmak istediğimizde kullanıyoruz işte..."

"Bıraktığın yerden devam edebilirsin Aleyna. Sen bir starsın. Daha çok işin var senin. Bu köyde gitar çalıp şiir yazarak ömrünü geçiremezsin. Senin hamurunda starlık var. Milyonlar bekliyor seni, milyonlar..."

Kahkahalar atıp güldü Aleyna.

"Ah Ertan ya!" dedi. "Aşkolsun... Sen diyordun buralara ait değilsin diye. Olmayınca olmuyor diye. Ben seni zirveye getirdim ama sen duramadın orada diyordun. Haklıydın da. Ayrıca o milyonlar gerçek değil Ertan. Gördüm. Yaşadım. Hepsi bir illüzyon. Bugün var yarın yok. Bugün sever yarın döver. Bugün destekler yarın çekiştirir. Ben milyonlara göre yaşamıyorum artık. Milyonlar için bir şey de yapmıyorum. Kendi şarkılarımı söylüyorum burada. Kendim gibiyim. Ne istediğimi, kim olduğumu biliyorum."

"Benimle gel."

"Mümkün değil... Bu hikâye bitti benim için..."

"Hayır Aleyna. Sen de özlüyorsun beni. Biz başkayız. Bak senin için geldim buralara. Seni arıyorum her yerde. Hiçbir kadın için yapmadım bunu yapmam da."

"Biliyorum senin kadının mükemmel olmalı ve bu ilgiye layık olmalı. Ama ben o kadın değilim."

"Bensiz yapamazsın sen."

"Selim'i çok seviyorum. Burada onunla mutluyum. Azize'yi onun sayesinde geri kazandım. Olanları anlattım ablama. Çetin de günah çıkardı, özür diledi. Azize inandı bana. Buraya geldi. Âşık oldu. Üstelik o da çalışıyor. İstanbul'daki bir iki yayınevine İngilizce kitap çeviriyor. Parasını kazanıyor. Geçinip gidiyorlar. Mutluyuz biz. Annem hayata döndü. İnsan içine karıştı. İlaçları dışında nemlendirici bile sürmüyor yüzüne. Bunların hepsi Selim'in emeği, Selim'in sabrı... Burada iyi hissediyorum. Burada başarılıyım ben... Burada üretiyorum çünkü... Üretmek hayata dahil olmakmış meğer, hayatın içinde olmakmış... Burada Selim'le hayatın içindeyim. Bizim bir dünyamız var. Her gün şarkılar söylenir evimizde, şiirler söylenir, kitaplar okunur, yemekler pişer, sohbet edilir... Biz iyiyiz böyle Ertan."

"Nasıl başardı bunu o zibidi herif?"

Güldü Aleyna.

"Üç ay süre verdi bana. İş karşılığında oda kiraladı. Yeteneklerimi ve kendimi keşfetmemi istedi sadece. Hiçbir zaman sırtımı ona dayamama izin vermedi ama yürümek istediğim yolda her zaman hep yardımcı oldu bana, destekledi beni. 'Hepimiz sırtımızı birilerine dayamak isteriz, bu iyi de hissettirir ama o zaman kendimizi geliştiremeyiz' derdi. Bunun ne demek olduğunu anlamadım tabii önceleri. Tatildeyim gibi geliyordu başlangıçta. Ama sonra anladım ki insanın kendini bilmesi, içindeki sesi duyması dışarıdan aldığı etkilerden kendini uzak tutmaya karar vermesiyle birlikte başlıyor."

Başını sallıyordu Ertan. Kabullenemiyordu bütün bunları. Kötü bir kamera şakası gibiydi her şey. Aleyna birazdan "Beni bırakırsan ölürüm" diye ağlayacaktı ama ağlamıyordu işte.

"Hazırlan gidiyoruz" dedi Ertan. Gerilmişti iyice. "Bırakmam seni burada. Başka bir adamla kalmana izin vermem. Sen benim kadınımsın. Beni bırakırsan ölürüm ben anlıyor musun? Benimle gelmek zorundasın, hemen, şimdi..."

"Bence git artık. Bu işin tadı kaçıyor Ertan."

"Beraber gidiyoruz. Bu varoşlardan kurtuluyorsun hemen."

"Onlar benim ailem. Ben de o varoşlardan biriyim. Sana layık bir kadın değilim ben biliyorsun."

"Yeter artık Aleyna aldın intikamını. Yeter bu kadar. Aklım başıma geldi. Özür diliyorum. Ayaklarına kapanıyorum. Sensiz gidemem ben İstanbul'a. Gel hadi."

Sertçe yakalamıştı Aleyna'nın bileğini. Kızın zorlandığını uzaktan fark eden Barbaros kendini tutamayıp koşarak geldi.

"Ağır ol arkadaş!" dedi. Ertan'ın kolunu kavrayıp büktü. Sesleri işiten Selim de fırladı içeriden. Koştu yanlarına. Ertan'ın burnunun üzerine tam okkalı bir yumruk indirecekken Aleyna dikildi karşısına. "Gerek yok..." dedi. "Değmez. Yapma."

Ertan sinir krizi geçiriyordu adeta. Şoförden yardıma gelmesini istemişti ama kimse üzerine çullanmadığı için kavga da başlatamıyordu.

Kendi kendine tehditler savurarak arabaya yürümeye başladı sonra.

"Bitireceğim ulan sizi! Hepinizi bitireceğim! Yok edeceğim. Bir daha şarkı söyleyemeyeceksiniz. Sileceğim sizi dünyadan. Siz benim kim olduğumu bilmiyorsunuz. Seninle de işim bitmedi Aleyna. Ben bitti demeden bitmez. Kâbusun olacağım senin. Kâbusun. Kaçacak yer bulamayacaksın!"

Hepsi şaşkınlık içinde dinliyorlardı Ertan'ın tehditlerini. Ne diyordu bu adam böyle? Neden bu kadar tutkulu bir hırsa kapılmıştı ki durup dururken? Hem de aylar sonra...

İnanamıyorlardı bu dünya beyefendisi adamın böylesine çirkinleşebildiğine.

Selim endişelenmişti Aleyna'yı düşünerek.

"Sakın sana bir şey yapmaya kalkmasın?" dedi. "Her kafası estiğinde çıkıp gelmesin buraya? Takip etmesin sakın seni? Polise gidelim sevgilim, deli bu. Ne yapacağı belli olmaz. Aklım hep sende kalır sonra rahat edemem."

"Gerek yok..." dedi Aleyna. Sakindi. "Kimse korkmasın. Ben tanıyorum bu öfkeyi. Kendine yeni bir kurban bulduğunda özgürleşeceğim ben. Muhtemelen yeni kurbanını yaratmakla meşgul şu sıralar. Merak etmeyin ama... O bir narsis... İlle bir kurban bulur kendine. İlle yaratır bir tane..."

Uzun zaman sonra Ertan'ı yeniden görmek geçmişte yaşadıklarını tekrar hatırlatmıştı Aleyna'ya. İşin garibi artık hayatının hiçbir dönemini öfkeyle, kırgınlıkla ve nefretle hatırlamıyor olmasıydı. Kimseye kırgın değildi, kimseyle alıp veremediği kalmamıştı. Ne hesap sormak istediği birileri vardı ne de canını yakmak istedikleri.

Okyanus kadar geniş ve coşkulu bir his yaratıyordu bu onda.

Özgürleşebilmek...

Geçmişle barışmak, olan biteni olduğu haliyle yargılamadan kabullenebilmek, kaderle barış imzalamak özgürleşmeye kırılan dümenler değildi de neydi?

Bu sonsuz huzurun ve hafifliğin hiçbir çabayla satın alınamayacağını anlamış, öğrenmişti sonuçta... Özgürlük kazanılmıyor, dışarıdan satın alınmıyordu. Özgürlük kaderle barışarak inşa ediliyordu. İnsan ancak işbirliği yaptığı bir kaderle yol alırken öğrenebiliyordu gerçekten kim olduğunu ve ne yapmak istediğini...

Akşamüzeri kameriyede Azize'nin elleriyle pişirdiği kahvesini yudumlarken cep telefonunu çıkarıp ring light düzeneğine yerleştirerek Instagram'da bir canlı yayın başlattı.

"Merhaba oradaki herkes!

Biliyorum uzun zamandır sohbet edemiyoruz. Yeni şarkılarımla ilgili yaptığınız bütün yorumları okudum. Gönderdiğiniz mesajlara elimden geldiğince cevap vermeye çalışıyorum. Güzel sözleriniz, ilham veren fikirleriniz için hepinize çok teşekkür ederim. Yolladığınız şiirler de ayrıca büyülüyor beni. Çoğunu bestelemek istiyorum inanın. Şairler, biraz da filozoftur benim için. Çok düşünmek, günahıyla sevabıyla hayatı olduğu gibi yaşamak ve dili iyi bilmek gerekir ya iyi şiir yazabilmek için. Bu yüzden şairler çok kıymetlidir hayatımda.

Sorularınızı görüyorum şu an. Hepsi düşüyor ekrana bir bir... İlginize teşekkür ederim. Hayır hayır, kaçacak değilim sorularınızdan. Cevabı bendeyse eğer, emin olun ki sakınmam dile getirmekten. Çünkü ben şairin de dediği gibi, bir ağaç gibi tek ve hür ve bir orman gibi kardeşçesine yaşamanın güzelliğinden yanayımdır.

Yaşamak deyince... Geçenlerde üzerinde durup uzun uzadıya düşündüğüm bir sözü hatırladım.

'Umarım bir gün herkes ünlü ve zengin olur. Hayal ettiği her şeye kavuşur ve böylece asıl cevabın bu olmadığını anlar' demiş Jim Carrey. Bilirsiniz, Amerikalı aktör...

Bu sözü bundan yedi ay önce duymuş olsaydım 'Bırakın böyle romantik sözleri' derdim. 'Hayatın bir anlamı olmalı. Başarmak ve kazanmak hayatı anlamlı kılar. Hiçbir şey yapmayacaksak, hiçbir şey başarmayacaksak su içip yatmaya mı geldik buraya? Ne işe yarıyoruz sanki?' derdim.

Oysa mutlu ve anlamlı bir hayat için aradığımız cevaplar para ve şöhretin insan hayatına getirdiklerinde ya da insan hayatından götürdüklerinde değilmiş gerçekten.

Son zamanlarda yaşadıklarım kocaman bir hayat dersi oldu bana.

Yaşadıklarımdan kaçıp Muğla'nın bu şirin köyüne yerleştim. Başıma gelenleri kaldıramadım. Kaçtığımda kurtulacağımı düşündüm ama öyle olmadı. Kaçtığım her şeyi peşimden sürüklemişim meğer...

Zaman içinde anladım ki kaçmak, kurtulmak, reddetmek, silmek, inkâr etmek, unutmak diye bir şey yok. Olanla barışmak diye bir şey var. Kaderle işbirliği yapmak diye bir şey var.

Yeterince sevilmemiş, yeterince desteklenmemiş bir çocuk olarak sevdiklerime kendimi sevdirebilmek için büyük ve yıkıcı bir hırsla girdim müzik dünyasına. Ölümüne bir kazanma arzusuyla ve başarma isteğiyle çalıştım. Kazanmak için her şeyimi gözden çıkarmaya razıydım. Ailemi bile... Sevdiklerime kendimi sevdirmeye çalışırken, sevdiklerimi gözden çıkarmaya kalkmam işin en acınası ve en ürkütücü boyutuydu bana göre.

Sevilmek isterken sevilmesi güç bir insana dönüştüm. Artık ben bile sevemiyordum kendimi. Ben olsam beni sever miydim diye sordum sonra.

Açıkçası sevmesi çok da kolay değildi beni... Kabullenirdim belki ama bana güvenip yol arkadaşlığı etmezdim benimle.

Aşk sandığım şeyin bir güç istenci olduğunu çok sonra fark ettim. Âşık olduğunu sandığım adama duyduğum bağlılık ve tutku, kölelikten başka bir şey değildi. İçinde kendinizi kaybettiğiniz şeyin adı aşk olamaz. Kendinizi bulduğunuz şeydir aşk... Güç savaşı değildir, güç birliğidir aşk... Savaş meydanı değil, cennet bahçesidir aşk...

Bağımlılık köleliktir, bağlılıksa ortaklıktır. Hayat arkadaşlığıdır, yoldaşlıktır.

Hepsini Mavi Gölgeli Adam olarak tanıdığınız o muhteşem derviş öğretti bana. Aslında bakarsanız uzun süre anlamadım onu da... İşitmedim anlattıklarını... Bir kulağımdan girip diğer kulağımdan çıkan tatlı nasihatlerdi sanki hepsi... Sonra anladım ki duyup anlamak da emek işi... Bazı sesler insanın iradesi terbiye olmadan, yüreği pişmeden işitilemiyor.

Buraya kaçarak gelmiş olabilirim. Sığınmak için kapanmış olabilirim. Kaçmaktan vazgeçtiğim an bu sığınak kocaman bir memleket oldu bana... Özgürlüğümün memleketi.

Hiçbir şeyden vazgeçmedim üstelik... Yaptığım müziğin değerini bile burada özgürleştikçe anladım. Gerçek müziği burada buldum. Şimdiye kadar sadece gürültü çıkarıyormuşum meğer, zamanla anladım. Sesimde ruhum yokmuş. Şarkılarımda hakikat eksikmiş, can yokmuş tınılarında.

Şarkı söylemeye devam ediyorum. Besteler yapıyorum, sözler yazıyorum. Ürettikçe değer kazanıyor varlığım, âlemin varlık sahasında... Sevenlere ulaştırabiliyorum şarkılarımı... Youtube kanalım üzerinden çalışmaya devam ediyorum. Eserlerimin yeni kayıtlarını paylaşıyorum.

Hayır, hayır...

Keşke İstanbul'da olsaydım, magazinler için değer taşımaya devam etseydim, konserler verseydim, daha büyük paralar kazansaydım, daha büyük bir şöhretim olsaydı demiyorum.

İyi ki buradayım. İyi ki her şey bu şekilde gelişti diyorum.

Ben müzik yapmak istiyorum. Şarkılarımı söylemek istiyorum ve sadece sevenlerle paylaşmak istiyorum emeğimi, yeteneğimi... Kendimi magazinde değil müzikte buluyorum. Bir gün yücelten ertesi gün yerden yere vuran bir güruhun ruh haline göre, hayatım pamuk ipliğine bağlı kalsın istemiyorum. Şöhret de bir tür tutsaklık. Kalabalıklara tutsak olduğun, kendin gibi kalamadığın bir cendere... Bana göre değil... Gördüm, yaşadım, bildim...

Keşke uzun uzadıya anlatabilsem her şeyi ama belki bir gün kitabını yazarım, daha derin hemhal oluruz...

Hayır...

Pişman değilim hiçbir şeyden. Bedeli ne olursa olsun aynı tecrübenin içinden gelip geçmeyi tercih ederdim yine. Çünkü ancak böylesi bir kader ya da böylesi bir tecrübe kaderle barışmayı öğretebilirdi bana... Sözle adam olacak gençlerden değilim ben ne yazık ki. Beni ancak esaslı bir tecrübe dönüştürebilirdi.

Hatalarımdan utanmıyorum. Kimse de utanmasın yaptıklarından. Hatalarımdan aldığım dersleri hiçbir öğretmen kazandıramazdı bana. Hatalarımı çok sevdim. Çünkü doğruyu anlamanın ve bulmanın yolunu hatalarım sayesinde anlayıp öğrendim.

Hayat bildiği gibi geliyor artık üzerime. Ben kaderle barışığım. Ben olanı hayırlı bulanlardanım. Olan her zaman hayırlıdır emin olun. Olmayan da keza öyle... Hayatın yakasından paçasından tutup çekiştirmeye gerek yok. İzin verin olduğu gibi gelsin. Dalgalardan korkmayın. Yüzmeyi iyi ve hızlı öğrenmenin yolu sert dalgaların arasına karışmakla mümkün... Göreceksiniz bir süre sonra boğulma korkunuz geçecek. Çünkü artık dalgalarla dans etmeyi öğrenmiş olacaksınız ve artık dalgaları yükselmek için kullanacaksınız.

Yeni şarkılar söyleyeceğim size yakında. Benden haber bekleyin. Yeniden bir arada olmak dileğiyle... Hoşça kalın."

-Son-

Hakan Mengüç'ün etkinliklerinden haberdar olun!

Hakan Mengüç kendinizi keşfetmenize yardımcı olacak inziva kampları, ney konserleri ve seminerler düzenlemektedir. Etkinlikler hakkında bilgi almak için sosyal medya hesapları veya web sitesini kullanabilirsiniz.